건너편 섬

건너편 섬

초판 1쇄 발행일 2014년 7월 22일
초판 2쇄 발행일 2014년 8월 25일

지은이 이경자
펴낸이 강병철

펴낸곳 자음과모음
출판등록 1997년 10월 30일 제313-1997-129호
주소 121-840 서울시 마포구 서교동 396-33번지
전화 편집부 02) 324-2347 경영지원부 02) 325-6047
팩스 편집부 02) 324-2348 경영지원부 02) 2648-1311
이메일 munhak@jamobook.com
홈페이지 www.jamo21.net
커뮤니티 cafe.naver.com/cafejamo

ISBN 978-89-5707-809-9(03810)

이 도서의 국립중앙도서관 출판시도서목록(CIP)은 서지정보유통지원시스템 홈페이지(http://seoji.nl.go.kr)와 국가자료공동목록시스템(http://www.nl.go.kr/kolisnet)에서 이용하실 수 있습니다.(CIP제어번호: CIP2014020043)

건너편 섬

이경자 소설

자음과모음

차례

콩쥐 마리아

마리아는 우유를 부은 시리얼과 바나나 반 토막을 들고 진열대에서 창가 쪽으로 돌아섰다. 먼저 와서 그쪽 탁자를 잡아둔 할머니는 마리아와 눈이 마주치기 무섭게 함박웃음을 지어 보였다. 노인정에 들어서는 마리아를 보자마자 아이처럼 달려와서 오늘은 자신이 커피를 살 차례라고 못을 박은 할머니였다. 일흔 살 마리아보다 할머니는 열 살이나 많은데 두 사람은 뭐에 끌렸는지 서로 마음을 열었다. 그렇다고 자신들의 과거사를 미주알고주알 다 털어놓은 건 아니었다.

"마리아!"

두어 발짝 떼었을 때였다. 등 뒤에서 귀에 익은 목소리가 마리아를 잡아당겼다. 아나운선데, 이렇게 생각하는 마리아의 기분이 공연히 뒤숭숭해졌다. 그 여자는 소문을 만들고, 물어 나를 뿐 아니라 말을 잘해서 별명이 아나운서였다. 몸집은 부하고 얼굴은 뽀얗고 혈색도 좋았다. 이곳 노인회관엔 그런 얼굴 가진 할머니들이 더러 있었다. 하지만 그들은 대개 사람을 가려서 끼리끼리만 놀았다. 수군거리는 말로는 한국에서 아무개 대통령 때 한자리했다는 집안들이었다. 그들이 한자리할 때의 대통령은 저마다 달라도 빼돌려서 가져온 돈이 산더미 같아 아무리 써도 자리가 안 난다는 건 엇비슷했다. 서울에서 이름 대면 알 만한 여자고등학교를 다녔다는 아나운서는 집안과 풍채에 걸맞은 패거리에선 그 말버릇 때문에 따돌려진 처지였다.

"이거 봐, 자기! 나한테 감춘 거 많지?"

불편함을 감추고 애매하게 서 있는 마리아를 툭 치며 아나운서가 용케 걸렸다 하는 야비한 눈을 뜨고 물었다. 마리아는 영문도 모른 채 겁을 먹고 뒤로 한 걸음 물러났다. 그런 마리아를 아나운서가 아래위로 훑어보았다. 마리아는 조개처럼 다문 입 안에서 침을 삼켰다. 침 넘어가는 소리가 너무 크게 들려 마리아는 혼자 민망해졌다.

"하와이서 살았다며?"

잠시 침묵하고 마리아의 반응을 기다리던 아나운서가 이마를 맞대며 속삭였다. 순간 마리아의 표정이 굳어졌다. 아나운서의 얼굴엔 복잡한 미소가 비꼈다. 벌써 고개를 떨군 마리아는 아랫입술을 앙다물었다. 문득 이런 상황이 성가시게 느껴졌다. 마리아는 예전과는 달랐다. 10년 전이라면 바람처럼 이 자리를 피했겠지만 지금은 고개만 돌렸다. 아나운서를 밀어내듯 마리아는 할머니 쪽으로 걸어갔다.

"아니, 왜 그래? 제니……."

마리아는 자신의 뒤꼭지에 대고 소리치는 아나운서의 아쉬워하는 말소리를 무시했다. 이때 할머니가 손을 흔들며 빨리 와! 소리치지 않았다면 제니…… 어쩌고 하는 뒷말까지 들었을 것이다. 하지만 마리아는 지금 할머니가 반가웠다. 겨우 열 몇 걸음이면 될 거리를 걷는 마리아의 걸음이 흔들렸고, 뒷골은 후끈하고 묵직하고 쿡쿡 쑤시는 느낌이었지만 괜찮았다.

"왜 그래? 아나운서 그년이 동생보고 뭐래? 아가릴 찢어놓을라."

굳게 입을 다문 마리아의 손에서 시리얼 그릇을 받아 식탁에 올리며 할머니가 물었다. 남의 일이라면 제 일 제쳐두고 봐주는 게 취미인 할머니였다. 하지만 할머니는 노인정에서 자신을 두고 '구라'라고 놀리는 걸 혼자만 몰랐다. 할머니는 자신의 인생이나 가족관계를 하나같이 거짓말로 둘러대버릇했다. 살아온 내력이 부끄럽고 자랑할 것 없으니 아무렇게나 그때그때 떠오르는 대로 꾸며댔는데 결국 자신이 어떤 거짓말을 했는지 기억을 못 해서 중구난방이 되고 말았다. 남의 일 잘 봐줘 착하고 인정스럽다는 평을 듣지만 거짓말쟁이는 면하지 못했다.

"어서 이거나 먹어. 이게 뭐야. 불어터져 곤죽이 됐네."

이미 식사를 끝낸 할머니가 마리아의 시리얼 그릇을 들고 일어섰다. 마리아가 황망히 할머니의 팔을 잡아당기며 일회용 용기를 빼앗았다.

“속이 안 좋아서 불은 게 더 먹기가 나아요.”

마리아는 플라스틱 수저로 식은 수제비가 된 시리얼을 떴다. 할머니는 엉거주춤 의자에 앉으며 창문 밖을 흘겨보았다. 외벽에 내려 건 현수막이 바람에 펄럭거리며 벽을 치는 철퍼덕 소리가 요란했다. 현수막은 다른 때보다 천이 더 두꺼웠다. 올해가 한인 미주 이민 백 주년 되는 해라고 정월부터 한인타운 여기저기에 그런 현수막이며 광고판이 내걸렸다.

“아이구우, 시끄러워라. 남의 나라 와서 백 년이면 어떻고 이백 년이면 어때서 난리들이지? 아무렴 부자 나라 접방살이 신세 면할 수 있을까 봐?”

할머니가 비아냥거렸다. 그런 할머니를 마리아가 낯익히는 아이처럼 바라보았다. 할머니는 행여 자신의 얼굴에 뭐가 묻었나, 손바닥으로 쓱 문질렀다.

“혹시…….”

마리아가 느리게 말하다가 입을 다물었다. 갑자기 고향으로 양은 그릇을 팔러 다니던 부평할머니 생각이 떠올랐다. 사는 곳이 부평이라고 부평할머니로 불렸던 그 할머니와 어딘가 인상이 비슷하다 싶어서였다.

"동생이 무슨 말 하다 말았지?"

할머니가 영리한 눈길로 마리아를 바라보며 물었다.

"…… 아니, 그저요."

마리아는 고개를 숙이며 중얼거렸다. 머릿속이 뒤숭숭했다. 맘속도 그랬다. 아나운서가 하와이에서 살았느냐고 묻던 말은 좀체 뇌리에서 떠나지 않았다. 하와이를 떠난 뒤로 마리아는 그곳에서 살던 사람을 만난 적이 없었다. 그래서 지금 더 불안하고 불길한지 몰랐다.

마리아에게 오늘은 이상한 날이었다. 아침에 전화를 건 둘째 오빠의 말도 미심쩍었다. 느닷없이 방송국이나 신문사에서 찾아오면 무조건 모른다, 안 만난다고 해야 한다며 꼭 명심하라고 다짐을 했었다. 언제나 그렇듯 이유는 말하지 않은 채였다. 마리아는 형제들에게 섭섭한 맘이 커서 긴 대화를 나누지 못하는 버릇이 생긴 지 오래였다.

"동생이 나한테두 뭘 감추고 숨기는 거야?"

할머니가 서운한 표정을 지으며 물었다. 입안에 든 시리얼을 습관처럼 우물거리던 마리아가 고개를 끄덕였다. 할머니의 말 때문만은 아니었다. 할머니를 만난 게 햇수로 5년인데 왜 지금 부평할머니와 비슷하게 느껴지는지, 마리아는 신기했다. 물론 모든 게 아나운서 때문이었다.

부평할머니만 아니었어도……. 마리아는 한 번 떠오른 뒤에 잊히지 않는 부평할머니를 생각했다. 기억들이 줄줄이 딸려 나왔다. 그날, 아무 생각 없이 어디에 좋은 남자 없느냐고 물은 게 잘못이었을까, 생각했다. 할머니가 대뜸, 한국 남자 중엔 좋은 남자가 없다고 말하던 표정도 생생하게 기억났다. 거지 없는 나라 미국에만 가면 팔자를 고치게 될 것 같던 들뜬 마음이 죄였을까, 자신을 책망했다. 그땐 공장에 다니는 늙은 노처녀라고 아이 두셋 딸린 재취 자리로만 혼사가 들어왔었다. 그래도 그중 나은 재취 자리로 혼인을 했는데 마리아는 후취가 아니라 첩이었다. 분하고 억울해서 잠을 이룰 수 없었다. 남편은 공장 다니며 연애질했다는 누명을 덮어씌웠다. 견디지 못해 석 달을 못 채운 시집을 뛰쳐나왔다. 친정에 와서 햇볕 못 보고 지내는데 입덧도 없이 태동이 느껴졌다. 그렇게 딸을 낳았다. 양반 성씨 집성촌이라는 고향에서 가문 망신이라고 은근히 떠나길 바라는 눈치였다. 어머니는 재취 자리를 알아보러 발이 부르트게 나다녔다. 공장에 다닐 땐 효녀라고 별명이 콩쥐였다. 어쩌다 명절에 다니러 오면 머리 허연 할아버지도 콩쥐냐? 따뜻하게 불러줬었다. 위로 셋이나 되는 오빠들은 하나같이 상급학교로 진학하려 기를 썼고 아래 여동생이 식모살이 몇 해 월급을 가불해서 바쳐도 언제나 헛헛한 표정으로 빈손을 벌리며 콩쥐를 쳐다보았다. 월급날만 되면 어머니가 방직공장 정문에 와서 봉투째 받아 갔고 월급날이 아닐 때도 교복 입은 오빠들이 번갈아 와서 손을 벌렸다. 언제나 옆에서 빌리고 뒤에서 빌려 오빠들을 웃는 얼굴로 돌려

보냈다. 그 기쁨을 남들은 몰랐다. 나중에 출세하면 누이동생 우쭐하게 호강시켜줄 거라고 묻지 않은 말을 들을 때의 콧날 시큰해지는 행복을 누구도 몰랐다.

마리아는 코를 훌쩍 들이켰다. 자리 비운 것도 모르고 있었는데 할머니가 뜨거운 커피를 마리아 앞에 놓았다.

"그래도 우리 동생이 그릇을 다 비웠네."

할머니가 빈 시리얼 그릇을 바라보며 반갑게 말했다. 마리아는 관심과 친절이 고마워서 마주 쳐다보고 웃었다.

"이건 왜 안 먹어?"

할머니가 바나나를 껍질 벗겨 마리아의 입에 댔다. 마리아가 웃으며 제 손으로 그 끝을 잡았다. 한 입이라도 더 먹이려는 할머니의 맘에 오늘따라 눈시울이 뜨거워졌다. 댈러스 시내 중심에 빌딩을 샀다는 둘째 오빠. 줄줄이 공부 잘하는 자식들을 일류 대학에 보낸 셋째 오빠. 조카들과 조카사위, 조카며느리들 중엔 의사, 회계사, 변호사도 있었다. 오빠들과 동생의 사돈집들까지 마리아를 통해 미국 시민이 된 한국인은 백 명이 훨씬 넘었다. 그중 누구 하나 바나나 껍질 까서 먹여준 사람은 없었다. 누구도 이 나라에 처음 와, 말 못해 서럽고 아는 사람 없어 외롭고 양색시라 멸시받아 주눅 들었던 나만큼 고생하지 않았다고 마리아는 생각했다. 그러나 지금 어느 형제도 마리아 근처에 살려 하지 않았다.

마리아는 세번째 남편 피터가 식도암으로 죽은 뒤에 비로소 한국 사람들이 그리워졌다. 한 번 울컥 솟구친 그리움은 가누어지지 않았다. 미국 땅에 온 지 40년이 다 되어가도록 한국 사람을 피해가며 살았던 마리아였다. 그래서 엘에이 한인타운에 아파트를 얻던 날, 마리아는 두꺼운 덮개를 젖힌 기분이었다. 처음으로 남자의 사랑을 느끼게 해준 피터는 성실하고 정직하고 따뜻한 남자였다. 그에 대한 배반이라고는 생각하지 않았다. 그저 이제부터라도 한국 사람으로 살다 죽고 싶을 뿐이었다.

마리아는 스물여덟 살에 얻은 이름이었다. 그 이름을 지어준 미스터 한은 미군 부대에서 일했는데 부평할머니의 먼 친척뻘이었다. 미스터 한은 그날 부평역 대합실에서 오만 가지 상념을 화장발 밑에 숨기고도 달달 떨던 금순이 앞에 꼭 흰 돼지 같은 모습의 미군과 나타났었다. 미스터 한은 소매를 둥둥 걷어 올린 팔뚝에 고불고불한 누런 털이 짐승같이 덮였던 앤드류를 소개하고 나서, 금순이를 양키들이 부르기 쉬운 이름으로 즉석에서 개명해버렸다. 그게 마리아였는데 "예수 어머니가 마리아"라며 세 사람이 옮겨 앉은 빵집의 낮은 천장이 들썩거리게 웃어젖혔다. 마리아는 그 뒤 얼굴이 새카맣고 눈이 반들거리던 미스터 한을 가위눌리는 꿈에서 몇 번 본 적이 있다. 앤드류 때문에 고통받던 시기였다.

마리아는 시무룩했다. 뭔가 골똘히 생각하는 것 같았다. 한입 베어 물고 남은 바나나의 가장자리는 벌써 색이 변하는 중이었다. 화장실을 다녀온 할머니는 의자에 앉으며 마리아의 등을 툭 쳤다.

"웃어! 자아, 웃어! 입을 이렇게 해봐!"

할머니가 손가락으로 입가를 찢어 위로 끌어당기고 마리아 코앞에 댔다. 마리아는 할머니가 고마워서 웃어 보였다.

"의사가 우리보고 하는 말이 뭐야? 늘 피스! 피스! 그러잖아. 자아, 피스! 내 몸이 효자라니깐."

마리아는 웃음 지으며 고개를 끄덕였다.

"오늘은 노래 배우고 싶지 않네. 당신은 어때?"

할머니가 물었다. 마리아가 고개를 끄덕였다.

"그래, 나두 오늘은 왜 배가 살살 아프지? 공부하기 싫은 학생 같네. 조퇴할까?"

여든 나이라곤 믿기지 않게 개구쟁이 표정을 지으며 할머니가 말했다. 핸드백을 열더니 지갑 속에서 자그마한 표를 꺼냈다.

"사우나 안 갈래? 이거 표 다 뭐해? 난 혼자서 사우나도 못 가. 지 지난달에 왜 할머니가 사우나 하다가 죽었잖아? 그 후론 나 같은 건 혼자서 못 오게 해. 이 표 열 장이나 사놨는데 언제 다 써?"

할머니가 말했다. 표를 집어 든 손등의 주름이 헝겊을 구겨놓은 것 같았다.

곧 마리아는 할머니와 함께 노인회관을 나섰다. 두 사람은 더디게 오는 버스를 두 번이나 갈아타고 서울사우나로 들어갔다.

"아는 사람 하나 없는 여기서 언닐 만나 얼마나 다행인지 몰라요."

점심 전이라서 사람이 드문 찜질방으로 들어가며 마리아가 진심으로 말했다.

"아이구우, 사람 그리운 걸로 치자면 당신이 나만 할라고? 당신은 이 바닥에 일가친척이 백 명두 넘는다면서?"

할머니가 정색을 하고 물었다. 놀란 건 마리아였다. 떡 벌어진 입이 다물어지지 않았다.

"어디서 들으셨어요?"

마리아가 비밀스럽게 물었다.

"당신 입으로 그래 놓고 딴소리네? 그럼 말짱 새빨간 거짓말이었어?"

할머니가 놀라서 물으며 다다미를 깐 바닥에 누웠다.

"제가 그랬나 봐요……."

마리아가 아득하게 중얼거리며 할머니 옆에 누웠다. 할머니가 어머니 같아서 툭 뱉었었나 봐, 마리아는 이렇게 생각했다. 어머니를 느끼게 하는 사람은 언제나 속을 열게 했다. 앤드류가 꼭 미친 사람 같아서 미국이고 뭐고 다 포기하고 다방 마담으로 나설까, 망설일 때 접고 또 접은 달러와 양담배에 술, 통조림, 비누, 기름, 버터, 약을 가지러 온 어머니가 '죽이 되든 밥이 되든 한시바삐 미국으로 떠나라'는 오빠들의 말을 전했었다. 그 말 전하면서 어머니가 울었다. 도무지 정 붙지 않던 미군 앤드류를 따라 하와이로 오게 된 건 '가문의 욕'이 멀리 사라져야 해서였다. 아무리 달러를 쥐여주고

기름기 주르르 흐르는 미제 식품을 바쳐도 소용없었다.

"언니, 저는요, 사람을 좋아하면 그 사람이 날 싫어할까 너무너무 불안해요. 이것도 병이지요?"

마리아가 수건으로 땀을 문지르는 할머니에게 물었다.

"그까짓 게 뭔 병이야?"

"병이 아니라니 다행이네요."

마리아가 숨을 내쉬며 중얼거렸다. 잠깐 할머니가 코를 골았다. 그러더니 거짓말같이 벌떡 일어나며 답답해 죽을 것 같다고 말했다. 둘은 찜질방에서 휴게실로 옮겼다. 마리아가 한국산 홍삼 드링크 두 병을 사서 할머니와 나눴다. 사는 형편은 노인연금에만 의지하는 할머니보다 마리아가 좀 나았다. 남편의 연금이 꽤 됐다. 노인 아파트도 급이 다르고 연금에 의지하지 않는 노인도 많긴 했다. 마리아는 점심도 사우나에 딸린 식당에서 설렁탕으로 대접했다. 점심을 먹은 뒤 두 사람은 수면방에서 나란히 누웠다. 혼자 누워 있던 중년 여자가 두 사람이 소곤거리기 시작하자 획 찬바람 내며 나가 버렸다.

"사람이 죽어서 좋은 세상으로 가려면 이 세상에서 맺힌 게 없어야 한다던데요."

하버드 의대 나온 의사 아들 내외 자랑으로 입이 부르텄다던 노인이 결국 노인 아파트에서 혼자 죽었다는 이야기를 듣고 나서 마리아가 말했다.

"맘에 맺힌 거……."

할머니가 심상찮은 목소리로 중얼거렸다. 전쟁 치르고 가난에 이골이 난 인생 살며 남의 땅에 와서 가슴 한편이 늘 허전한 여자치고 맘에 걸리는 거 없이 죽을 수 있을까. 병들면 병원에 실려 가고 죽으면 장례 치러주는 좋은 나라 시민이 됐다고, 다는 아니었다. 다는 아닌, 뭔가가 있었다. 그 뭔가를 할머니는 알고 싶지 않았다.

마리아가 할머니 쪽으로 돌아누웠다. 할머니의 가슴에 얹힌 주름 자글자글 잡힌 손을 만졌다. 주름이 밀리는 것만큼 세월이 느껴졌다.

하와이에 도착하고 몇 달 지나지 않아 앤드류는 탈영했다. 그가 정신 질환이 있다더란 이야길 흑인과 살던 제니가 말해줬다. 제니는 피난민이었다. 전쟁 통에 가족을 잃고 미군과 결혼해서 아이를 넷이나 낳고 살던 제니는 영어를 곧잘 했다. 원산에서 여고를 다녔다고 했었다. 앤드류 없인 가게에서 소금 한 톨 살 수 없던 마리아가 클럽에 나가 군인을 상대할 길을 열어준 것도 제니였다. 마리아는 제니의 권유로 한국인들이 모여 있는 교회로 갔었다. 하지만 마리아가 양공주 출신이라는 걸 안 교인들이 한자리에 앉지 못하게 했다. 하느님은 모든 걸 다 알고 누구나 차별 없이 사랑한다고 들었던 마리아에겐 엄청난 충격이었다.

클럽에 가끔 와서 혼자 술을 마시고 가던 피터와 가까워졌다. 그는 짧은 결혼 생활 뒤에 오래도록 독신인 채 살고 있던 남자였다.

전 부인이 낳은 아이 둘은 그의 부모님이 키우고 있었다. 요즘도 가끔 전화하고 때때마다 카드 보내주는 따뜻한 아이들이었지만 마리아는 한인타운까지 불러들이고 싶지 않았다. 전화를 하는 피터의 가족은 아이들만은 아니었다. 피터의 동생은 이곳으로 출장 오는 일이 있으면 반드시 전화를 했다. 며칠 전에는 족보를 만드는데 형수의 여권이 필요하다고 했다. 미국 사람들도 족보를 만든다는 게 믿기지 않았지만 처음 미국 올 때 여권을 복사해 달라고 해서 마리아는 묵은 서류함을 뒤졌다. 지금 얼굴은 어디서도 찾아볼 수 없는 청춘의 얼굴 사진을 들여다보고 또 들여다보았다.

"사실은 언니……."

마리아가 작은 소리로 말하기 시작했다. 목소리가 미세하게 흔들렸지만 할머니는 알아채지 못했다. 사실은 언니…… 이렇게 복잡하고 격하고 무겁게 말했지만 마리아는 고개를 숙인 채 더 이상 잇지 못하고 입을 꽉 다물었다. 목구멍에선 살려달라고 아우성치는 이야기들이 한꺼번에 터져 나오려 난리를 쳤다.

"언니, 저는요, 여기 한국 사람이 많아도 마음 열고 지내는 사람은 언니뿐이에요."

한참이나 침묵 속에 잠겼던 마리아가 힘겹게 말했다. 할머니는 대답이 없었다. 마리아는 고개를 추켜들고 할머니를 들여다보았다. 할머니가 눈을 화들짝 떴다.

"뭐라고?"

할머니가 민망한 듯 물었다.

"고단하시죠? 더 주무세요."

"자긴 뭘 자. 낮에 자면 밤에 못 자. 시방 날보고 뭐랬지?"

할머니가 다시 물었다. 마리아는 흘러내린 홑이불을 끌어당겨 할머니의 가슴을 여미듯이 덮었다. 그것도 사람의 따스한 마음이라고 할머니의 표정에 엷은 숙연함이 스쳤다.

"난 자는 듯이 이 세상을 떠났으면 좋겠는데…… 그래야겠는데 그게 사람 맘대로 안 되겠지?"

할머니가 중얼거렸다. 마리아는 지금 뭐라고 말해야겠는데 마땅한 말이 나오지 않아 답답했다.

"난 말이야, 언제 죽어도 사실 걸리는 건 없어. 그런데 한 가지가 걸려. 치매 걸려서 부끄러운 거 모르게 될까 봐. 그게 젤 겁나."

순간 마리아가 할머니를 와락 끌어안았다.

"언니처럼 열심히 사시면 치매 안 걸린대요. 화투도 치시고 성경공부도 하시고 노래도 배우시는데 언제 치매에 걸려요?"

그러자 할머니가 기다렸다는 듯이 웃었다.

"춤도 배우잖아."

할머니가 큰 소리로 말했다.

"그거 보세요."

마리아가 모처럼 당당하게 말했다.

"자식도 다 소용없어. 품 안에 자식이란 말은 누가 그렇게 잘 지어놨는지. 자식 잘되면 그거 남한테 자랑할 때나 필요한 거지, 다아 소용없네. 돈이나 있으면 그거 뜯어 갈 궁리나 할걸? 난 돈 없는 게 좋아. 죽어도 나라에서 다 해주잖아? 병들면 병원에 입원시키고. 세상에 어떤 효자가 미국만 할 거라고. 난 미국이 좋아. 미국 오길 잘했어."

할머니가 길게 말했다. 그 목소리가 삭풍에 날리는 가랑잎 소리 같이 메말랐다. '다아 소용없네'라고 말할 때 길게 늘이던 '다아아 아아'가 마리아의 귀에서 잦아들지 않았다.

"언니는 한국에 안 가세요? 한번 다녀오시지."

순간 할머니가 고개를 번쩍 추켜들었다. 마리아는 얼핏 할머니의 눈에서 번들번들한 빛을 본 것 같았다. 영문도 모른 채 마음이 맵싸하게 졸아들었다.

"거길 왜 가! 그 돈 있으면 유럽이나 가보겠다! 중국은 지저분해서 싫고."

할머니가 눈을 흘기며 낮게 소리쳤다. 그러더니 빨갱이, 핵폭탄, 김대중 · 노무현 대통령, 데모, 부동산, 가난, 체면치레, 여자 멸시, 남편 외도, 좁은 땅덩어리, 모래알 같은 인총 등등 중구난방으로 욕을 하기 시작했다. 마리아의 대꾸도 기다리지 않았다. 할머니의 이런 버릇은 한국에 갈 형편이 못 되면서부터 심해졌다. 하룻밤 잠을 설쳐도 다음 날 소화가 안 되고 기분 나쁜 일 있으면 손금 보듯 빤한 버스 노선도 헷갈리게 됐던 뒤로 할머니는 운신에 겁을 먹었다.

그러나 이건 둘째였다. 한국에 가도 반겨줄 사람이 없었다. 친정 쪽 형제자매와 시집의 일가붙이가 수두룩하지만 늙고 돈주머니 얕은 노인은 짐이었다. 할머니는 이민 생활 20년 동안 어느 한순간도 고향의 오목조목한 산천초목과 누런 얼굴색 조선 사람을 잊은 적이 없었다. 그리운 얼굴 떠올리며 몇 달 전부터 사 모은 선물을 이민 가방에 욱여넣고 가보면 정작 그리운 얼굴들의 관심은 미제 물건들에 쏠렸다가 바람 빠지듯 빠져나갔다. 전쟁 후에 자신이 구호물자에 끌려 교회나 성당에 쫓아다니던 것과 너무도 흡사해서 꼭 벌 받는 기분이었다.

할머니는 자신도 모르게 한국 욕을 하고 나면 개운하기보다 이상하게 지긋지긋한 느낌이 덕지덕지 휘감기는 기분이었다. 한동안 그 지저분한 느낌이 사라지지 않았다. 그래서 한국은 그리워도 하지 말고 욕도 하지 말아야지, 결심하곤 하지만 그래도 울컥 이렇게 됐다.

"목이 마르네요."

여태 말없이 아랫입술을 물고 있던 마리아가 이렇게 말하며 슬며시 일어섰다. 할머니의 거칠고 흔들리는 목소리를 듣는 동안 마리아는 또다시 오빠들을 떠올리고 백 일도 못 살고 헤어진 첫번째 남편을 떠올리고 그 남편에게 잠깐 맡기겠다고 한밤에 놓고 나온 딸 경아를 떠올리고 서로 말이 통하지 않아 제 나라 말로 욕하고 싸웠던 앤드류를 떠올렸다. 이민 서류 만들어 초청했는데도 이민 생활 고달프면 마구 패고 행패 부렸던 둘째와 셋째 오빠. 행여 자신들의 오늘을 양갈보 누이가 만들었다 알려질까 전전긍긍하는 피붙이들…….

마리아는 고개를 흔들었다. 다 나쁜 생각들이었다. 생각할수록 마음만 상했다. 사람은 생각하기 나름이라던 노래 선생님의 말을 떠올렸다. 즐겁게, 즐겁게. 기쁘게, 기쁘게. 마리아는 이렇게 생각하며 할머니가 기다리는 수면실로 걸었다.

휴게실 쪽에서 흥분한 아나운서의 목소리가 들려왔다. 이민 백년이란 말이 들렸다. 마리아는 자신도 모르는 사이에 피식 웃었다. 불현듯 부자 나라 접방살이라는 할머니의 말이 떠올라서였다. 이때였다. 신문사든 방송사든 무조건 모른다고 하라던 오빠의 빳빳한 목소리가 귀에 들렸다. 혹시, 마리아는 한 손에 쟁반을 들고 수면실 문을 열다가 생각했다. 혹시 이민 백 주년과 상관있는 건가? 하지만 할머니 앞에 가서 모든 걸 잊었다.

"이거 질금 가루 말야, 다 중국에서 온 거겠지?"

감주를 마시다 말고 할머니가 손으로 입술을 문지르며 물었다. 마리아가 씨이익 웃었다. 할머니도 별 뜻 없이 웃어보였다.

"땀 한 번 더 내야지?"

할머니가 말했다. 마리아는 할머니를 따라 찜질방으로 들어갔다. 젊은 백인과 흑인 여성 둘이 자리를 피하듯 일어나 나갔다.

"애 낳고 찬물에 목욕하는 년들이 웬 찜질이야?"

할머니가 구시렁거렸다. 마리아는 후끈한 찜질방에서 아랫도리에 감기는 서늘한 바람을 느꼈다. 몸이 좋지 않으면 영락없이 허벅지에서 찬바람이 피어오르는 느낌이 왔다.

할머니가 한숨을 내쉬었다. 한숨 쉴 일이 많으면 죽어서도 구천을 헤맨다던데. 마리아는 한숨 소리를 들으며 생각했다. 할머니가 돌아누우며 끙, 신음을 했다. 마리아는 할머니의 등허리를 어루만졌다. 건강하게 오래 사셔요, 속으로 말했다. 곧 할머니의 고른 숨소리가 들렸다. 마리아는 여태 할머니의 등허리에 얹혀 있던 손을 내렸다. 바로 누워 눈을 감았다. 문을 닫았는데도 휴게실 쪽에서 알아들을 수 없는 소리가 와글와글 들려왔다. 이곳에선 하루 종일 한국 방송을 틀어놓았다. 연속극, 코미디, 뉴스, 가요 등등. 대부분 녹화 테이프였다.

'이거 봐, 자기! 나한테 감춘 거 많지?'

마리아는 깜짝 놀랐다. 눈을 감았는데 바로 눈앞에서 일어난 것처럼 아나운서의 목소리가 들렸다. 눈을 반들거리며 다 안다는 표정을 짓던 모습도 역력했다.

"아나운서가 물에 빠져 죽으면 입만 둥둥 뜨겠지?"

할머니는 웃지 않고 물었다. 마리아는 놀라웠다. 할머니가 자신의 생각을 훤히 들여다본 것 같았다. 문득 전생을 생각했다. 그런데 전생은 사라지고 제니가 떠올랐다. 아나운서가 소리친 이름이었다. 제니…… 분명했다. 아나운서는 제니라고 했었다.

마리아의 가슴이 두근거리기 시작했다. 무슨 일일까.

"아침에 그년이 뭐라고 아갈질 했어?"

할머니가 게워내듯 물었다. 마리아는 입을 앙다물었다.

"낯빛이 하도 하얗게 질려서 뭔가 걱정되던데."

할머니가 다 지난 이야기를 방금 일어난 일인 듯 힘주어 말했다. 마리아는 점점 더 입술을 안으로 말아 들였다. 나한테 감춘 거 많지? 마리아는 문득 무섬증이나 추위를 타듯이 할머니의 등에 바짝 붙었다.

"아이구우, 원 애기가 따로 없네."

할머니가 은근한 목소리로 나직이 말했다. 잠시 숙연한 침묵이 내려앉았다. 침묵 속에서 마리아의 입술이 달싹거렸다.

"제가요, 참 사연이 많은 인생을 살았어요. 여기 엘에이 바닥에서도 아마 저 같은 건 없을 거예요."

마리아가 꿈꾸는 목소리로 말했다.

"그런 말 하지도 말아. 아직 마리아가 젊어서 그래. 인생이란 게 한 번 왔다 가는 건데 뭐 별게 있는 줄 알아? 사람은 다 같아."

할머니가 사뭇 야단치듯 말했다.

"하지만 저는요, 가난한 집에 맏딸로 태어나 못 배우고…… 그래서 오빠들이라도 가르치면 덩달아 내 팔자도 피겠지, 그랬어요."

마리아는 한 번도 입에 담지 않았던 말을 하고 있었다. 남의 이야기 하듯, 옛날이야기 해주듯. 그러나 경아를 두고 나올 때 찢어지던 맘을 말할 때 그만 훌쩍거리기 시작했다.

"젖살이 통통하게 올라 뺨이 터질 것 같았어요."

마리아가 말했다. 기저귀를 차고 달리듯 기어오던 모습이 방금처럼 확연했다.

"경아만 찾아서 내가 널 버린 게 아니라고, 그 말만 하고 용서를 빌면, 전 내일 죽어도 미련이 없어요. 이게 뭔 좋은 세상이라고."

"그럼 아침에 아나운서가 그 말을 했던 거야?"

할머니가 물었는데 마리아는 잠깐 침묵했다.

"제가 처음에 하와이에서 살았는데 남편이 탈영을 해서 클럽에 다녔어요. 말도 잘 못하는 내가 굶어 죽지 않고 살아보려고요."

마리아가 말했다. 할머니는 한동안 비밀을 파묻은 듯 아무 말도 없었다.

"남의 흉 사흘 안 가네!"

이윽고 할머니가 무겁게 말했다. 그러나 마리아는 오래 묵었으되 제대로 썩지 못한 쓰레기 더미를 들쑤신 것처럼 걷잡을 수 없는 혼란에 빠졌다. 숨이 거칠어지고 증오와 분노와 억울이 뒤엉켜 머릿속과 가슴이 터지고 찢어질 것 같았다. 이때 문득 모처럼 전화를 건 큰오빠의 당부가 떠올랐다. 신문사건 방송국이건 어디서 연락와도 절대로 만나주지 말라던 것. 마리아가 이유를 물었지만 오빠는 그저 시키는 대로만 하라고 거의 윽박질렀던 것. 뭔지 몰라도 오빠가 미웠다.

“공장에 다닐 때 제 별명이 콩쥐였어요.”

마리아가 갑작스럽게 큰 소리로 말했다.

“콩쥐가 말이에요, 좀 불쌍해요?”

마리아가 다시 말했다.

“저는 계모 밑에 산 것도 아닌데…….”

마리아는 고자질하는 아이 같았다. 꼭 그런 심정이었다. 여태 누구에게도 이런 맘으로 이런 말을 해본 적이 없었다.

“내가 장담하는데 마리아는 극락 갈 거야! 이 엘에이 바닥 다 뒤져봐! 마리아만 한 사람이 있나! 혈육 위해 그 고생 하고도 주눅이 들어서…… 딱해서 못 봐주겠네! 거 뭐야? 경아랬어? 그건 그 애 잘 되려고 그렇게 된 거니 이젠 다시 생각도 하지 말고 울고 짜고도 하지 말어. 마리아가 나랏돈을 빼돌렸나? 사람을 죽였나? 평생 고생 고생 했으면 됐네! 마리아가 극락 못 가면 극락 같은 건 없어! 내가 장담하네!”

“아이구우, 언니. 무슨 그런 말을 하세요.”

“내가 사실만 말하지 꾸며서 말하겠나?”

“아무리 그래도요.”

“쥐꼬리만큼 남은 인생, 우리 기죽지 말고 사세!”

할머니가 힘줘서 말했다. 갑자기 기세가 등등해졌다. 마리아가 더 늙은 기분이었다.

두 사람은 찜질방을 나왔다. 홀에는 그새 사람들이 벅적였다. 샤

워실로 가서 서로 등을 밀어줬다. 이상하게 두 사람 다 기분이 상큼했다. 마리아는 택시를 불러 할머니를 태우고 20불짜리를 주머니에 찔러 넣었다. 택시 요금이 10불인 줄 아는 할머니가, 왜 큰 걸 주느냐며 돈을 들고 소리쳤다. 마리아는 택시 기사에게 어서 가라는 시늉을 해 보였다. 그리고 뒤미처 온 택시를 탔다. 한인타운의 한글 간판들이 휙휙 지나갔다. 포기김치를 크게 그려놓은 김치 간판이 보였다.

하와이에서 마리아는 밥을 잘 못 먹고 바짝 말라갔다. 어느 하루 마리아는 제니를 따라 한국 사람 모이는 곳에서 하얀 쌀밥에 김치를 목이 미어지게 먹었었다. 그런데 그 밤을 못 넘기고 붉은 설사를 했다. 뱃가죽이 등에 붙을 지경이 됐다. 인삼 녹용 같던 김치를, 그 후 그렇게 그리워하지 않고 지낼 수 있었다.

그해엔 여러 가지 일이 많았다. 죽고 싶은 마음뿐이어서 여러 남자와 마음에도 없이 뒤엉켰다. 언제 생겼는지 모를 아이가 자궁 바깥에 붙어서 자궁을 통째 들어낸 것도 그해였다. 같은 해에 만난 피터는 마리아에게 우리는 외로운 게 닮았다고 했다. 그게 주문(呪文)이었다.

마리아는 옷을 갈아입고 양치를 한 뒤에 습관적으로 티브이를 켜다가 전화를 받았다. 할머니였다. 덕분에 편하게 왔다는 인사 뒤에 토요일 일정을 의논했다. 노인회관에선 주말에 샌 마누엘 카지

노로 가게 돼 있었다. 마리아는 시동생이 올지 모른다고 말했다. 족보 건으로 여권을 복사해서 가져갈지 몰랐다. 할머니는 서운해했다. 당신도 가지 말까, 중얼거렸다. 그곳에선 얻는 것보다 잃는 게 더 많았다. 돈을 잃는 건 물론이거니와 인생을 잃는 것 같았다. 도박에 열중한 동안 시간이 사라져버리기 때문이었다. 그래도 그렇게 자기 몰래 사라지는 시간 동안 잡다한 고민과 어두운 기억과 크고 작은 불행의 감정도 함께 사라져서, 마리아도 할머니도 도박장에 빨려 들어가는지 몰랐다.

다음 날, 아나운서는 언제 그런 말을 했는가 싶게 무심했다. 그다음 날도 그랬다. 대신 노인회관엔 이민 백 주년에 대한 바람이 제대로 불기 시작했다. 문자 속이 깊은 할아버지들은 모여서 하와이 사탕수수밭 노예 이민부터 꿰었다. 한국 정부의 관심에 대한 논평에서 미국 정부의 한인 이민자 투표권의 무게에 대한 것까지 다양했다. 고위 공직을 지낸 사람, 정보기관에서 일한 사람, 언론사에 있었던 사람, 정치를 했던 사람 등등 화려했던 과거를 가진 사람들은 인맥, 학연, 지연을 통해 틀을 짜고 있었다. 하지만 마리아나 할머니는 관심이 없었다. 그게 자신들 삶과 무슨 상관인지 알고 싶지도 않았다. 다만 두 사람은 사우나에 다녀온 후로 서로를 더욱 아꼈다.

마리아에게 제니가 낯선 할머니의 모습으로 나타난 것은 금요일 아침이었다. 아나운서가 앞장서서 마리아 앞으로 제니를 데려왔다. 마리아는 한눈에 제니를 알아봤다. 작은 키, 상큼한 콧날, 반짝이는 눈, 까무잡잡한 살색. 그런 것 위에 세월의 재가 덮였을 뿐이었다.

마리아는 제니의 손을 잡고 아무 말도 하지 못했다. 제니도 슴벅거리는 눈을 가끔 문질렀다. 두 사람은 구석 자리에 나란히 앉았다. 서로 바라보고 입을 길게 늘이며 웃어 보였다. 이때였다. 야외용 촬영 카메라를 든 남자와 조명기기를 든 남자가 다가왔다. 취재용 노트를 든 긴 생머리의 젊은 여자가 당당하게 마리아의 앞에 앉았다. 순간 마리아의 눈앞에 성공한 교포인 큰오빠, 작은오빠의 얼굴이 빠르게 스쳐 지나갔다.

"안녕하세요?"

여자가 인사했다. 마리아는 두 손으로 얼굴을 가리고 탁자에 엎디었다. 카메라 렌즈는 그것부터 찍었다.

"왜 이래요! 싫어요!"

마리아가 비명 지르듯 낮게 소리쳤다.

며칠 후 한인 미주 이민 백 년을 기념하는 연중 기획 특집 프로그램에 모자이크 처리된 마리아의 얼굴이 비쳤다. 마리아를 통해 한국인이 백열아홉 명이나 미국으로 이민을 했다는 것이었다. 마리아의 수줍고 당황해하는 모습이 비치기 전에 미국 이민사에 대한 심층 연구로 책을 낸 한국인 대학교수의 인터뷰가 있었다. 그는 한국 이민 백 년사의 초석은 우리가 '양색시'라고 경멸해 부르기를 서슴지 않는 여성들의 '자기희생'을 토양으로 했다는 말로 인터뷰를 맺었다. 그가 말하는 1분 동안 화면은 한국전쟁 이후의 기지촌 풍경을 다양하게 보여줬다. 의정부, 동두천, 평택, 송탄 등지의 기지촌에서 짙은 화장을 한 한국인 여성과 미군들이 뒤섞여 걷거나 춤을 추는 모습이었다. 전쟁 직후는 흑백의 낡은 필름이고 외화 획득에 물불 안 가리던 경제개발 시대의 것은 컬러 화면이었다.

불행인지 다행인지 마리아는 이 뉴스를 보지 못했다.

그러나 노인회관의 구석구석에선 자신들의 이민 역사보다 이곳의 어떤 여자가 과연 기지촌 출신인가를 알아내려는, 병적인 호기심으로 한동안 뒤숭숭했다.

물론 마리아에 대한 오빠들의 실망과 분노는 하늘을 찌르고도 남았다. 그런데 오빠들의 호통을 들은 후에 마리아는 흡사 오랜 질병에서 회복된 기분이었다. 정신이 맑아오는 걸 느끼기도 했다.

그리고 무심해졌다.

미움 뒤에 숨다

엄마의 휴대폰, 모양과 색깔이 다른 두 개의 열쇠, 내 동선의 붙박이인 노트와 볼펜까지 확인하고 숄더백을 멨다. 바지 주머니에 손을 넣어 지폐를 만져보았다. 20불과 10불, 5불짜리가 각각 몇 장씩, 리치먼드 거리에서 쓸 돈으론 충분했다.

외출 준비를 마치고 신문지 크기의 낡은 발판이 깔린 데서 뒤를 돌아보았다. 크지 않은 원 베드룸엔 고요가 빼곡했고 여러 가지가 뒤섞인 비린내가 갑작스럽게 코끝에서 감겼다. 그러나 방문을 닫자마자 고요니 비린내니 하는 것들은 사라졌다.

두 개의 열쇠 중에 은빛이 나는 것으로 방문을 잠갔다. 나머지 하나는 아파트 출입구 열쇠였다. 침침하게 보이는 복도를 걸어 나가 승강기를 두고 계단으로 내려갔다. 디귿자형의 노인아파트 아래층

뜰에서 한국말 소리가 두런두런, 웃음소리와 섞여서 들려왔다. 엄마는 이 시간에 노인센터에 있었다. 그곳에서 미국식 아침을 먹고 춤과 노래를 배우고 체조도 하고 빙고 게임도 하면서 점심까지 해결하고 돌아올 것이었다. 엄마는 노인센터의 일과로 당신의 하루 반절 생활을 맡길 수 있어, 다행스러워했다.

엄마가 눈을 뜨는 시간은 보통 새벽 다섯시에서 여섯시 사이. 세수를 하고 틀니를 끼우고 간단한 화장을 하고 길 건너편의 성당에 간다. 그곳에서 한 시간 정도 기도와 예배를 드린 다음 집으로 온다. 여든을 바라보는 노인 부부가 함께 사는 207호에선 이맘때 엄마를 기다린다. 함께 커피를 마신다. 그러고 나면 아파트 앞에서 노인센터의 셔틀버스가 기다릴 것이다. 그곳에서 일과가 끝나면 다시 셔틀버스로 아파트에 올 수 있고 그곳에서 만난 동무들의 집으로 가서 저녁까지 화투를 치다가 시내버스로 돌아오기도 한다. 돌아오면 아직 잠을 자기엔 이르다. 203호, 210호, 309호……. 엄마를 기다려주는 나이 어린 할머니들은 꽤 된다. 술을 마시거나 화투를 치거나 한국 드라마를 보다가 아홉시쯤 각자 방으로 돌아간다. 틀니를 빼놓고 침대에 눕는다. 침대에 누우면 마주 바라보이는 벽면의 반다지 위에 있는 성모님과 교감한다. 고맙습니다, 성모마리아님. 그래도 잠이 오지 않으면 수면제 한 알을 반으로 잘라 물에 풀어 마신다.

이곳에서 엄마의 생활은 대개 이랬다. 이화여전이나 배화여전을 나온 할머니에서부터 과거가 미심쩍은 할머니까지, 고위 공직생활을 했거나 돈푼을 만졌던 과거를 가진 할아버지와 할머니가 있지만 똑같은 평수의 원 베드룸에 똑같이 주어진 시간을 살고, 이제 언제 떠날지 모르는 이 세상을 허둥지둥, 혹은 미련 없이 느끼고 바라보는 건, 한결같다. 더러 자식 자랑 손자 자랑이 하늘에 닿는 줄 모르는 할머니를 만나면 맞장구쳐주고 돌아서서 허망하다, 헛웃음 웃었다. 자랑도 허물도 돌아서면 같아졌다. 세상에 부러운 것도 아쉬운 것도 없다는 말을 언제부턴가 엄마는 자주 했다. 다만 아직도 당신의 사지를 움직여 당신 뜻대로 생활할 수 있다는 것만이 자랑이라고 했다. 이런 말은 주로 태평양을 사이에 두고 전화로 듣게 되는데, 그럴 때마다 죄책감이 우르르 몰려 나와 내 머릿속이 빼근해졌다. 아무리 엄마가 노인아파트와 연금 생활이 안정적이라고, 어느 효자가 이렇게 해주겠느냐고 말하고 또 말해도 내 불효의 느낌은 옅어지지 않았다. 엄마가 오랜 영주권자의 생활을 접고 마침내 시민권을 받았다고 말했을 때, 그 목소리에서 전해 오던 비밀스러운 절망감이 잊히지 않는다. 자식으로 엄마를 유배지로 보낸 자책감이 내 안에서 변명조차 만들지 못하게 했다.

아파트의 철문을 밀고 나서는데 현기증이 일었다. 철문은 등 뒤에서 자동으로 쾅 소리를 내며 닫혔다. 순간 또다시 눈앞이 깜깜해졌다. 곧 정신을 차리긴 했다. 지난 닷새 동안 거의 제대로 된 밥을 먹지 못했다. 토사곽란에 이어 몸살까지 나흘을 누워서 지냈다. 어제저녁부터 죽을 먹었다. 아침엔 죽 한 사발 더 달라고 했다. 빈 죽 사발을 건네받는 엄마의 얼굴이 환하게 밝았다. 밥버러지는 그저 밥을 먹어야 산다! 흰죽이 넘치도록 담긴 그릇을 건네며 엄마가 씩씩하게 말했다. 태어나서 지금까지 천 번도 더 들은 말 같았다. 김치를 넣은 된장국 한 사발도 비우자 엄마가 이내 밝은 얼굴로, 이제 이겼다! 아이처럼 소리쳤다.

리치먼드 거리. 6년 전 이맘때 걸어본 거리였다. 인터넷에서 내 형편에 적절한 비행기 표를 이리저리 찾을 때부터 리치먼드 거리를 떠올렸었다. 12월 중순의 이 거리엔 평화가 느껴졌다. 길가의 담장에 빼곡한 사철나무의 반짝이는 이파리들. 늘어진 가지 위로 아이의 주먹처럼 솟은 넝쿨장미 꽃송이들. 아름드리 배롱나무의 분홍 꽃가지들. 동백꽃과 가지가지 종류의 장미들. 그리고 이름을 알거나 모르는 수많은 꽃이 피고 지는 아담하고 정갈한 주택의 정원들. 이런 거리를 그냥 걷는 것이 내가 하고 싶은 일 중의 하나였다. 그런 길을 십여 분 남짓 가면 상점 거리인, 리치먼드 스트리트가 있었다. 소박하고 화려하지 않은 가게들을 구경하고 커피 가게 창가 자리에 앉아 카푸치노 한 잔을 마시며 피부색이나 모습이 다른 민족을 구경하는 재미는 내가 즐기는 여행 방식이었다. 말이 안 통해서 편하고 아는 얼굴이 없어서 자유로웠다. 거기다가 주말이면 닫힌 가게 사이에 농부장터가 열렸다. 농부들이 자기 농장에서 기른 채소와 과일, 치즈나 버터, 잼과 빵을 팔았다. 정성과 사랑으로 기른 먹을거리들은 고도의 상술과 이윤을 향한 탐욕과 순진한 욕망이 부딪치는 대형 마트의 광기에선 찾을 수 없는 것이었다.

반바지에 유두가 선연하게 드러나는 티셔츠 차림으로 조깅 중인 백인 중년 여성이 눈이 마주치자 하이, 하고 인사했다. 나도 반가워 하이, 그랬다. 마주 오던 차의 운전자가 신호와 상관없이 나에게 지나가라고 손짓했다. 고맙고 부러웠다. 내가 리치먼드 거리의 주택가를 좋아하고 심지어 그리워하는 이유는 간단하다. 들어가볼 수는 없고, 살고 있는 사람들도 모르지만 왠지 모르게 느껴지는 평화 때문이다. 지금도 그 평화와 안정감은 여전하다. 그런 안정감과 평화를 느낄 때 나는 왜 슬퍼지는지…….

이번엔 토사곽란에 몸살 덕으로 열일곱 시간의 시차가 저절로 없어졌다. 다른 때라면 대엿새는 새벽 세시쯤 일어나 냉장고를 뒤지고 책갈피를 젖히고 노트북의 자판을 두드릴 터였다. 아무리 조심해도 엄마는 찡그린 얼굴로 일어나 매섭게 핀잔을 했다. 그렇게 하면 어떻게 시차를 극복할 거냐는 것이었다. 당신의 86년 인생을 온통 '참는다'는 철학으로 살아온 엄마니까 할 수 있는 말이었다. 하지만 난 억지로 잠자리에 누워서 엄마를 비웃었다. 아, 정말 엄마는 고독한 팔자구나. 곁에 사람의 기미를 두지 못하니.

이런 생각의 근거는 순전히 아버지로부터 나왔다. 더군다나 12월 중순의 성수기 항공 요금을 내고 이곳에 온 것도 아버지 제사 때문이었다.

"누나는 우리 남매 중에서 아버지 사랑을 가장 많이 받았는데 제사엔 코빼기두 안 보이잖아."

작년 아버지 제사 때, 음복을 하던 남동생이 이런 말을 했다고 막내 여동생이 알려줬다. 순간 아뜩했다. 깊게 찔린 기분이었다. 여러 가지로 무리를 해서 여기 온 건, 동생의 그 말에 찔린 느낌이 1년 다 가도록 남아서였다.

아버지의 제삿날은 12월 28일. 물론 정확한 날은 아니었다. 아버지가 언제 돌아가셨는지 아무도 모르기 때문이다.

아무도 모르는 아버지의 제삿날. 제주도 4·3사건도 아니고 6·25 사변 때도 아니고 빨치산도 아니지만 우린 아버지의 제삿날을 몰랐다. 그해 12월 24일, 아버지는 몸이 아프다며 혼자 집에 남았고 저녁에 돌아왔을 때 집은 비어 있더란다. 그리고 아버지는 돌아오지 않았다. 하루가 가고 이틀이 가고 또 한 달이 지나도록 그랬다. 거의 40여 일 뒤에 아버지는 산에서 발견되었다. 시신을 확인하라는 경찰의 연락을 받았단다. 아버지의 옷 주머니에 증명서가 있었다고. 그해 이곳은 기상이변으로 몹시 추웠고, 시신의 부패가 더뎠다고 했다.

그즈음 나는 자주 꿈을 꾸었다. 수도 없이 야릇한 꿈을 꾸었지만 아직도 잊히지 않는 꿈이 있다. 아마 미국인 것 같았다. 장거리 버스를 타고 있었는데 어딘가에서 아버지가 버스의 발판을 딛고 차 안으로 들어섰다. 낡은 남색 야구 모자를 눌러썼고 허리 부분이 조이도록 니트로 댄 남색 점퍼를 입고 있었다. 부석부석한 얼굴엔 5백 원짜리 동전보다 더 큰 검측한 반점이 드문드문 보였다. 눈엔 초점이 없었다. 반가워서 아버지! 하고 불렀다. 아버지가 초점 없는 눈으로 나를 보는 것 같았다. 무어라고 대답도 한 것 같은데 그건 기억에 남지 않았다.

아버지의 장례식은 서울에서 준비했다. 친인척도 많이 부르지 않았다. 뼈로 돌아온 아버지였다. 아버지의 당숙이 꿈에 아버지를 보았다고 했다. 당숙의 손목을 잡고 고향 집 앞의 등성이 밭으로 가더란다. 그래서 아버지의 뼈는 그곳에 묻었다.

장례식을 마치고 집에 돌아온 날, 어머니와 동생들이 한방에 나란히 누웠을 때 내가 꿈에 본 아버지의 모습을 이야기했더니 어머니가 벌떡 일어나 앉았다. 아버지의 마지막 모습이 그랬다고 했다. 모자며 윗도리 등은 물론 얼굴 모습까지도.

그저께 밤중이었다. 나는 아직 환자였다. 하루 종일 누워 지냈고 눈을 뜨면 대개 책을 보았다. 구상 중인 소설의 자료 중 하나인, 만경봉호로 상징되는 재일교포 북송을 다룬 연구서였다.

"잠이 안 오니?"

얼마 전까지 코를 골던 엄마가 목이 잠긴 목소리로 물었다. 나는 침대 맡의 커버를 씌운 전구에 매달린 줄을 잡아당겨 불을 껐다. 나는 2인용 침대를 혼자 쓰고 엄마는 바닥에 요를 펴고 지냈다. 내가 당신처럼 그렇게 잔다고 해도 엄마는 바닥이 더 좋다면서 한사코 내게 침대를 내줬다. 나는 전신의 힘을 빼고 생각도 하지 않으려 애썼다.

곧 엄마가 가볍게 코를 골았다. 다행이다 싶었다. 내가 앞으로 얼마나 더 엄마의 코골이 소리를 들으며 잠을 잘 수 있을까 생각했다. 슬픔이 훅 솟았다. 아무리 노력해도 목숨은 잡히지 않는 것. 그래서 생명은 낱낱이 모두 신(神)이라고 생각됐다.

얼마나 지났을까.

"먼 인간이 그런너?"

엄마가 말짱한 목소리로 말했다. 나는 깜짝 놀랐다. 엄마는 방금도 코를 골지 않았던가.

"엄마, 왜?"

내가 물었다. 엄마의 정신 건강이 염려되어 가슴이 철렁했다.

"불 켤까?"

내가 물었다. 엄마는 대답하지 않고 이렇게 말했다. 아비라면 딸에게 중요한 일이 생겼으니 행동을 삼가야 마땅하다는 것이었다. 그런데 그런 짓을 하다니! 인간도 아니라고 했다. 나는 그 이야기를 들으면서 등에 달린 줄을 잡아당겼다. 신혼집에 어울릴 연분홍의 등갓 속에서 불빛이 퍼져 방 안은 일시에 밝아졌다.

엄마의 이야기는 내 나이 열여덟 살 때의 것이었다. 혼자서 소설가가 된다고 허구한 날 소설책이나 읽다가 결국 소설이 뭔지도 모른 채 쓴 단편소설 한 편이 전국여고생 단편소설공모에 입상한 사건은 여고 3학년 때였다. 시골 사람들이 아들은 민족 고대, 딸은 정숙한 숙명여대로 보내야 한다고 말하던 그 여자대학에서 주최했었다. 내가 시상식에 간 사이 아버지가 양양여자 중고등학교 선생님들을 읍내에 단 하나밖에 없던 요정인 태화옥에서 대접했단다. 그곳에서 아버지는 '야속한 운명으로 뒤늦게 만난' 인연과 붙었다. 그 일로 엄마가 얼마나 큰 고통을 당했는지, 나는 결혼한 뒤에 엄마와 같은 경험을 하게 돼서야 이해하게 됐다.

나는 대충 엄마에게 맞장구를 쳤다. 아버지가 나쁜 사람이다! 나쁜 짓을 너무 많이 했다. 특히 엄마에게. 그러면 엄마는 엉뚱하게도 니 아버지는 참 불쌍한 사람이다, 라고 수정했다. 오장육부 중에 어느 하나는 빠진 사람이기 때문에, 그리고 사람으로 태어나 사람답게 살지 못하고 갔으니 불쌍하다는 것이었다. 나는 겉으로는 열심히 듣고 속으로는 거의 듣지 않았다. 아버지의 제사를 보러 6년 만에 온 딸에게 하필 자다 말고 아버지를 욕하다니. 세월이 얼마나 흘렀는가. 더군다나 엄마는 사람이 짓는 죄 중에 가장 크고 무서운 건 사람을 미워하는 죄라고 말하지 않았던가. 그러니 너도 사람을 미워하지 말라고. 서울에서 전화로 이런 말을 들으면 엄마가 흡사 성인 같았다. 산전수전 다 겪고 나면 성인이 되는구나, 싶었다.

이야기는 여기에서 더 진전되진 않았다. 엄마는 가여운 사람, 불쌍한 사람을 몇 번 더 되뇌다가 그만 자자고, 너 피곤하겠다고 그랬다. 가여운 사람에서 불쌍한 사람으로 건너가는 사이에 꽤 긴 침묵의 시간이 있긴 했다.

줄을 잡아당겨 불을 껐다. 다시 엄마의 코골이를 들으며 나도 잠이 들었다.

다른 때처럼 카푸치노를 시켜서 천천히 마셨다. 커피를 마시는 느린 시간 틈으로 인생은 무언가, 이런 의문들이 비집고 들어왔다. 아버지는 왜…….

"다른 생각 할 필요 없다. 그 사람 팔자다! 그렇게 죽을 팔자야! 느덜 절대루 다른 생각 하면 안 된다."

엄마는 당신의 충격보다 자식들이 받았을 충격에 대해 걱정했다. 마치 머리 위에서 배회하는 독수리로부터 병아리를 보호하려는 어미 닭의 애달픈 도로(徒勞) 같았다. 그러나 엄마의 단속은 소용없었다. 아버지의 죽음은 결코 가볍게 잊히지 않았고 죄책감은 오래도록 무수한 변형을 계속하며 새로운 가지를 뻗었다.

찻집에서 나와 다시 느릿느릿 가게 구경을 하며 걸었다. 작은 속옷 가게, 치즈와 와인을 파는 가게, 커피와 케이크를 파는 가게, 서점과 문구류 가게, 꽃집과 헌옷 파는 가게 등 내겐 구경거리 아닌 게 없었다. 가게들이 끝나는 모퉁이엔 중국음식점, 길을 건너면 병원 간판이 달린 4층짜리 건물이었다. 나는 길을 건너 건물 앞에 서서 사방을 두리번거렸다. 지형지물을 익혀 돌아갈 때를 대비했다.

아무리 주택가라고 해도 어두워지면 엄마는 꼼짝 못 하게 했다. 젊은 흑인 몇이 몸을 흔들고 걸어가면 엄마는 어미 닭처럼 재빨리 나를 안쪽으로 몰아서 방향을 바꾸게 했다. 미국 생활 27년 동안 엄마는 안전한 곳으로 옮기고 또 옮겨서 현재의 지역으로 왔다. 그러나 어둠과 총기 사고에 대한 불안은 엄마의 마음에서 수그러들지 않았다.

아버지에 대한 불안감도 그와 같지 않았을까.

열여덟 살 이후 나는 매를 맞지 않았다. 내가 매를 맞지 않은 건 서울로 거주를 옮긴 때문이었다. 그리고 한 가지 더, 아버지가 나이를 먹어가고 있었다. 나보다 두 살 어린 남동생, 그 아래로 두세 살 터울로 생긴 동생들은 아마 나보다 더 어린 나이에 매를 맞지 않았을 것이다. 그런데도 우리 모두는 아버지를 무서워하고 경계하고 한 발 더 나아가 아버지가 영원히 없어지기를 바랐다…….

어떻게 할까. 그냥 돌아갈까? 치즈와 부드러운 케이크 두 조각을 사서 엄마랑 나눠 먹을까? 나는 4층짜리 건물 앞에 서서 건너온 네거리를 바라보며 생각을 굴렸다. 한 블록이라도 더 가보고 싶은 호기심이 간절했다. 미국 사람들이 사는 모습, 그리고 마을을 구경하고 싶었다.

나는 직선으로만 걷기로 작정했다. 어느 지점에서 등을 돌려 직선으로 되돌아오면 마침내 백 년이 넘었다는 성당의 뾰족탑에 얹힌 십자가를 볼 수 있을 것이었다. 그러면 문제없었다. 성당 건너편이 엄마가 사는 노인 아파트니까.

두 블록쯤 걸어갔을까? 그저 무심히 고개를 들었는데 가슴이 철렁했다. 하얀 색깔의 'HOLLYWOOD'라고 쓴 산등성이의 글자 때문이었다. 언젠가 비행기에서도 내려다보았고 이곳을 무대로 한 영화에서도 본 적이 있는 저것. 엘에이를 알리는 엽서에도 등장하는 할리우드 영화의 상징 부호. 그러나 나에겐 그렇지 않았다. 그 문자의 상징 의미는, 아버지였다.

아버지는 할리우드 산에서 발견되었다. 아열대 수림이 들어찬 9부 능선쯤의 나무숲에서였다.

내가 이곳에 왔던 10년 전 여름이던가? 엄마와 같은 아파트에 살며 자매처럼 지내는 할머니의 남편이 운전을 해줘서 그곳에 간 적이 있었다. 엄마는 그분 부부와 함께 이른 아침 할리우드 산으로 산책을 다니고 있었다. 그러나 엄마는 아무에게도 아버지 이야기를 하진 않았을 것이었다. 아무리 믿고 친하게 지내더라도. 그 전날이었다. 엄마가 은밀하게 말했다. 옆집 아저씨가 너 등산 좋아하면 산에 가자는데 갈래? 비밀 암호를 말한다 해도 이보다 더 은밀하고 작은 소릴까. 열기가 확확 끼치는 작은 목소리. 가지요, 뭐. 나는 아무렇지 않게 대답했다. 엄마는 소설 쓰는 큰딸이 등산을 좋아한다고 그저 아무렇지 않게 말했을 것이고 내가 온다니까 아저씨는 함께 등산을 가자고 했을 것이었다. 아무렇지 않게.

해가 뜨면 덥다고, 출발은 동트기 전이었다. 그런데도 할리우드 산 정상에 이르는 구불거리는 등산로의 어둠 속에선 온통 한국말뿐이었다. 주차장에서 내려 한국말을 따라 걸어 올라가는 동안 나는 마침내 한국 사람들이 할리우드 산을 '정복'했구나, 생각했다. 말소리가 너무 거침없어서 오만함이 느껴졌다. 날이 훤히 트이자 한국 사람들 틈에 실수처럼 낀 백인과 흑인과 멕시코 사람 들이 보였다. 괜스레 웃음이 나왔다. 나는 처음부터 명랑하고 경쾌하고 예의 바르게 행동했다. 하지만 마음속에서는 수상쩍은 태풍을 넘어 위험한 쓰나미를 준비하고 있었다.

정상에 올랐다. 여러 가지 운동기구가 놓여 있고 대부분 한국 사람들이 사용하고 있었다. 대개 중년은 넘어 보였다. 나는 정상에서 사방을 둘러보고 어디에 나무숲이 가장 우거졌는지 살폈다. 사실 정신이 없었다. 제정신이 아니었다. 말로 설명할 수 없는 감정들이 뒤죽박죽인 채 들끓었다. 엄마가 곁에 와 섰다. 엄마는 벌써부터 내가 황망히 두리번거리는 걸 보았을 것이었다. 허둥지둥 이리 가고 저리 가서 아래를 살펴보는 모습을.

엄마의 기미를 느끼고 돌아보며 나는 우선 미소 지었다.

"엄마, 혹시 저긴가?"

나는 아무렇지 않게 그중 나무숲이 우거져 보이는 곳을 가리키며 물었다.

"그쯤 될 거다."

엄마가 고개를 끄덕이며 말했다. 그리고 우리는 다시는, 다시는 할리우드 산에 대해 말하지 않았다.

아침마다 엄마가 먼저 집을 나섰다. 나는 집을 지키는 딸에게 잘 먹고 잘 지내라는 의미의 말을 하는 엄마를 방문 앞에서 배웅했다. 엄마는 늘 쫓기는 모습이었다. 자세히 보면 그랬다. 반드시 화장을 하고 옷을 제대로 차려입으려 신경 쓰고 머리에 빗질도 정성을 들였다. 괜찮니? 문턱에서 물었다. 아주 좋아, 10년은 젊어 보여. 내 답변은 이런 의미를 맴돌았다. 그리고 나는 복도의 동쪽으로 걸어가는 엄마의 뒷모습을 역광으로 바라보았다. 윗몸이 흔들리는 걸음걸이엔 무언가에 쫓기는 급하고 불안한 기운이 감돌았다. 가슴이 미어졌다. 엄마를 어떡하면 좋을까. 어떻게 엄마와 이별할 수 있을까. 엄마에게 평화는 없는가?

언젠가 이랬다. 내가 살더라도 얼마나 더 살겠니? 그저 좁쌀 한 줌만큼 남은 목숨을.

엄마의 목소리가 너무 비장해서, 다른 때처럼 엄마 그런 말 하지도 마! 농담으로 넘기지 못했다. 당신은 그럴 짬만 나면 놓치지 않고, 난 이제 살 만큼 살았다, 부러운 것도 아쉬운 것도 없다고 말했다. 하지만 엄마를 다급하게 쫓는 불안감이 나를 더 불안하게 했다. 도대체 무엇일까. 죽음인가? 평생 불안하게 살아온 표식인가? 태어나면서부터 학대받고 또 학대받으며 자라서 엄마에게 익숙한 건 학대인가? 선을 보러 온 허우대 좋고 서글서글하게 생긴 총각에게 맘이 기운 건 학대의 후천적 유전자가 그렇게 했던 걸까?

아버지는 제왕같이 살았다. 제왕의 기분에 따라 가족이 이리저리 우왕좌왕했다. 우리가 잘 모르는 어른들의 문제로 아버지는 화를 내고 엄마는 매를 맞았다. 자신을 낳아놓은 엄마가 자기를 낳아놓은 아버지에 의해 매질을 당하는 모습을 거의 다달이 지켜보아야 하는 생태 조건은 질병의 산실(産室)이었다. 하지만 자식들이 엄마의 참혹함을 지켜보는 것으로 그치지 않았다. 우리도 아버지의 기분에 따라 종아리에 피가 터지거나 아궁이에서 튀어나오는 생쥐처럼 집에서 뛰쳐나왔다. 자식들의 이런 지경을 보기만 해야 하는 엄마의 무기력과 자기 비하와 수치심과 분노와 공포는 오죽했으랴. 그리고 골목이나 마당가에서 공포에 질려 떨고 있는 우리 형제를 구경하던 이웃들의 눈길로부터 받았던 능멸감은, 우리도 모르는 사이에 내면으로 들어가 우리의 성장을 두고두고 간섭했다.

엄마와 자식인 우리의 정신적 유대는 이런 비겁, 비하, 치욕, 공포, 능멸의 양수 속에서 공존했다. 그리고 아버지는 우리에게 그런 것을 해결할 시간과 공간을 한꺼번에 빼앗으며 영원히 사라졌다. 그의 죽음은 그랬다. 엄마는 마침내 더할 수 없는 죄인이 되어 아버지의 친인척들에게 비굴해졌다. 남동생은 신경 치료를 받고 나는 남성 중심, 폭력의 가치 생산 따위에 치를 떨며 그런 고뇌와 의문과 슬픔을, 허겁지겁 소설로 썼다. 그래서 미치지 않고 오늘에 이를 수 있었으리라.

내 기억으로 아버지는 평생 노동자였다.

전쟁이 휴전으로 멈춘 뒤, 삼팔선 북쪽이었다가 남한 땅으로 수복된 고향엔 노동자가 할 일이 많지 않았다. 아버지는 전기공, 전기 기술자였다.

어릴 때 아버지가 허리에 찬 혁대는 퍽 인상적이었고 자랑스러웠다. 여러 가지 공구가 꽂힌 가죽 주머니를 매단 폭이 넓은 혁대를 마치 깃털 털듯 허리에서 풀어 던지는 아버지의 모습은 영웅본색이었다. 아버지가 그런 혁대를 차고 뜨거운 여름이나 매섭게 추운 겨울에 높이 치솟은 전신주를 오르내리고 땅속으로 기어 들어가 전선을 잇고 자르는 위험하고 민망한 모습은 본 적도 없고 상상도 하지 못했다. 어쨌든 아버지가 가족을 때리기 위해 참나무 장작을 휘두른다거나 아이들과 아내를 겁주기 위해 위협적으로 눈을 부라리며 소리를 지르지 않는다면 그 나머지는 모두 자랑스러웠다. 목소리는 우렁차고 힘이 세고 몸집이 우람하고 걸음걸이는 위풍당당했다. 가족에게 풍성한 그늘을 드리우는 가장으로 이만한 사람이 또 있을까. 아버지와 함께 길을 걷거나 아버지로부터 사랑받는 느낌을 현실적으로 경험하면, 행복하다 못해 당장 오만 방자하게 됐다.

아버지가 돌아가신 뒤, 아버지를 벗는 일은 쉽지 않았다. 그것은 나 혼자만의 문제가 아니었다. 아버지의 유전자를 나눠 받고 그 반쪽에 영향을 미친 엄마와 우리 자식들 모두 그랬다. 아버지의 직접적 사인이 무엇인가, 누가 어떻게 아버지를 자살의 지경으로 몰아갔는가 하는 책임을 따지고 싶어 안달했다. 이런 와중에 엄마는 어미만의 본능적 감각으로 그 자책을 덜어내려 안간힘을 다했다. 아버지의 자살은 무책임의 극단이라고 강조했다. 자식을 조금이라도 생각한다면 그런 결말을 지어선 안 된다고, 그러니 끝까지 이기주의자라는 것이었다. 나는 엄마 말이 아주 틀린 건 아니라고 생각하면서도 엄마가 너무 안쓰럽고 미웠다. 우리의 죄책감은 얽히고설키어 있었다. 아버지의 폭력에서 자식들을 보호하지 못한 죄, 엄마의 고통을 지켜본 죄, 거기에다 우리가 차마 입에 담지 못하는 것이 있었다. 아버지를 미워한 죄였다. 아버지가 없어지기를 바란 죄였다. 차라리 아버지가 죽기를 바란 죄였다. 아버지가 죽기를 바랐다고 고백하지 못하는 건 야비함 같았다. 우리는 끝까지 야비함은 건드리지 않았다. 하지만 이 부분에서 엄마가 보이는 특별한 태도 한 가지가 있었다.

"봐라, 엄마는 끝까지 이혼하진 않았다. 너희가 나한테 그렇게 아버지랑 이혼하라고 할 때 엄마가 참았으니……. 어떠냐, 너희가 이렇게 버젓하지 않느냐……."

이 말을 들을 때 우리 형제 누구도 맞장구를 치진 않았다. 왜 그런지 모르겠다. 누구도, 그래 엄마, 엄마가 잘 참았지 뭐. 이런 말을 하지 않았다. 이런 말은 대개 제삿날 제수를 장만할 때거나 음복을 할 때 나왔다.

그해, 10년 전 여름, 할리우드 산에서 우거진 나무숲을 바라보며 나는 아버지에게 마지막이란 기분으로 말했다. 아버지 이제 다 알아요. 사랑을 많이 받았어요. 저를 용서해주세요. 그리고 편히 쉬세요. 아버지가 사방에서 느껴졌다. 울지 않으려고 애썼다. 엄마에게 눈물이나 슬픔을 보일까 걱정했다.

나는 서울로 돌아오는 비행기에서 후련해지기를 바랐다. 아버지를 벗는구나, 싶었다. 다소 그런 점도 있었다. 아버지의 장례를 치른 몇 달 후 아버지의 객사한 혼령을 극락으로 보내는 진혼굿을 했었다. 죽은 아버지는 산 우리에게, 산 우리는 죽은 아버지에게 서로 빌고 용서하며 한과 원을 풀고 화해했다. 또 세월이 흐르는 동안 과거의 기억들이 희석되긴 했다. 더군다나 몇 년 후, 꿈에 아버지를 보았는데 웃는 얼굴이었다. 내가 있는 방문을 밀고 웃으며 들어왔다. 아버지가 웃네! 꿈에서 감격적으로 소리치던 내 목소리까지 또렷이 기억할 수 있다. 더군다나 꿈을 깨고 느꼈던 후련함, 해방감 같은 기분도.

차차 아버지를 생각하는 횟수가 잦아들었다. 오래도록 아버지가 떠오르지 않기도 했다. 아버지의 묘지가 있는 아버지 고향 집 앞산 밭머리의 그곳은 마을로 올라오는 구불거리는 길이 다 내려다보이는 곳이었다. 아버지가 당신의 당숙에게 안내했다던 그곳. 나는 묘지에서 사방을 돌아보다가 그 지형을 알아채고 깜짝 놀랐었다. 아버지는 죽어서도 기다리는 것이었다. 당신을 찾아오는 정(情)들을.

아버지의 묘지엔 잔디가 뿌리를 내리지 못하고 내내 제비꽃만 무성했다. 아무리 잔디를 심어놓아도 소용없었다. 나를 잊지 말아주세요, 혹은 나를 사랑해주세요 등의 꽃말을 떠올리지 않아도 무더기로 핀 묘지의 보랏빛 작은 꽃은 가슴을 아리게 했다.

'HOLLYWOOD'라는 글자를 쳐다보았다. 몇 블록을 걸어왔나? 아무리 느리게 걸었어도 뒷걸음질은 아니었다. 불현듯 걱정이 됐다. 폭이 좁아진 길의 신호등에 걸려서 정신 차리고 바라본 거리는 낯설었다. 판자 담장이 나타나고 정원을 가꾼 집들은 보이지 않았다. 낡은 2층이나 3층짜리 아파트의 외관은 가난했고 자존심을 방기한 느낌이었으며 총기 사고가 두려운, 범죄의 미국을 떠올리게 했다. 이제 돌아가야 했다. 길을 잃거나 위험한 상황을 맞닥뜨리는 건 좋지 않았다. 내 성정에서 가장 취약한 부분은 공포에 견디는 담력이었다. 등을 돌려 곧장 두 블록쯤 걸었다. 저만큼 앞에 4층짜리 건물이 보일 때야 걸음이 늦춰지고 숨이 편하게 쉬어졌다.

소박하고 정겨운 리치먼드 거리의 상점들은 흡사 고향 같았다. 빵 가게에 들어가 엄마랑 먹을 케이크 두 조각을 샀다. 느릿느릿 정원이 아름다운 주택가 길을 걸었다. 그러나 내 맘에 들어오지 않았다. 아버지 때문이었다. 그해 12월 24일 집을 나가서 아버지는 할리우드 산으로 갔다. 당신의 예순네 해 생을 정리할 장소를 찾다가 방금 내가 그랬듯 눈에 잘 띄는 글자를 향해 걸었을지 몰랐다. 그곳은 당장 눈앞에서 바라보이는 가장 높은 산이며 당신은 산골에서 태어나고 성장했으니까. 산에서는 태평양을 건너 당신의 나라 한국과 강원도의 산천을 느껴볼 수 있었을 테니까.

그랬을까? 저 글자를 따라 걸어갔을까? 당신의 소지품은 모두 빼놓았다고 했다. 손목시계, 지갑……. 마지막 순간에, 목이 졸려 더 이상 숨을 쉴 수 없었을 때, 손이 귀한 집안에서 태어나 당신을 황태자로 길러준 청상과부 할머니의 손을 잡았을까? 할머니가, 그래 내 손자야, 힘든 길 잘 피해 왔다, 이제 맘 놓아라, 내 품에서 쉬어라, 이랬을까? 당신의 지갑엔 아내와 자식의 사진은 없고 낡은 할머니의 사진이 들어 있었다. 오만하고 강직한 인상의 할머니는 이목구비가 청나라의 서태후 같았다.

오래도록 아버지를 잊고 살았다. 미국에도 가지 않았다. 그 6년 사이에 이런 일이 있었다.

내가 살고 있는 미아리고개 너머 길음동, 정릉과 월곡동 사이의 움푹한 공간은 삼양동과 더불어 난민촌이었다. 비만 내리면 질척거리는 그곳. 경계도 없이 아무렇게나 붙여 지은 판자나 루핑 얹은 집들이 '재개발'되었다. 뉴타운이란 이름이었다. 뉴타운에 들어갈 돈을 마련하지 못하는 가난한 사람들은 뉴타운 입주권을 팔고 서울의 변두리를 찾아 더 멀리 더욱더 멀리 떠났다. 나는 열 개의 단지로 개발되는 그곳의 한 곳에서 살기 시작했다. 가장 꼭대기 층이었고 앞은 찻길이었다. 찻길 건너편에 일곱번째의 단지가 지어지기 시작했다. 처음엔 사람들이 남루한 이삿짐을 꾸려 떠나면 포클레인이 와서 간단하게 부숴다. 굴삭기와 천공기가 땅을 파고 바위를 깼다. 그리고 아파트 공사가 시작되었다. 셀 수도 없이 많은 공정들이 이어졌고 그런 공정마다에 노동자들이 들고 또 났다. 나는 하루도 쉬지 않고 들고 나는 노동자와 공정들을 지켜보았다. 그동안 나는 어쨌든, 노동자의 마음으로 소설을 써야 한다느니, 노동자가 대접받는 세상이니 하는 말에 익숙한 의식을 가졌다고 믿었다. 그런데 천만에, 나는 처음으로 수많은 업종의 건설 노동자를 '구경'했던 것이다. 승용차를 몰고 새벽에 공사장으로 온 남자들은 차 곁에서 옷을 벗고 일복으로 갈아입었다. 그들은 나 같은 여자가 위에서 당신들의 팬티만 입은 몸을 구경하고 있을 거란 상상은 못 했을 것이다. 지하철 길음역에서 구름처럼 나와 공사장 안에서 옷을 갈아입는 노동자들은 더 많았다. 더울 땐 웃옷을 벗어 비틀어 짜는 모습도 보였다. 땀이 물처럼 흘러내리는 것도 보였다. 그러나 아직은 아니었다. 아파트가 어느 정도 골격을 갖추었을 즈음이었다. 바로 눈앞에서 전신주 위에 올라선 남자가 보였다. 허리엔 '아버지의 혁대'를 차고 있었다. 해는 뜨겁고 사람들은 숨을 죽인 듯 거리가 비어 있었다. 그런데 그는 전신주에 매달리지 않고 지게차의 상자 속에서 작업하다가 마지막에 잠깐 전신주 위로 올라간 것이었다. 전깃줄들이 땅으로 떨어져 내렸다. 전깃줄이 떨어져 내린 곳 저만큼 앞에는 뚜껑 열린 맨홀이 보였다. 좁은 구멍으로 들어가는 사람이 보였다. 역시 아버지의 혁대를 차고 있었다. 한여름의 맨홀 속은 죽음의 가스가 휘감길 것이었다.

순간, 이런 생각이 떠올랐다. 아버지는 창피했을까? 부끄러워서 화가 났을까? 당신의 생존 환경과 조화할 수 없는 존재감으로 정체성의 혼란을 겪었을까? 어린 날, 노동자가 무엇인지 모를 때, 아버지의 혁대는 나의 자랑이지 않았던가. 아버지를 단지 무섭고 책임감 없는 남자로만 이해하던 내게는 충격이었다.

승용차 뒤에서 옷을 갈아입는 가부장들. 그들의 존엄은 임금(賃金)인가, 아내와 자식들로부터 보장되고 확인되는 권력인가? 존엄과 권력을 잃지 않기 위해 그가 감춘 비애나 치욕감은 술집이나 연인만이 위로할 수 있었을까.

나는 너무 늦게 아버지의 감추어진 존재감을 본 것 같았다. 그것을 제대로 이해하고 공감할 수 있었다면 아버지와 자식인 우리와 아내인 엄마 사이엔 친구 같은, 동지 같은 유대감이 생겼을지 모른다는 생각을 하게 됐다.

아버지가 집을 나가서 돌아오지 않았던 그해 12월 23일, 아버지와 동생들 사이에 갑작스러운 불화가 생겼다. 큰 여동생이 아버지의 연인으로부터 온 편지를 받고 읽은 것이었다. 내용이 동생을 분개하게 했다. 아버지는 그녀에게 딸의 등록금을 보내주겠다고 약속했던 듯했고 그 여자는 돈이 필요하다는 내용과 절절한 그리움에 대해 썼다.

서울에서 장례를 치르는 동안 동생이 나에게 아버지에 대한 실망을 말했다. 그건 동생만의 실망이 아니고 우리 모두의 절망이었다.

맨 처음 우리 가족의 이민은 큰 여동생으로부터 비롯되었다. 미국에 이민 간 시누이를 둔 여동생은 이민 절차를 끝낸 뒤에 결혼식을 했다. 그리고 그 동생의 외로움과 희망에 기대어 동생들과 엄마까지 이민을 가는 데 10여 년의 세월이 걸렸다. 남은 사람은 아버지와 제도상으로 남의 집안사람이 된 나, 둘뿐이었다. 그런데 아버지는 엄마의 걱정이었다. 그의 노후를 어쩔 것인가, 딸에게 부담이 된다면, 늙어 비참해질 텐데…….

나는 아버지의 이민을 주선했다. 한사코 가지 않겠다고 버티던 아버지가 비행기를 탔다. 나는 너무 기뻐서 엄마랑 덮고 잘 비단이불을 선물로 마련해드렸다. 그리고 홀가분하게 아버지를 잊었다. 그로부터 7개월 후 아버지의 가출과 해를 넘겨서 발견한 시신 등, 이런 사건이 일어나지 않았다면…….

나는 엄마보다 사흘 먼저 미시간으로 갔다. 동생과 조금 더 지내고 싶었다. 제수에 쓸 북어포와 강릉의 갈골 산자, 고향의 가지가지 산나물, 들기름과 된장, 고추장 등속을 선물로 내놓았다. 곧 미국의 서부와 남부, 중부 등에서 동생들이 모여들었다. 화투를 치다가 녹화한 한국 티브이 프로그램을 보다가 우린 아버지를 이야기하고 한꺼번에 웃었다. 대부분 이런 내용이었다. 아버지가 있었다면 지금 밥상을 뒤집어 엎었을 거야, 매 맞을 나뭇가지를 꺾어 오라고 소리 질렀을걸, 아버지는 평생 어른이 안 된 어린아이였어, 따위.

제삿날이 가까워질수록 우리의 농담엔 복잡한 감정들이 고였다. 눈에 보이지 않는 그런 것들로 분위기가 축축해지고 있었다. 아버지가 좋아하는 떡, 아버지가 좋아하는 생선, 아버지가 좋아하는 고기, 아버지가 좋아하는 국수, 아버지가 좋아하는, 아버지가 좋아하는……. 우리는 눅눅하다 못해 곪아 터질 지경의 목소리로 아버지 타령을 늘어놓았다. 말이 없어진 건 엄마였다. 엄마는 어느 시간부터 구경꾼처럼 뒤처져 있었다. 제사라면 나는 도사 수준이었다. 결혼한 뒤에 며느리로 사는 동안 저절로 익은 것이었다.

집 안 청소를 하고 정갈하게 씻고 옷을 갈아입고 제수를 제기에 고이고 병풍을 둘러치고 돗자리를 깔고 제수를 진설하고 촛불을 밝히고 향을 피우고 술잔을 드리고 절을 하고, 마침내 아버지의 혼령이 제상에 와서 음식을 드실 순서가 되었다. 산 사람이 기다리는 시간에 나는 아버지에게 그동안 당신의 자손들에게 일어난 일들을 보고했다. 아버지, 로 시작될 때 이미 울음이 차올랐지만 참고 참았다.

…… 아버지, 아버지의 아들은 커다란 가게를 하나 더 늘렸습니다. 장손은 학교를 졸업하고 좋은 회사에 취직했습니다. 둘째도 잘 살고 셋째도 잘 살고 넷째도 잘 살고……. 나는 우리 형제들과 그

자식들의 이야기를 하고 있었다. 엄마는 잊었다. 그런데 갑자기 엄마가 튀어나왔다.

"야! 석이가 집 샀다는 거 말해라!"

"제발 근이 건강하게 해달라고 빌어라!"

"수야 박사학위 받게 해달라고 빌어라!"

"야, 빨리 절을 해라! 할아버지한테 소원을 빌어!"

엄마는 내가 말하는 틈틈이 무대 뒤에서 앞으로 튀어나오듯, 문 뒤에서 안으로 들어와 이렇게 소리쳤다. 동생들이 기다렸다는 듯이 웃었다. 그러나 나는 웃지 못했다. 엄마의 눈에 알 수 없는 성분들의 열기가 고여 번들거리는 걸 보았다. 엄마에겐 아버지가 신이란 말인가?

서울로 돌아오는 비행기에서 나는 엄마의 번들거리던 눈빛을 떠올렸다. 아버지가 가출하던 날 아침, 엄마가 방을 나설 때 이불을 뒤집어쓰고 누웠던 아버지가 고개를 들고 엄마를 쳐다보더란다. 아버지가 당신을 한 번 더 보았던 거라고, 나중에 말했다.

엄마가 한국에 나와 고향의 아버지 산소에 갔을 때였다. 산소에 오르는 길이 숲으로 변해 찾을 수가 없었다. 엄마는 화가 나서 이럴 수가 있느냐고, 여든이 넘은 나이라곤 상상도 할 수 없는 속도로, 벌이 윙윙거리는 잡목과 쐐기풀 우거진 덤불을 헤집고 오르다가 미끄러지고 또 기어오르기를 거듭한 끝에 마침내 산소를 찾아냈다. 자식이 있다는 게 이럴 수 있어? 엄마는 제비꽃만 무성한 묘지에서 맨손으로 풀을 쥐어뜯으며 토하듯 중얼거렸다. 한국에서 산소를 돌볼 사람은 나밖에 없었지만 나는 산소를 오래도록 잊고 지냈다.

그날 너무 실망하고 화가 나서 화조차 내지 못하던 사람의 눈빛과 태도를 보았다. 나는 엄마가 평생 아버지를 사랑했다는 걸, 엄마보다 더 아버지를 사랑할 수는 없다는 걸, 화를 삭이느라 애쓰는 엄마의 등덜미에서 보고 한동안 숙연했다.

그랬다. 엄마는 미움도 사랑이며 어떤 삶이든 한 덩어리의 사랑이라고…… 당신의 슬픔과 고독과 소외, 그리고 미움 뒤에 숨어서 부끄러움을 무릅쓰고 수줍게 알려주었던 게 아닐까.

언니를 놓치다

명희는 배추 된장국에 밥을 말아 몇 술 뜨곤 수저를 놓았다. 푸짐히 담긴 미역 초무침, 구운 아지, 북어찜과 산나물엔 손도 대지 않았다. 월북한 세희 언니가 만나기를 신청했다는 소식을 들은 이후 제대로 밥을 먹은 적이 없었다. 어떤 날은 솟구치는 그리움으로, 더러는 억누르기 어려운 울화로, 그리고 서글픔에 겨워서 먹고 자는 일상을 놓친 것 같았다.

말소리와 밥 먹는 소리가 와글거리는 식당엔 그러나 명희 같은 사람들도 꽤 됐다. 밥은 밀어놓고 누룽지 숭늉 한 사발 받고도 그마저 먹지 못하고 멍한 눈으로 말없이 허공을 바라보는 사람, 벌써 식당 바깥으로 나가 어정거리는 사람, 숫제 호텔 방에서 나오지 않은 사람도 있었다. 다섯 명으로 한정한 방문 가족을 꽉 채워 온 경우도 있지만 명희는 혼자였다.

달포 전이었나? 적십자에서 연락을 받았을 때, 거짓말이지 싶어서 몇 번이나 세희 언니가 맞느냐, 정말 나를 만나자고 했느냐, 나를 어떻게 알았느냐, 마구 따져 물었다. 꿈 때문이었다.

전화 받기 꼭 사흘 전이었다. 명희는 꿈에 세희를 보았다. 꿈에라도 보고 싶던 언니가 이제 그 희망조차 삭아버린 뒤에 나타났다. 머리를 땋아 내린 열다섯 살의 세희는 시흥 공장의 정문 앞에서 동료들과 함께 걸어 나왔는데 명희는 그 앞에서 언니! 언니! 반가워 소리쳐 부르며 발을 굴렀다. 세희는 들은 척 않았다. 명희는 화들짝 깨어서 꿈이 부고(訃告)일지도 모른다는 느낌에 사로잡혔다. 같은 땅에서 55년을 오가지 못하고 살면서도 혈육이라고 당신 죽은 걸 이렇게 알리는구나, 생각했다. 슬프지도 않고 그저 황망한데 눈물이 주르륵 흘러내렸다.

장전항을 마주한 산의 경사면을 살려 지은 호텔. 명희는 비탈길을 느릿느릿 올라갔다. 오른쪽으로 고요한 장전항, 그 뒤로 건물과 산이 바라보였다. 안내를 맡은 청년은 장전항의 일부를 현대아산에서 임대해 사용하니 정해진 구역 너머로 가선 안 된다고 여러 가지 주의 사항에 넣어 알려줬다. 명희는 갈 수 없는 곳을 바라보았다. 달리면 금방인 북한 땅. 아득하고 막막했다. 행사 기간 동안 북한을 '북측'이라 부르라 했다. 55년 동안 북한이었던 이름. 단지 사흘 동안 북측이었다가 행사가 끝나면 또다시 북한이었다. 명희를 미치게 하는 혼란은 이것만이 아니었다.

중턱쯤의 객실 쪽에서 분홍색 한복을 곱게 차려입은 백발의 할머니가 중년의 여자와 남자의 부축을 받으며 걸어 내려오고 있었다. 아들며느리겠지. 명희는 생각했다.

"우황청심환을 드시래두."

남자가 말했다.

"어머니, 그게 좋아요."

이번엔 여자였다. 명희는 그들 곁을 지나치며 할머니를 잠깐 쳐다보았다. 대쪽 같은 거 말고는 표정이 없었다. 입도 암반처럼 굳어 보였다. 명희는 할머니를 쳐다본 게 죄를 지은 기분이었다. 그새 비탈길은 분주해졌다. 객실에서 옷을 갈아입은 사람들이 서두르며 나오고 있었다. 차를 타고 오던 때완 달리 복장이 화사하거나 단정해 보였다. 그러나 뭔가 수십 년 동안 박제되었던 사람들이 되살아난, 기이한 분위기였다. 겉모습은 살아났으되 감정은 아직 풀리지 않은 상태일지 몰랐다.

명희는 지정된 버스에 올랐다. 버스 안은 고요하고 무거웠다. 뭔가 곧 터질 것 같았다. 현실을 비현실로 느끼고 비현실을 현실로 느끼게 되는 기이한 어긋남에 숨이 막혔다. 금강산으로 떠나는 날이 다가올 때, 명희는 세희를 만나면 우선 때려주겠다고 생각했던 것도 잊었다. 언니를 정말 때려주고 싶었다.

세희와 명희 자매의 아버지는 경찰관이었다. 명희를 낳고 산후

바람에 얻은 병으로 어머니는 명희 세 살 나던 해에 죽고 아버지는 이미 알고 지내던 젊은 여자와 곧장 재혼했다. 남매를 낳은 계모는 성정이 간사하고 포악했다. 아버지가 없는 데선 전실 자매를 학대했고 부녀지간을 이간질했다. 계모의 편을 드는 아버지를 증오하던 사춘기의 세희가 집을 뛰쳐나갔다. 시흥의 공장에 취직을 한 뒤 문간방을 세 얻어 명희를 데려왔다. 나이로는 다섯 살 터울인 세희가 명희에겐 언제나 어머니였다. 명희는 어머니 얼굴을 기억하지 못했지만 세희는 늘 명희가 어머니를 빼닮았다고 했다.

그해 여름, 인민군이 쳐내려오고 피란을 가느라 아수라장이 됐는데 세희는 눈에 빛을 뿜었다. 새로운 세상이 왔다는 것이었다.

“돈 없고 못 배운 사람도 차별받지 않고 여자도 차별하지 않아. 머슴과 소작농이 토지를 배급받았어. 이게 꿈이나 꿔본 세상이냐? 이게 다 장군님의 은혜란다.”

더운 여름 한 철 내내 빛이 어린 눈으로 세희는 동생에게 ‘새로운 세상’을 이야기했다. 세상에 가장 나쁜 것이 사람 차별인데 그게 없어지니 이제 누구라도 서럽지 않게 살 수 있다고 들떠서 춤췄다. 차별이 없어지면 모두가 동무라는 것이다. 세희는 동무들과 어울려 밤낮으로 사업과 회의에 바빴다. 명희는 그 모든 것이 무슨 의미인지 이해하지 못했지만, 덩달아 으쓱해지긴 했다. 하지만 너무 짧아서 꿈이었나, 의심스러운 그해 여름의 희망은 석 달을 다 채우지 못했다. 세희는 도망치듯 황망히 ‘곧 돌아온다’는 말만 남기고 본능적인 불안과 초조에 휩싸인 명희를 두고 떠났다.

그 후 명희는 1년 동안, 10년 동안, 20년 동안 '곧 돌아온다'는 말을 붙잡고 놓치지 않으려 안간힘을 썼다. 그렇게 붙잡을 것이 없었다면 쉴 새 없이 파고드는 절망과 좌절, 두려움의 유혹에 제 목숨을 내놓았을 것이다.

명희는 세희가 언제 돌아올지 모르면서도 언제나 그랬듯 문간에 쪼그린 채 앉아 있었다. 비행기가 머리 위로 지나가고 가까운 곳에서 우다당탕 쿵쾅 하는 폭격 소리가 들려왔다. 명희는 손가락으로 귀를 틀어막았다. 불안해서 숨이 쉬어지지 않을 때도 많았다. 비행기는 더 자주 뜨고 밤낮으로 폭격을 했다. 명희는 며칠째 배가 아팠다. 배가 아픈 동안 세희는 집에 오지 않았다. 명희가 마른 나무를 주워다 아궁이에 지펴 해둔 밥은 솥에서 그대로 상해갔다.

그날 밤도 하늘에 별이 가득했다. 별똥별이 하늘을 긋고 사라졌다. 몇 개가 거푸 그랬다. 명희는 문간에서 쪼그린 채 잠깐 졸았다. 명희는 돌무더기 쪽에서 들리는 여치 울음소리에 문득 정신을 차렸다.

"명희니?"

세희였다.

"방에서 기다리지!"

대답도 못 하는 명희에게 등을 돌려대며 세희가 걱정했다. 세희는 명희를 잘 업어줬다.

방에 들어갔지만 불을 켜지 못했다. 폭격기 때문이었다. 등잔불이 없어서 별빛에 사물이 비쳐 보였다. 세희는 배에 두르고 온 쌀을 풀어놓았다.

"언니 없는 동안 밥 잘 먹고 잘 지냈어?"

세희가 물었다. 명희는 배가 아파 아무것도 먹지 못했다는 말을 하지 않았다.

그리고 무슨 말을 했던가. 세희는 채 반 시간이나 명희 곁에 있었을까?

"명희야, 곧 돌아올 거야. 어디 가지 말고 여기서 꼭 언니를 기다려야 해. 저 쌀이 다 떨어지기 전에 반드시 돌아올 테니……. 언니 믿지? 우리가 흡혈귀 양키 놈들을 박살 내지 않고는 영원히 행복할 수 없단다. 민족이 해방되지 않으면 노예처럼 살게 된단다. 언니가 하는 말 알지?"

명희는 한 번도 언니를 의심한 적이 없어서 그날도 물론 믿었다. 다시 돌아온다는 말, 저 쌀이 다 떨어지기 전에 반드시 온다는 말을. 그러나 자매가 짧은 이별을 위해 부둥켜안았을 때 둘은 서로가 몹시 떨고 있음을 느꼈다. 두렵고 두려웠던 건 열두 살의 명희만은 아니었다. 슬픔이 공포에 짓눌려 울 수도 없었던 건 명희만이 아니었다.

쌀이 떨어지기 전에……. 한 말이 채 못 되던 쌀자루. 가을이 깊어지고 서리가 내릴 때쯤, 명희는 쌀자루 앞에서 불안했다. 쌀을 다

먹으면 언니가 오지 못할까, 걱정됐다. 냄비를 들고 주먹으로 쌀을 펐다 덜었다 했지만 첫눈이 내릴 때 마지막 쌀을 다 먹었다. 농사를 짓던 주인집이 부엌 바닥을 파고 독을 묻은 뒤에 피란 짐을 쌌다. 명희는 함께 가자는 주인집을 뿌리쳤다. 언니가 여기서 기다리라고 했다며 뒷걸음을 쳤다.

"언니가 독한 빨갱이 아니유."

명희는 고개 숙인 채 주인아주머니가 자신의 시어머니에게 수군거리는 말을 들었다. 할머니가 며느리에게 뭐라고 말했다. 언니가 오기나 한대? 이런 말같이 들렸지만 명희는 듣지 않았다고 생각했다.

쌀이 떨어지고 54년이 더 지났다.

상봉단과 지원단과 보도진을 태운 스무 대 가까운 버스는 느리디느리게 움직였다. 의자 사이에서 드물게 속삭이는 소리가 들리곤 하였다. 사람들은 누가 뭐라지 않아도 숨죽여 말하고 있었다. 더러 크게 들리는 목소리는 가난하고 헐벗은 북한을 흉보거나 얕잡는 말이었다. 우중충한 옷을 입고 개울에서 빨래하는 두어 명의 아낙네. 남한 어디에서도 볼 수 없는 풍경이긴 했다. 고성의 일성콘도에 집결한 어제 오후, 간단한 설명회가 있었다. 반세기 동안 헤어졌던 혈육과 만난다 해도 체제가 다르고 사상이 달라 말이나 풍속이 같지 않은 게 있을 것이며 그 점을 서로 존중해줘야 한다는 주의 사향이 있었다. 상대편의 자존심을 건드리는 말이나 행동을 하지 말도록 당부했다. 그러나 이런 말들이 명희에겐 들리지 않았다. 달랑 혼자인 가족도 명희뿐인데 짐이라곤 등에 멘 배낭이 전부인 사람도 명희 외엔 더 보이지 않았다. 검정 바지에 밤색 점퍼, 검정 배낭, 운동화. 지금 배낭의 안주머니엔 흰 봉투에 넣은 미화 천 불이 들어 있었다. 상봉 가족에게 줄 돈은 모두 미국 돈으로 준비하라는 말을 듣고 난생처음 만져본 미국 돈이었다.

명희는 한 번도 넉넉했던 적 없이 예순 넘게 살았지만, 그리고 북한에 홍수와 가뭄이 들어 굶어 죽는 사람이 늘고 탈출하는 주민들이 있다고 해도, 자신보다 언니가 넉넉하지 않다는 상상은 할 수 없었다. 54년 동안 언니가 죽었을 거란 상상은 하지 않았지만 자신보다 못살 거란 상상도 할 수 없었다.

우리 언니가 어떤 언닌데!

이 믿음은 명희의 의지를 벗어난 신앙이었다.

해가 바뀌었던 겨울, 혼자 남은 명희는 언니를 기다렸다. 눈이 하얗게 내린 마당에 온종일 발 디딜 만큼 눈을 치웠다. 언니는 오지 않고 피란민이 집을 차지했다. 문산 쪽에서 내려온 일가족이었다. 남자는 할아버지와 소년, 나머지는 할머니와 아기 젖을 먹이는 젊은 부인이었다. 그들은 얼굴에 노란 병색이 도는 명희를 보고 놀랐다. 언니를 기다린다고 말해도 그들은 믿지 않았다. 하지만 그들은 명희와 밥을 나눠 먹었다. 동네 빈집을 찾아다니며 먹을 것과 돈 될 성싶은 것을 훔쳐 오던 그들은 전선이 삼팔선을 오르락내리락하자 서울로 떠났고 피란 갔던 주인집이 햇수로 2년 만에 돌아왔다. 그 이듬해 휴전이 됐다. 휴전은 전쟁보다 더 무서웠다. 전쟁을 기다리는 전쟁이 시작되었다. 이승만 대통령은 북진 통일을 하겠다고 부르짖었다. 전신주나 벽마다 '때려잡자 김일성'이라는 구호가 붙어 있었다. 뿔이 달린 괴물이 튀어나온 이빨 사이로 피를 흘리는 모습은 끔찍했다. 언니가 말한 인민의 해방자 김 장군님과 피를 빨아 먹는 뿔 달린 괴물 사이에서 정신을 잃지 않으려고 명희가 얼마나 애를 썼는지 누구도 알 수 없었다. 그건 목숨 같은 비밀이었다.

명희는 눈앞이 뿌옇게 보여 손등으로 차창의 유리를 문질렀다. 그러나 여전했다. 적십자에서 연락을 받은 뒤로 문득문득 눈앞이 하얗게 된 적이 몇 번 있었다. 어떻게 눈앞이 그렇게 흰 눈처럼 하얄 수가 있는지 의문이었다.

단체 상봉 장소는 온정각휴게소. 오후 세시부터 다섯시까지였다. 오후 세시가 되자면 반 시간이나 더 있어야 했다. 남측에서 온 가족이 정해진 팻말이 놓인 탁자에 앉아 기다리면 정해진 시간에 북측 가족이 들어온다고 했다. 명희의 팻말이 붙은 원탁은 창가 쪽이었다. 팻말을 찾다가 명희는 다시 한 번 눈앞이 하얗게 되어 순식간에 헛발을 디뎠다. 정신을 차리자 이내 눈앞이 캄캄해졌다. 언제부터 입술을 깨물었는지 파인 입술이 제 모습으로 쉬 돌아오지 못했다.

시간은 왕왕거리며 흐르고 있었다. 촬영 준비를 마친 사진기자단, 수첩을 꺼내 들고 무엇을 적는 기자, 여러 가지 표정으로 서 있는 지원단 사람들. 다섯 명의 가족이 한 사람을 기다리는 원탁은 풍성했다. 어느 자리에서 황급히 일어서는 사람이 있었다. 의료진이 그쪽으로 다가갔다. 안정제가 주어졌다. 우황청심환을 먹는 사람도 있었다. 왕왕거리며 지나가는 시간 속으로 마른 눈물이 차오르고 있었다. 사람들은 무언가를 보려고 눈알이 쓰라리게 집중하면서, 아무것도 보지 못할까 봐 초조해했다.

아주 잠깐 동안 명희는 세희 언니의 모습을 그렸다. 그저 그 모습이 스쳐 지나갔다. 열일곱 살 언니. 숱 많은 검은 머리를 탱탱하게 땋아 내린 언니. 카랑카랑한 목소리. 팔과 다리가 튼튼하고 살집이 단단하던 언니. 눈동자는 검고 볼은 불그레했다. 도톰한 입술이 말을 하려 벌어질 때면 옥수수 같은 이가 돋보였다. 새로운 세상! 차별 없는 세상! 인민이 누구나 평등한 세상! 부자도 가난한 사람도 없는 세상. 타고난 능력만큼 일하고 필요한 만큼 가지는 세상.

명희는 세희 언니의 세상에는 아무런 관심도 없었다. 기다리지도, 부러워하지도, 살고 싶지도 않았다. 그게 어떤 세상인지 상상이 안 됐다. 하지만 언니의 모습은 그려졌다. 일흔한 살. 언니라면 아직 할머니 축에도 끼지 않을 것이었다. 도무지 늙지 않을 얼굴이니까. 순간 명희의 마음이 따뜻해졌다. 자랑스러운 세희 언니. 세희 언니를 자랑하고 싶었다. 명희는 자신과 언니가 닮지 않은 것도 좋았다.

벽시계가 세시를 가리키려 할 때였다. 활짝 열어젖혀진 출입문 쪽에서 둑이 무너진 것 같은, 그러나 소리 없는 함성 같은 것이 확 밀려왔다. 사람들이 일제히 일어서고 플래시가 번쩍번쩍 터지고 어디선가 툭툭 터지는 울음소리가 들리기 시작했다. 명희가 가슴에 훈장을 단 회색 양복 차림의 할아버지들이 줄지어 들어오는 걸 본 건 소리 없는 함성이 느껴진 몇 초 뒤였다. 그리고 똑같은 천으로 지은 치마저고리를 입은 할머니들을 본 것도. 아버지! 언니! 오빠! 형님! 삼촌! 호칭과 이름이 서로 뒤섞이고 엉켰다.

명희는 세희 언니를 찾았다. 한눈에 알아볼 수 있는데 도무지 보이지 않았다. 세희 언니……. 명희는 아무리 정신이 없어도 열일곱 살 처녀를 찾지는 않았다. 얼굴에 주름도 잡혔을 것이며 머리숱도 줄었을 거란 생각은 했다. 하지만 눈이 침침해서였을까. 자꾸만 눈앞이 하얗게 되었다가 캄캄해지길 되풀이해서일까.

원탁을 찾는 번호는 남북이 같았다.

할아버지들과 할머니들은 번호를 보고 찾아갔다. 번호보다 먼저 얼굴을 알아보는 사람들도 있었다. 그러나 세희 언니…… 그리 늙기도 어려울 것 같은 할머니 한 분이 명희 쪽으로 다가오고 있었다. 늙은 얼굴에 비하면 자세는 대꼬챙이같이 꼿꼿한 할머니. 표정이 없는 할머니가 팻말 앞에 와서 잠깐 숨을 고르듯, 상대편을 확인하듯, 어쩌면 예의를 지키듯 멈칫하다가 의자에 앉았다. 서울에서라면 보기 힘든 밤껍질 같은 얼굴색. 일부러 고랑을 지어놓은 듯한 깊은 주름. 메마른 몸피. 사람이 제대로 먹기만 해도 저런 얼굴, 저런 모습이긴 어려웠다. 명희는 소란하고 어수선하고 말로는 표현할 수 없는 억압된 격정들이 상식의 더께를 깨고 솟구쳐 오르는 실내에서, 다만 홀로 고요했고 홀로 적요한 침묵에 휩싸였다.

"명희가 왔구나."

언니는 어디 있지? 엉뚱하게도 이런 생각이 들 때였다. 명희가 왔구나. 마주 앉은 대꼬챙이 할머니가 엉뚱하게도 청춘의 목소리로 말했다. 명희가 왔구나. 하지만 명희는, 명희가 왔구나, 라는 말소리에 언니는 어디 있지? 라고 덮개를 덮었다. 그리고 또다시 침묵이 흘렀다. 어느 탁자로는 남북의 보도진과 남북의 진행 요원들이 모여들어 작은 잔치판이 벌어졌고 어디선가 억제하지 못한 흐느낌이 울려오고 어디서는 작은 웃음소리, 어디서는 묻고 대답하는 말소리, 어디서는 장군님! 이라는 호칭이 들려왔다. 명희는 언니라고 말하고 싶었다. 언니라고 불러보고 싶었다. 그러나 결코, 절대로, 언니여선 안 되는 할머니의 얼굴을 차마 마주 볼 수가 없었다. 때려잡자 김일성. 북진 통일. 간첩단 등등. 사상적으로 반목하는 민족끼리 서로 폄하와 증오를 쌓고 또 쌓아갈 때도 명희는 그 속에 언니를 상처받지 않도록 간직했었다. 명희에게 세희 언니는 그런 것들과는 아무 상관이 없었다. 언니는 언니가 말하던 세상, 가난하지도 않고 차별받지도 않는 세상에 있을 테니까.

언제 손을 탁자에 얹었을까. 명희는 그 위에서 흔들리는 손을 탁자 아래로 감췄다. 떨리는 건 손만이 아니었다. 몸도 덜덜 떨렸다. 몸이 차디차게 얼어든 지 오래였다.

"어……어……니이."

명희는 말하고 싶었다. 그러나 목소리는 가위눌린 듯이 입술만 실룩거리며 소리로 새어 나오지 못했다. 이때 할머니 세희가 탁자 위에 얹었던 보자기를 풀기 시작했다. 저게 뭘까. 혹시 54년의 뭉텅일까? 여러 개의 동전 크기 메달과 낡은 상장과 사진첩이 드러났다. 명희는 탁자 밑에서 열 손가락을 비틀었다. 손가락이 바숴지듯이 아팠다.

"…… 위대한 김일성 주석과 김정일 장군님의 은혜로 나는 이렇게 잘 살았다. 이 훈장들을 봐라."

세희가 맨 처음, 명희가 왔구나, 할 때와는 전혀 다른 음색으로 그래서 성마르게 들리는 음성으로 크게 말했다. 김정일 배지를 단 지원단이 웃는 얼굴로 원탁 사이를 느릿느릿 걸어 다니고 있었다. 원탁에서는 누구나 지금 그렇게 하고 있었다. 명희는 배가 아팠다. 미군 비행기의 공습이 밤낮을 가리지 않을 때, 세희 언니의 희망에 넘치던 얼굴에 긴장감이 서릴 때, 미제 원쑤들이라는 말을 자주 입에 올릴 때, 배가 아파 밥을 먹지 못할 때처럼 지금 명희는 배가 아팠다. 두 손으로 아랫배를 움켜잡았다. 그럴 때 세희는 자신이 위대한 김일성 수령님과 장군님의 크나큰 사랑으로 얼마나 행복하게 살았는지, 민족 통일과 해방의 일꾼으로 보호받았는지…… 말하고, 말하고, 또 말했다.

"어, 언니."

이윽고 명희가 울면서 언니를 불렀다. 세희는 정작 대답하지 않았다. 마치 녹음기를 틀어놓은 것처럼 자신의 영웅적 삶과 수령님과 장군님의 사랑을 되풀이해서 말했다. 여섯 명이 앉을 수 있는 원탁은 명희와 세희에겐 참혹하도록 넓고 또한 멀었다. 화목하게 사진을 찍고 손을 맞잡고 볼을 부비는 가족들에겐 남북의 보도진들이 기다렸다는 듯이 쫓아가 되풀이 연출을 부탁했고, 눈이 침침한 어머니 앞에 큰절을 올리는 아들의 모습도 찍혔다. 반세기 넘도록 외동아들을 기르며 홀로 살아온 남쪽의 아내와 재혼해서 여러 자식과 수많은 손자를 둔 남편. 그들도 좀체 말을 나누지 못했다. 연좌제에 걸려 하고 싶은 공부를 다 하지 못한 아들도 한참 울었고 난생처음 보는 할아버지가 도무지 낯선 손자는 얼얼한 표정으로 할아버지의 훈장이며 메달을 구경했다.

명희의 두 시간은 당혹스러운 침묵으로 무거웠지만 다른 사람들과 마찬가지로 먼지같이 훌훌 날아갔다. 북에서 온 사람들이 먼저 자리에서 일어섰고 그들은 저절로 자석처럼 따라붙은 남측 가족들의 배웅을 받으며 문을 나섰다. 두 시간 후에 만찬이 있을 것이었다. 두 시간 후에 다시 만날 것이었다. 정해진 대로.

명희는 세희가 자리에서 일어서도, 무어라고 말해도, 보지 않고 듣지 않았다.

북측 사람들이 빠져나가자 두 시간의 흥분, 그리고 그 이전의 기대와 두려움과 분노와 회한이 모두 거짓말처럼 사라졌다. 아직 자리에서 일어서지 못하는 남측 사람들의 표정은 대부분 허탈과 좌절, 절망과 침통에 개운함까지 뒤섞여 기이함을 자아냈다. 천만 개, 이천만 개의 잿더미 위. 그 상징의 한곳에 성급히 꾸며진 가설무대는 아무렇지 않게 철거되었고 그 아무렇지 않은 것에 적응하지 못한 이산가족들은 자리에서 일어서지 못했다.

이윽고 북측 사람들이 모두 나가고 남측 사람들도 자리를 비웠지만 명희는 의자에서 일어설 수가 없었다.

이건 아니야!

명희는 세차게 머리를 흔들었다. 언니가 진짜 그 세희 언니라면, 이건 아니야! 언니가 그런 모습이서도 안 돼! 잘 살았다니! 언니가 세희 언니라면 먼저 나한테 미안하다, 약속을 못 지켜서. 이런 말을 했어야지. 그리고 용케 살아남았구나, 그랬어야지. 그래야 세희 언니잖아. 보고 싶었다고, 하루도 잊은 날이 없었다고, 그래야 세희 언니가 맞잖아. 이건 아니야. 정말 아니야. 용서할 수 없어…….

명희는 할 말을 하지 못해서, 그 말이 숨통을 막아서 도무지 의자에서 일어서지 못했다. 가슴에 소속 기관과 이름을 붙인 표를 매단 여성 진행 요원이 다가와 미소 지으며 나가시지요? 할 때까지도 명희는 일어설 수 없었다.

"편찮으십니까?"

남성 진행 요원이 다가와 정중하고 사무적인 목소리로 물었다. 명희의 몸이 부르르 떨렸다. 진저리로 근육이 풀린 것일까. 새로운 긴장에 정신을 차린 것일까. 명희는 두 손으로 원탁을 누르고 힘겹게 일어서서 배낭을 짊어졌다. 그리고 무언가 훌쩍 빠져나간 듯 휑한 상봉장을 나섰다. 54년 기다려서 두 시간 만나고, 또 다른 두 시간의 자유와 공백을 지난 뒤에 다시 이곳에서 만찬을 할 거였다.

명희의 혼란은 개인이나 집단에 대한 보호와 억압이 제도화된 역사 이래 생기게 된 정신질환 중의 하나일지 몰랐다. 명희가 세희와 헤어진 1950년 9월 18일 이후, 열두 살 여자아이의 인생은 '이리 치이고 저리 치였다'는 말 이외엔 달리 표현할 마땅한 말이 없었다. 그래도 살아남을 수 있었던 건 오직 깊이 감춰둔 희망, 꿈, 자부심인 세희 언니 때문이었다. 명희의 생존 본능이 너무 깊이, 감쪽같이, 앙큼하게 숨겨서 반공법도 정보부도 안전기획부도 알아낼 수 없고 찾아낼 수 없었던 세희 언니라는 희망, 꿈, 자부심이었다.

그러나 명희는 배우가 아니었다. 기다려야 하는 일이 남아 있어서 명희를 살게 했지만 다른 역할은 할 수 없었다. 나이를 먹어 저절로 변하는 것 말고 다른 것은 하나도 가지지 않았다. 연인이 되는 것, 아내가 되는 것, 어머니가 되는 것, 할머니가 되는 것. 그런 건 할 수 없었다. 말로 할 수 없는 고통과 불행은 자기 하나로 충분해서. 자신으로 하여금 또 다른 사람을 불행하게 할 수 없었다.

처녀 시절부터 중년에 이르기까지 애정을 고백하는 남자들이 더러 있었다. 그 진심이 쓰라리게 느껴지기도 했다. 전쟁의 와중에 우연하게 식모로 들어앉게 되었던 집의 주인 남자, 그 남자의 동생, 그 남자의 아들까지 줄줄이 덮쳤던 기억 말고 남자와 맨살을 맞물려본 적이 없었다. 열세 살의 명희는 사타구니가 찢기는 고통을 느꼈지만 그 집에서 열여섯 살까지 벙어리처럼 일만 하며 살았다. 그 집 여자들은 모두 제 몸을 황소처럼 마구 부리며 일밖에 모르는 명희를 아꼈다. 여자의 성징인 생리는 그 집을 나와 공장에 취직한 열여덟 살 이른 봄에 시작됐다. 그날 변소에서 명희는 오래도록 울었다. 왜 우는지도 모른 채였다.

만찬까지의 두 시간을 보내려는 사람들은 온정각휴게소 근처를 산책하거나 끼리끼리 모여 갖은 소회를 털어놓기도 했다. 북측에서 운영하는 선술집 의자는 동이 났고 북한 물건을 사는 사람들도 꽤 됐다. 북한의 서커스가 공연되고 있는 원형극장으로 몰려가거나 건너편 찻집으로 커피를 마시러 가는 사람들도 있었다.

명희는 여전히 혼자였다. 누구도 명희에게 말을 걸지 않았다. 명희도 곁을 주지 못했다. 화단가에 놓은 차가운 화강암에 걸터앉아 멍한 눈으로 허공을 바라보았다. 바람이 블록을 깐 광장을 바닥부터 쓸며 뿌연 먼지를 불어 올렸다.

언니는 어디 갔지?

명희는 불현듯 사방을 둘러보았다. 54년 동안 겉모습은 늙었는데 함께 늙지 못한 딱하디딱해서 참혹한 감정 하나가 있었다. 그 감정 하나가 명희의 인생이 됐다.

등산용 배낭을 짊어진 젊은 단체 여행자들이 무리 지어 지나갔다.

여기가 어디지? 내가 왜 여기 있지? 아, 언니는!

명희는 얼얼했다. 눈앞이 하얘졌다가 새카매졌다. 사람들이 보이다가 없어지고 빈 벌판에 사람들이 점점이 나타나기를 되풀이했다.

언, 니, 는, 어, 디, 갔, 지?

쌀이 떨어지기 전에 돌아온다던 언니……는.

명희는 예순여섯 살의 할머니였으나 지금 저 홀로 떨어져 앉아 뒤죽박죽인 애증의 심연에서 시달렸다. 늙어서도 벗지 못한 어린 계집아이의 옷이 명희의 살갗을 파고들어 살이 된 지 오래였다. 엉덩이가 시리고 저릴 때까지 쑥돌에 앉아 있는 것도 여기가 언니와 함께 살던 문간방 앞이라고, 고집스럽게 착각해서였다.

명희의 54년처럼, 가족을 떠나 북으로 간 피붙이를 기다리는 쪽은 남측이었다. 금강산 높은 바위 봉우리로부터, 보이지 않는 해금강 푸른 바다로부터, 곧게 뻗어 울창한 금강산 솔숲으로부터 깊어진 가을의 저녁 기운이 기웃거리기 시작했다. 여기저기 흩어져 낯설고 눈치 보이는 감정을 다스리지 못하는 방문단의 나이 많은 사람들은 무겁거나 홀연하거나 들뜨거나 얼떨떨한 모습으로 첫 상봉을 겪은 만찬장 쪽으로 움직이기 시작했다. 오래도록 가위눌린 마음은 쉽게 원래의 것으로 돌아가지 못한 듯 보였다. 지독한 그리움은 아직도 저마다의 깊은 과거에 자취를 숨기고 있을 것이었다.

만찬장의 음식은 먹을 것이 담긴 그릇을 겹쳐놓아야 할 지경으로 가짓수가 많았다. 그러나 뜬 것들을 푸근히 가라앉히는 된장찌개, 혀에 짜르르한 김치, 볕에 잘 익은 조선간장에 담백한 간이 배고 들기름 내 그윽이 풍기는 나물 반찬은 없었다. 여기저기서 북측 억양이 기름처럼, 거품처럼 떠올랐다 꺼지곤 하였다. 술을 잔에 붓고 건배를 이끄는 인사말도 행사에 걸맞춰 순서대로 이어졌다. 전쟁과 분단, 이산의 의미가 그저 글자에 지나지 않는, 헤어진 이와 나누었던 추억이 없는 남측의 청소년들은 서둘러 음식을 먹고 자리를 떴다. 오고가고 주고받는 술은 잔치가 분명한데 분위기는 한사코 묵직하고 복잡했다.

그러나 어느 한 가족도 똑같지는 않았다. 벌써 과거를 현재로 만들어 가족의 안부를 묻고 화답하는 가족들도 있었다. 남측에서도 잘살고 북측에서도 남다르게 '성공'한 가족들이 대개 그랬다. 아무것도 먹지 못하고 언니의 손을 잡고 우는 늙은 동생, 좀체 눈을 마주치지 않는 늙은 수절 아내, 그 슬픔과 배반감을 차마 감당하지 못해 눈치 보는 할아버지, 귀가 어둡고 눈이 잘 보이지 않는 어머니에게 음식을 떠먹여주는 반백의 아들, 이런저런 높낮이로 웃고 우는 소리가 크고 작은 말소리에 뒤섞이고 있었다.

명희는 고개를 한쪽으로 튼 채 건배를 위해 채웠던 잔을 비운 세희를 보았다. 그리고 그 많은 음식 중에서 제육 한 점을 집어 먹는 것도 보았다. 그러나 세희가 그것을 씹으며 지난 10여 년의 참혹했던 '고난의 행군'을 떠올리고 있다는 걸, 명희로선 상상할 수 없었다. 북한의 수해와 홍수, 그리고 미국 등의 대북한 경제제재 조치 따위는 명희에게 현실인 적이 없었다. 그래서 지금 배곯아 죽어나간 동무들이 걸려 모래알 같은 고깃점을 부실한 이로 어설피 오래도록 씹고 있는, 세희의 슬픔을 명희는 도저히 헤아릴 수 없었다. 그게 세희에겐 섭섭하고 한편 가당찮았다.

"한잔해라. 먹은 거 내리기에도…… 술기운이 보탬이 된다."

세희가 말했다. 낮고 무겁고 싸늘했다. 조국의 자주 통일과 외세로부터 민족 자주성을 유린당하지 않으려는 당의 방침에 헌신한 평생. 어떤 슬픔, 어떤 그리움도 그것에 우선하지 않았다. 어떤 슬픔, 어떤 그리움에도 결코 부끄럽지 않았다.

명희의 손이 저절로 잔을 들었다. 언니가 든 잔에 부딪쳤다.

"찬이 풍성하구나."

세희가 말했다. 명희는 안주로 생선전을 집어 들었다. 한입 삼키기 무섭게 속이 매슥거렸다.

"명희야, 네가 내 동생이라면 민족의 자주 통일 사업에 동참해야 한다. 위대한 지도자 동지……."

"언니!"

순간 명희가 세희를 부르며 똑바로 쳐다보았다. 눈에 눈물이 그

렁그렁했다.

“언니, 나 그런 말 들으러 여기 온 거 아니야. 난 언니를 한시도 잊은 적이 없었어. 언니가 내 언니라면 그때를 잊어선 안 되지. 내가 열두 살이었어. 미군 폭격기가 밤낮으로 떴잖아. 동네가 쑥대밭이 됐잖아. 난 어디가 어딘지 분간도 못 했다고. 타다 남은 나뭇가지에 걸린 사람의 내장이 뭔지, 팔다리만 떨어져 나뒹구는 게 뭔지, 죽은 어머니 가슴을 파고 우는 갓난아기가 뭔지…… 미쳐서 여태 살았는데 거기 희망을 지펴준 게 언닌데…….”

명희는 울면서 말했다. 세희는 아무 말도 하지 않았다. 단지 깊은 한숨을 몇 번 쉬었다. 명희네 자리 몇 번 뒤쪽에서 노랫소리가 들려왔다. 남자 어른이 애절한 음성으로 〈황성옛터〉를 부르고 있었다. 매슥거리던 속이 뒤집힐 것 같았다. 입을 앙다물고 구역질을 가라앉히려 애썼다. 어디서는 〈반갑습니다〉라는 북한 가요가 들려왔다. 좁은 통로를 사이에 둔 앞쪽에서 장년의 한 남자가 자리를 박차고 일어나 몸을 비틀며 급히 바깥으로 나갔다. 세희가 통일만이 살길이라고 말하기 시작했다. 명희는 방금 그 남자처럼은 아니었으나 황급히 일어섰다. 배 밑바닥부터 솟구쳐 오르는 구역질이 더 참아지지 않았다.

여자 화장실은 북적거렸다. 음식을 탓하는 사람, 행사가 지겹다고 말하는 사람, 돌아가고 싶다는 사람, 이런 게 다 저쪽의 ‘딸라벌이’라는 사람의 말 등이 무책임하게 섞이고 있었다. 이런 중에 급히 활명수를 찾고 우황청심환을 구하는 사람도 있었다. 명희는 변기 앞에 쪼그려 앉아 먹은 것을 모두 올렸다. 먹은 게 없어 쓴 물까지 넘어오는 듯하더니 이윽고 텅 빈 속이 편해졌다. 힘겹게 일어서자 눈앞에 별이 소나기같이 쏟아졌다.

이때 남자 화장실 앞이 왁자해졌다.

"아니, 뭐 저런 게 있어! 저러고도 삼촌이야? 우리가 자기 땜에 얼마나 고생하고 살았는데 미안하단 말 한마디 없이, 뭐? 죽여버릴 거야! 죽여야 돼!"

사람들이 몸을 가누지 못하는 그에게 달려들었다. 그 남자는 죽일 거라고, 죽여야 한다고 연신 소리쳤다. 1분 정도의 소란은 화장실과 복도 쪽에 길고 큰 여운을 남겼다. 명희는 몸도 마음도 지쳐서 복도에 놓인 의자에 쓰러지듯 앉아 만찬이 끝날 때까지 들어가지 않았다.

그런데 이상했다. 두 시간의 만찬을 끝내고 버스로 숙소에 돌아와 씻지도 못하고 침대에 쓰러졌다. 명희는 북의 언니가 만나기를 희망한다는 말을 들은 이후 이날 밤 처음으로 깊은 잠을 잤다.

이튿날 아침, 비가 내렸다. 여태 명희를 사로잡았던 언니가 눈앞에서 사라지고 비안개에 젖어 고즈넉한 장전항이 바라보였다. 굵지 않은 빗줄기에 젖은 가을 풍경은 서늘하고도 아늑했다. 어제는 이곳으로 왔고 내일은 이곳을 떠날 것이었다. 오전엔 개별 상봉이 있고 점심을 먹은 뒤, 삼일포로 나들이를 갈 것이었다. 명희는 이런 일정들을 머리에 그리며 언니를 비웃고, 찰나에 버렸다. 마치 54년을 게워내듯 해일처럼 솟구치던 지독한 환멸의 감정도, 지금은 얼핏 우스울 지경이었다. 모두 거짓말 같았다. 54년조차 없던 세월 같았다. 행여 길에 떨어뜨릴까, 누가 훔쳐 갈까, 여미고 또 여민 천 불. 주지 말까? 야비한 맘도 스쳐 지나갔다. 식모로 가정부로 식당으로 공사판으로 병원으로 돌아다니며 못 배우고 가난하고 피붙이 없는 여자가 할 수 있는 일은 무엇이든지 다 했지만 불광동에 스무 평짜리 다세대주택 한 칸 마련한 게 10년이 못 됐다. 곗돈도 떼이고 불쌍하고 급한 사람에게 빌려준 돈 받아본 기억도 별로 없었다. 게다가 사기 분양에도 걸린 적이 있어 벌어서 제 몸 위해 사치한 적 없고 일가친척 모르고 살아 누구 밑으로 들어간 돈도 없었지만 목돈으로 쥐지 못했다. 사람 말을 그저 믿어, 뭐가 사기인지 거짓인지 분간할 줄 몰랐다.

추운 북쪽에서 세희 언니 한겨울 춥지 않게 나라고 마련한 내의는 단체 선물로 모아졌다. 정해진 개별 상봉장, 호텔의 객실 한 칸씩이 배정됐다. 문 한 짝 사이로 난 복도에서 저벅거리는 발자국 소리가 자주 들렸다. 아, 얼마 만인가. 일흔 줄과 예순 줄의, 부모 자식 같은 자매는 도무지 입을 열지 못했다. 세희는 할 만큼 해서인지, 동생에게 조급히 주입하려 애쓰던 민족자주통일의 혁명과업에 대해 말하지 않았다. 몸에도 잡혔을 것 같은 얼굴과 손의 주름 사이로 비리고 서늘한 슬픔과 회한의 눈물이 저릿저릿 비끼는 듯했다.

"자식은 몇이나 뒀냐."

두 시간의 개별 상봉. 말없이 반 시간도 넘게 흘려보낸 뒤에 세희가 낮고 젖은 목소리로 물었다. 무안당한 속 좁은 아이처럼 내내 고개를 숙이고 있던 명희는 불현듯 고개를 추켜들었다. 놀란 눈빛이었으나 표정은 굳어 보였다. 세희가 그 얼굴을 바라보며 모처럼 할머니다운 미소를 머금었다. 그런 동안에도 명희는 언니의 물음을 삭이지 못해 굳은 표정을 풀지 못했다.

"손자도 봤겠구나."

세희가 여전한 목소리로 말했다. 순간 명희의 얼굴에 모멸이 지나갔다. 세희가 생수병을 비틀어 마개를 열고 잔에 물을 따랐다. 세희가 마른 입술과 입안을 축이는 동안 명희의 입술이 파르르 떨고 있었다. 입안에서 까슬까슬하게 고물대던 말들이 결국 샜다.

"자식? 자식이 뭐래?"

명희가 빈정거림을 감추지 못했다. 순간 세희의 검은 얼굴에 더욱 검은 그림자가 어렸다.

"언니 사는 데선 손자라는 게 하늘에서 떨어져? 별나기도 해라."

명희는 다시 물잔을 들어 꿀꺽거리는 소리를 내며 마시는 세희에게 한 번도 해본 적이 없는 야비하고 가혹한 말투로 내뱉었다.

"난 언니가 기다리라고 한 날부터 이제껏 인생을 단 한 발짝도 떼어놓지 못했어."

명희가 입술을 깨물었다.

"언니는 어땠는지 몰라도 난 언니를 만나면 하고 싶은 게 딱 한 가지 있었어. 언니를 피나게 때려주고 싶었어. 그런데…… 나한텐 언니가 없었네. 그걸 몰랐어. 나이를 못 먹어서. 난! 아직두 열두 살……이라구!"

명희는 참혹하게 소리치고 입술을 깨물었지만 흐느낌이 감춰지지 않았다. 눈물 콧물을 수건에 닦았다.

"언니는 잘나서 나한테 자랑이 늘어졌지만 난 언니한테 보여줄 것도 자랑할 것도 없어. 언니의 자랑이 아무리 잘났어도 나한텐 쓸모가 없네. 그래서 못 받아줘."

명희는 자신이 무슨 말을 하는지 알지 못했다. 그저 터진 봇물처럼 말이 쏟아져 나왔다. 살아오면서 사람에게 이래 본 적이 없었다.

"난 기다려야 하는 줄 알았으니까. 그것밖에 하고 싶은 게 없었으니까. 그런데 알았어. 나한텐 기다렸던 언니가 없다는 걸. 그걸 알게 됐어. 죽을 때 눈 감고 죽을 수 있겠네."

명희의 열에 뜬 눈빛은 눈물에 젖어 더욱 번들거렸다. 세희의 등이 흔들리고 있었다. 명희는 마음껏 비웃었다. 비웃으며 주머니에서 천 불이 든 봉투를 꺼내놓았다. 5백 불 정도가 적당할 거라는 말을 들었지만 명희가 주고 싶은 건 그것의 천 배 만 배였다. 하얀 봉투에 적힌 검정 글씨들. 그립고 그리운 언니께, 라는 글자가 봉투 위에서 둥실둥실 떴다.

명희는 세희가 떨리는 손길로 봉투를 집어 들 때, 자리에서 일어났다. 문밖은 벌써 어수선했다. 문이 꼭꼭 닫긴 방도 있었지만 활짝 열린 방도 있었다. 주어진 상봉 시간은 아직 반 시간이나 남아 있었다. 이곳에서 나가 함께 마지막 식사인 점심을 먹고 삼일포 나들이를 하면 끝이었다. 내일 아침 작별은 오전 열시였다.

30분 후면 함께 만나 점심을 먹을 텐데 버스에 오르는 북측 피붙이를 한 번 더 보려고 차창이 잘 보이는 곳에서 누구는 손을 흔들고 누구는 버스로 이동하려는 혈육의 불편한 걸음을 부축했다. 북측에서 마련한 잔치 같은 점심 식사. 그러나 초조감이 긴장감에 뒤섞여 야릇한 잔치 분위기를 자아냈다. 삼일포 나들이에선 마지막으로 사진을 찍고 마지막으로 손을 잡고 볼에 볼을 맞대는 사람들이 많았다. 하지만 명희는 언니와 함께 걷지 못했다. 아침과는 달리, 공연한 뜨거운 울음이 자꾸만 목을 타고 치솟아 이런 격정이 부담스럽고 싫었다. 세희도 그런 명희를 붙잡지 않았다. 그림 같은 정적이 감도는 고요하고 정갈한 삼일포. 그 주위의 바위에 기대앉기도 하고 걷기도 하면서 명희는 무엇엔가 마비되어가기 시작했다. 어제 같은 야릇한 평화, 안도감, 개운함은 거짓말 같았다. 밤이 깊도록 잠을 이루지 못했다. 이게 꿈인가? 현실인가? 연극인가? 자꾸만 허공에 질문했다.

날밤을 새워 얼굴이 부석한 명희. 다른 사람들에게서도 어제의 들뜬 분위기는 지워져 있었다. 남북의 이산가족이 처음 만났던 그 자리에서 짧은 작별의 시간이 주어졌다. 첫날 밤, 남은 가족에게 연좌제라는 고통을 준 삼촌을 죽이겠다던 그 사람은 고요했다. 말이 많던 딸들, 동생들, 모두 숙연했다. 잘 살아라. 건강하게 지내자. 통일이 되면 만나자, 모두 공소(空疎)했다.

갑자기 뭉텅 주어졌던 시간. 마치 성냥불 같았다. 이제 손끝이 타들어가도록 위태롭게 남은 시간. 북측 사람들을 태우고 떠날 버스는 줄지어 서 있고 사람들은 자기 차를 찾아 버스에 올랐다. 그중 세희도 그렇게 버스에 올랐다. 아직 명희는 아무렇지 않았다. 이별은 오래 겪은 익숙한 것이어서, 이별이 뭔지 순간 둔해졌다.

떠날 준비를 끝낸 버스는 세상에 둘도 없는 침묵이었다. 사람들은 차창에 매달렸고 버스에 탄 사람은 차창을 열어 손을 내밀고 휘젓고 고개를 빼 두리번거렸다. 어디선가 오빠! 여보! 아버지! 삼촌! 비명이 울리기 시작했다. 발을 동동 구르는 어른, 주저앉는 어른, 휠체어에 앉아 손을 흔들다 얼굴을 감싸는 할아버지……. 그 사이로 명희가 '언니'를 외마디로 외쳐 부르기 시작했다. 언니한테 뭘 잘못한 게 있었는데, 그 말을 꼭 해야 하는데, 이렇게 헤어져선 안 되는데…….

아무리 외쳐 불러도, 발을 동동 굴러도 또다시 놓친 언니를 잡을 수는 없었다.

박 제 된 슬 픔

갑자기 날이 어두워지기 시작했다. 허허벌판에 홀로 서 있던 아이가 공포에 질린 눈으로 하늘을 쳐다보았다. 커다란 새가 날개를 펴고 있었다. 곧 세상이 캄캄해졌다. 새도 보이지 않았다. 아이는 도망가려고 발을 떼었다. 그러나 발이 꿈쩍도 하지 않았다. 마음은 도망가려 하는데 몸은 움직이지 못했다. 아무리 애를 써도 소용없었다. 몸과 마음이 찢어지기 시작했다.

석은 으으으, 공포에 질린 비명 소리를 냈다. 아내 순옥은 잠결에 남편이 또 악몽을 꾸는 모양이라고 생각하며 그의 몸에 팔을 얹었다. 건드리기만 해도 석은 아무렇지 않게 다시 잠을 자곤 하였다. 석이 악몽을 꾸는 건 흔한 일이었다. 어떤 날은 심하고 어떤 날은 가벼웠다. 심한 날은 벌떡 일어나 두 손으로 무언가를 막아내려 했다. 몇 초 그러다가 이내 탈진한 사람처럼 혹은 아무 일도 없었던 것처럼 툭 군드러져 고른 숨소리를 냈다. 보통 그랬다.

왜 남편의 잠자리가 이토록 불안한지, 순옥은 이해하기 어려웠다. 삶이 불안하던 건 다 지난 옛날이었다. 이젠 두 사람 모두 환갑을 넘겼고 자식도 짝을 찾아 제 집 지녔고 밥 먹고 사는 데는 걱정이 없었다. 그러지 말라고 해도 다달이 용돈을 보내고 핑계만 생기면 목돈도 부쳤다. 논밭전지 밥 먹을 만큼은 되고, 많지는 않아도 가산에는 푸른 솔이 자랐다. 지난겨울엔 부부가 미국의 서부를 여행했다.

석은 동갑계에서 단체 관광을 가는 미국 여행에 혼자 빠질 각오는 하고 있었다. 아무리 그사이 일본을 가고 중국을 갔어도 미국은 왠지 다르다고 생각됐다. 그런데 회장이 한번 신청은 해보자고 설득해서 내버려뒀다. 그러고도 공연히 긁어 부스럼 만들었다 싶어 찜찜했다. 미국 못 가보면 어떠랴, 싶었다. 아무리 세상이 달라졌어도 미국에서 비자를 내줄 거라곤 생각지 못했다. 그런 석이 미국 비자가 찍힌 여권을 받아 들었을 때 그 기분은 말로 설명이 불가능했다. 그는 이게 자유다! 속으로 외치다가 자유 때문에 자유가 손에 잡혀서, 급기야는 목놓아 울었다.

생각하면 돌고 도는 게 인생살이였다. 집 바깥만 나가도 일일이 보고해야 하고 가족이 아닌 사람은 그나 남이나 피차 눈길 주지 않고 피하던 때, 미국은 물론 외국 여행은 살아생전 불가능하다고 생각했었다.

이제 석은 마지막으로 스위스를 여행하는 게 목표다. 꿈을 키우는 게 자유롭던 소년 시절에 그는 스위스의 목장을 본뜬 자신의 목장을 가지려 했다. 외삼촌 용립이 간첩으로 내려오지 않았다면, 외삼촌을 만나지만 않았다면, 그게 그토록 불가능한 꿈만은 아니었을 것이다.

그날 그는 제대를 몇 달 앞두고 휴가를 나와 집에 있었다. 20일 휴가가 꿈처럼 지나갔다. 결혼을 약속한 처녀 순옥을 만나면 시간이 손가락 사이로 빠져나가는 물 같았다. 집안 어른들이 혼인날을 받았는데 가장 좋은 날은 제대를 한 달 앞둔 때였다. 제대를 한 뒤 혼인을 해도 좋으련만 '가장 좋은 날'은 제대 후엔 없었고 그래도 찾자면 해를 넘겨야 했다. 해를 넘기는 건 석이나 순옥이 받아들일 수 없었다. 그들은 하루라도 빨리 부부가 되어 젊은 날의 격정을 편하게 마음껏 풀어야 숨을 쉴 것 같았다. 그래도 결혼날이 잡혀 남의 눈 겁내지 않고 밤 바닷가를 걷고 낙산사 숲길을 걸을 수 있어 한결 편안했다.

그런데 부대 복귀를 나흘 앞둔 밤이었다. 석이 순옥이네 집에서 저녁을 먹고 늘 그렇듯이 순옥이와 인적 드문 곳을 돌아다니다 왔을 때였다. 어머니 도문집이 여느 때와 달리 문턱에 돌부처처럼 앉아 있다가 윗방으로 올라가려는 석의 팔을 갑자기 잡아당기고는 방문이 제대로 닫혀 있는지 살폈다. 석은 무언가 심상치 않은 일이 있다는 걸 느끼며 어머니가 무어라 하기도 전에 주저앉았다.

"니는 낼 당장 서울루 가. 알언?"

도문집이 석에게 무겁고 빠른 목소리로 속삭였다. 휴가는 아직 나흘이나 남아 있었다.

"왜서유?"

순식간에 순옥이부터 떠올린 석이 거친 목소리로 물었다. 도문집의 마음이 아뜩해졌다. 말을 못 하고 낯을 찡그리며 자신을 뚫어지게 바라보는 아들의 눈길을 피했다.

"뭔 일 있어유?"

석이 다시 물었다. 도문집이 아랫입술을 꽉 다물었다.

"하여간 난 안 갈 꺼래유. 못 가유."

석이 이렇게 잘라 말하고 돌아섰다. 순간 도문집이 아들의 팔을 낚아챘다. 발길이 잡힌 석이 처음으로 진지하게 어머니의 얼굴을 살펴보았다. 비장했다. 아파 보였다. 파리한 안색이 설사병을 앓은 사람 같았다.

"니는 시방 내가 하는 말을 듣구 나서 날래 까져먹어야 해. 알어들겠너?"

도문집이 고요하게 말했다. 목소리가 비장하다 못해 칼날 같았다. 난생처음 듣는 어미의 목소리에 석은 소름이 끼쳤다. 무슨 일이 있는 걸까. 알지도 못하면서 속 깊은 데로부터 싸늘한 공포감이 괴어오르고 있었다. 석은 손가락 마디를 뚝뚝 꺾었다. 말하지 않아도 알 것 같고 말해도 알지 못할 것 같은 기이한 공포감. 그리고 잠깐의 정적이 흘렀다.

"니 외삼춘이…… 넘어왔다."

"……."

"그러니 니는 가라. 내 말은 듣지두 못한 거여. 이제 알겠너?"

석은 떨리는 어머니의 목소리를 들으며 하늘을 쳐다봤다. 무의식은 신비스러웠다. 그는 공포감이 그에게 기별한 게 무엇인지 비로소 이해했다.

"아버지는유?"

석이 천천히 떨리는 목소리로 물었다.

"외삼춘이 왔어, 용립이 외삼춘."

"혼자서유?"

석이 물었다. 석은 도문집이 외삼촌이라고 말했을 때 그 낱말을 아버지로 고쳐 새겨들었다. 석의 외삼촌은 셋이었다. 그들은 모두 도문집의 손아래였고 다 같이 이북으로 올라갔다. 이북에 올라간 사람 중엔 석의 아버지도 있었다. 아버지는 해방되고 이곳이 삼팔선 이북의 땅으로 인공(人共) 치하일 때 군당(郡黨)에서 일했다.

"용립이 외삼춘 혼저 왔어유?"

석이 다시 물었다. 도문집이 고개를 끄덕였다. 용립이 외삼촌. 석은 금방 그의 모습을 그려봤다. 그려지는 용립의 모습은 학생이었다. 머리가 좋아 공부를 잘했다. 상은 맡아놓고 탔던 외삼촌이었다. 그는 공부만 잘하지 않았다. 노래도 잘하고 웅변도 잘했다. 장난도 잘 치고 새도 잘 잡았다. 삼촌 중에 가장 석이와 친하게 지냈다. 그 용립이 삼촌이 '넘어왔다'.

"어여 가라. 니는 아무것도 몰러! 모르니 그냥 날래 서울루다 올러가. 얼릉!"

도문집이 멍한 아들에게 거푸 말했다. 석은 고개를 하늘로 추켜들었다가 아래로 떨구고 다시 추켜들곤 했다.

"가서 고모네 있다가 부대루 들어가."

도문집은 말하면서 바지 주머니에서 돈을 꺼내 돌돌 말아 그에게 건넸다. 석은 돈을 받지 않았다. 도문집이 그의 저고리 주머니에 돈을 찔러 넣었다. 석이 도문집의 팔을 붙잡았다. 그러나 도문집의 돈은 아들의 주머니에 들어갔다.

"잔치 본다고 돈이 들어 얼매 안 된다. 여비나 해서 가라. 고모네 며칠 있다가 부대 들어가. 빈손으로 들어간다구 고모가 섭섭해하겐?"

도문집이 말하고 먼저 방을 나섰다. 그러나 돌아설 때 무언가 불길한 느낌이 달라붙어서 도문집은 문지방을 넘겼던 한쪽 발을 되돌려 아들 앞에 섰다. 아들 입에서 '가유', '걱정 마러유', 이런 말을 듣지 못했다는 걸 뒤늦게, 섬뜩하게, 깨달은 것이었다.

“딴생각은 말어. 여차했다간 여기까지 살어온 기 몽땅 결딴난다. 알어들언?”

도문집이 낮은 소리로 무섭게 닦달했다. 그래도 석은 말이 없었다. 고개도 끄덕이지 않았다. 새끼가 아니구 웬쑤지. 저럴 땐 새끼가 아니구 웬쑤구말구. 도문집은 속으로 말했다.

“외삼춘은 쥐두 새두 모르게 다시 올러간다니 닌 맘에 둘 것두 읎어!”

도문집이 말했다. 아들의 잔칫날이 하필이면 제대를 앞두고 잡혀서, 그걸 준비하는 것만도 도문집은 맘이 바빴다. 그런데 이게 뭔 날벼락인가. 그리운 얼굴이 되레 화약 폭탄으로 굴러들어온 것이었다. 어머니와 아들 둘 다 차마 입에는 올리지 못했지만 그들은 지금 집에 ‘간첩’이 왔다는 걸 알았다. 간첩이 왔다는 게 무엇을 의미하는지도 확연하게 느꼈다.

“낼 새박까지 지달릴 게 뭔. 이질 루다 강릉 나가 서울루 올러가! 내 말 들어! 내 말 안 들으문 닌 내 아들두 아니여! 개아들이여!”

도문집은 화가 치밀어서 할 말 안 할 말 가리지 않았다. 그리고 우선 방을 나왔다. 오늘은 장에 나가 참기름도 한 말 짜야 하고 도배지도 사 와야 했다. 그런데 정신이 사나워 뭐가 뭔지 갈피를 잡을 수 없었다.

어젯밤, 도문집은 순옥이를 만나러 나간 아들이 늦도록 돌아오지 않아서 선잠을 자고 있었다. 그때 한밤중이나 되어서였다. 마치 바람에 문이 저절로 젖혀진 듯 소리 없이 열리며 찬 기운이 훅 끼쳤다. 그래도 도문집은 으레 아들이거니 하고 맘을 놓고 짐짓 어리광을 피우는 목소리로 물었다.

"석이녀?"

도문집은 한마디 물어놓고 도리어 이불 속으로 몸을 더 깊이 뉘였다. 그런데 순간 아득한 침묵이 잡아당겼다. 갑자기 오한이 끼치며 머리끝이 쭈뼛했다. 이 동네선 어느 집도 문을 걸지 않고 살았다. 오래전에 그녀의 친정어머니 질골집에 도둑이 든 적이 있었지만 그래도 도둑 걱정은 하지 않았다.

"석이여?"

도문집이 다시 물었다. 이번엔 허술한 목소리가 흔들렸다. 방 안에선 아무 소리도 들리지 않았다. 도문집이 어둠 속에서 눈을 크게 떴다. 무언가 그림자 같은 것이 움직였다. 도문집은 무서웠다. 순간 며느리에게 줄 예물이 생각났다. 금 석 돈 목걸이에 쌍가락지. 패물을 떠올리자 도문집의 정신이 번쩍 들었다. 공포감은 감쪽같이 사라졌다.

어떻게 장만한 것이라고.

도문집은 벌떡 일어나 앉았다.

"사람이면 말하고 귀신이면 썩 물러가라!"

도문집이 소리쳤다. 그리고 늘 머리맡에 두고 사는 성냥갑을 더

듬어 찾았다. 이때였다. 그림자가 도문집 앞에 와서 손바닥으로 그녀의 입을 막았다.

"용하 누님!"

입을 막은 손의 임자가 말했다. 남자였다. 도문집의 정신이 아뜩해졌다. 전깃불이 깜박이듯이 정신이 깜박거렸다. 목소리는 귀에 설지 않은데 반갑지 않고, 누군지 알 것 같은데 알고 싶지 않고, 대신 가슴만 아리고 뻐근하고 후비는 것 같았다.

"누님, 용립입니다!"

손의 임자가 이렇게 말하고 입을 막았던 손을 떼었다. 순간 도문집이 기겁하듯 뒤로 물러났다. 이게 웬 날벼락인가. 그 여자는 벼락을 피해, 니가 뭘 어찌라구? 더듬으며 앉은 자리에서 몸만 뭉갰다.

"누님! 용립입니다. 보고 싶어 왔습니다."

용립은 감격적으로 말하고 일어서서 절을 했다. 눈이란 환해야만 보는 건 아니었다. 눈으로만 보는것도 아니었다. 하지만 도문집은 입을 봉하듯 악물고 제 앙가슴을 맷돌질하듯 주먹으로 갈았다.

"고생이 많으신 거 잘 압니다."

용립이 정확한 서울말씨로 말했다. 도문집의 생모는 서른도 못 살고 세상을 버렸고 의붓어머니로 들어온 질골집이 아들만 셋을 낳았다. 둘째 용립은 재간둥이였다. 삼형제가 모두 인공(人共) 시절 위원회 일을 보았으니 자동으로 빨갱이였다. 그런 빨갱이로 도문집의 남편, 석의 아버지도 있었다.

"용하 누우, 이기 꿈이 아이래유?"

한동안 침묵하고 있던 용립이 젖은 목소리로, 고향 말로 물었다. 순간 도문집이 두 주먹을 추켜들고 용립을 때리기 시작했다. 한 대, 두 대, 세 대, 때리고 또 때렸다. 더러는 헛손질도 했다. 제풀에 팔이 축 늘어질 때까지 그랬다.

9·28수복이라고 부르던 1950년 초가을 날, 제 손바느질로 만든 바랑에 미숫가루와 쌀을 넣어 피란살이를 만들어줬다. 눈에 선했다. 어제 일 같았다. 휴전선이 삼팔선보다 더 무섭다는 걸 알고부터 도문집은 두 번 다시 생각하지 않던 장면이었다. 그리워하는 것도 죄가 되는 걸 누가 알까. 어디서든 죽지만 않고 살면 되지, 속으로만 간절히 바랐었다. 그러나 이곳에 살아남아 조상 묘지에 성묘하고 벌초하던 그 여자와 어린 자식도 빨갱이와 한 핏줄이라고 사람들이 기억했다.

용립은 3년 동안 잘 훈련받은 서울 사투리를 버리고 저도 모르게 고향 말을 한 뒤로 소리 없이 눈물을 떨구고 어깨를 들썩였다. 감상에 젖어선 안 된다는 걸 익히 알아도 몸이 말을 듣지 않았다. 그런데 도문집은 갑자기 냉정해졌다.

"시방 내 앞에 앉은 기 용립이 맞너?"

도문집이 싸늘하게 물었다.

"용하 누우, 날 몰르너? 여길 맨져볼란?"

용립이 이렇게 말하고 머리를 숙여 방바닥에 붙였다. 도문집이 두 손으로 더듬거렸다. 용립은 어머니와 같은 누이의 손길, 그 거칠거리는 촉감을 느꼈다. 누이가 뒷덜미의 콩알만 한 사마귀를 잡는 거, 그것을 비트는 거, 이윽고 가만히 만지고 있다가 불현듯 뿌리치듯 놓아버리는 거, 다 느꼈다. 그렇게 느끼면서 용립은 가만가만 말했다. 배를 타고 동해로 나와 중간에 고깃배로 갈아타고 오산 바닷가에 내린 거.

용립의 이야기를 들으며 도문집은 '간첩 용립'을 확신했다. 처음부터 그런 생각을 하지 않은 건 아니었지만 이미 독약이 목으로 넘어간 느낌이었다. 잘못했다간 떼로 죽을지 몰랐다. 정신을 바짝 차려야 했다.

"동상은 하여튼 시방 날래 어머이 집으루 가게나. 누가 봤단 우린 다 죽네! 동상은 최 위원장네 집이 기억날라너?"

도문집은 떼죽음을 당할지 모른다는 생각을 한 뒤에 무섭도록 침착해졌다. 용립에게 질골집이 사는 곳을 눈에 보이듯 설명해줬다. 질골집은 밭과 밭 사이 낮게 꺼진 터에 오막살이를 짓고 살았다. 일사후퇴하던 국군이 초토화 작전으로 이곳의 모든 집을 불태운 후 다시 한 번 번듯한 집을 짓지 못했다. 원시인들처럼 흙구덩이 파고 움막살이하다가 삼간집 꾸리는 데도 눈치가 보통이 아니었다. 사내라곤 열세 살 석이 하나. 나무토막 끊어다 서까래 걸고 집을 지으면 밤새 누가 와서 허물었다. 첫아들이 세포위원장을 했는데 토지분배에 억울해한 사람이 있었다.

4 · 19 나기 바로 전 해 초봄이었다. 도둑이 혼자 사는 노인 집에 쌀을 훔치러 들어갔다가 쌀독 밑에서 정성스럽게 싼 헝겊을 봤다. 그게 돈이다 싶어 들고 나갔는데 붉은 인공 화폐였다. 도둑은 제 도둑질은 생각하지 않고 간첩 잡아 큰 상금 탈 줄 알고 경찰서에 신고했다. 질골집이 잡혀가서 조사를 받았다. 그 여자에겐 그것도 돈이었다. 사람들은 빨갱이 자식 둔 사람은 어디가 달라도 다르다고 수군거렸다.

"숨이 붙었으니 이날까정 산 거, 추우니 추운 줄을 알았겠녀, 더우니 더운 줄을 알었겠녀. 생각하문 어머이나 나나 다 한이 맺채서 살었네. 안죽두 어디서 비항기 소리 들리구 싸이랭만 불어두 간이 다 녹지 뭐! 간이 다 녹어! 동상은…… 이 맘…… 알겐?"

도문집은 질골집으로 가겠다고 말한 용립을 다시는 못 볼 것 같아 이렇게 말했다. 다시는 봐서도 안 됐다.

"누님, 불원간 통일됩니다!"

어둠 속에서 용립이 서울말씨로 힘차게 말했다. 그러나 도문집은 머리가 팽 돌았다. 어지러웠다. 처녀들이 갈래머리를 땋아 내려도 통일에 방해될까 속이 상하던 도문집은, 그러나 용립으로부터 듣게 되는 '통일'은 무섭고 두려웠다.

"동상, 난 동상을 안 봤네. 동상이 일루 내레왔단 걸 죽었다 깨두 난 몰러! 알어들언? 내 맘 알겐? 아끄메 내가 말한 데루다가 어머이 얼굴이만 보구 되루 올러가. 쥐두 새두 모르게. 동상한테 마지막으루다 부탁하네. 산 목숨이니 어디까지나 살어야잖너."

도문집은 떨리는 목소리로 간절하게 말했다.

아침에 겉늙은 호박 썰어 넣고 된장을 지지고 오이를 무쳤다. 겸상을 보아놓고 부뚜막에 망연히 앉았다. 불안하고 불안했다. 싸리빗자루로 마당을 비질해 빗자루 자리 나는 거 보기 좋아하는 그녀는 마당으로 나서지 못했다. 용립이 저벅저벅 걸어와서 석을 만날 것만 같은 환상이 떠나지를 않았다.

"니는 그저 시방 날래 서울루 올러가. 외삼춘 왔단 건 닌 몰러! 난 니한테 암말두 안 했다. 알언?"

도문집은 아들에게 약속을 받고 또 받고 손가락까지 걸었다.

석은 어머니가 시키는 대로 고개를 끄덕이고 손가락도 걸고 했지만 졸린다는 핑계로 잠깐 눈 붙였다 일어나겠다며, 방에 들어가 누웠다.

어머니 말대로 부대로 들어가는 게 옳을지 몰랐다. 간첩이 뭔가. 간첩은 자기 자신이라면 자수하고, 부모 형제 자식이라면 신고해야 했다. 어머니는 외삼촌을 빨리 올라가라고 했단다. 아버지는 어떻게 됐을까. 다른 외삼촌들, 사촌들, 고모와 다른 집 사람들……. 1950년 9월, 아버지는 뒤도 돌아보지 않고 떠났다. 다시 만나자는 말도 없었다. 그러나 그것이 영영 이별이라고는 누구도 생각하지 못했다. 석은 여기까지 생각하다가 잡아끌리듯이 일어나서 외가로

갔다. 마침 도문집은 그걸 못 봤다.

연기가 피어오르지 않으면 빈집으로 보일 오막살이. 부엌 붙인 한 칸 방에 억지로 반 칸짜리 도장방을 달았다. 처음엔 초가였던 것을 석이 루핑을 얻어다 얹은 뒤로 이엉 가는 걱정은 덜었다. 뒤란 장독대 옆으로 밤나무와 감나무가 나란히 섰고 야트막하니 흙을 돋운 마당가에 붉은 맨드라미가 닭 볏처럼 피었고 옆엔 보랏빛과 분홍빛의 과꽃이 피었다. 채송화 몇 그루가 납작 엎디어 꽃을 피우고 지웠다. 소박한 마당가의 꽃밭 한쪽에 그냥 놓아둔 벽돌 곁으로 검은 개미가 줄을 지어 기어가고 기어 나왔다. 그리고 집은 고요했다. 언제나 그랬다. 웃음소리 들썩하고 큰 말소리 울려본 지 십수년 됐다. 집주인 질골집은 처음부터 고요한 사람은 아니었다.

석은 마당 가운데서 문득 섰다. 다른 때처럼 성큼 외할머니! 부르지 못했다. 무언가 불길한 느낌이 뒷덜미를 잡아당겼다. 무작정 솟구치던 아버지에 대한 그리움은 방금 불안으로 바뀌었다. 두어 발짝 더 걸어서 방문을 열고 들어가면 거기 아버지의 소식을 생생하게 들을 수 있을 것이었다. 그런데 바로 발치에서 아들은 망설였다. 그는 육친을 두고 갈등하는 자신이 비열하고 비루하게 느껴졌다. 그가 방문턱에 가서 기침 소리를 내고 외할머니를 부른 것은 아마 그 감정 때문이었을 것이다.

그러나 방에선 아무 소리도 들리지 않았다. 순간 석은 다행이다 싶었다. 다행이다 싶을 때 슬픔이 밀려들었다. 문 앞에 있던 아버지가 순식간에 사라지는 느낌이었다. 그는 입술을 깨물고 돌아가려고 한 발을 뗐다. 이때 방문이 빼꼼히 열렸다. 외할머니가 경계하듯, 열리는 문틈으로 내다보았다. 석은 천천히 드러나는 외할머니의 얼굴에서 죽음을 느꼈다. 석은 죽음의 느낌을 향해 성큼 다가섰다. 신을 벗고 안으로 들어갔다. 외삼촌이 앉아 있을 거라 여겼던 방은 텅 비어 있었다. 석은 자신의 신발을 들어 방문턱에 놓고 문고리를 잠그는 외할머니의 꼼꼼한 단속을 지켜본 뒤에 외삼촌의 행방을 물었다.

"외삼춘은 어디 계세유?"

낮은 석의 목소리가 떨렸다.

"그래서 니가 왔너?"

질골집이 고개를 돌리고 물었다. 죽었던 아들이 살아 돌아온 것과 다를 바 없으련만 질골집은 낯빛도 드러낼 수 없는 고통으로 이미 죽을상이었다. 석이 여기 온 걸 제 어미가 모를 게 뻔했다. 그걸 질골집은 이해했다. 어느 어미가 간첩을 만나라고 아들을 내보낼 수 있으랴.

"외할머니."

석은 갑자기 몸피가 쪼그라든 것처럼 보이는 질골집을 끌어안았다. 질골집은 외손자에게도 죄인 같았다. 안겨 있지도 못하고 몸을 뺐다.

"외할머니, 괜찮을 꺼래유. 걱정하지 마세유."

석이 말했다. 생각 없이 그저 한 말인데, 말하는 동안 머릿속에서 사건이 정리됐다. 외삼촌을 만나서 그를 한시바삐 돌아가게 하자는 것이었다. 외삼촌이 어머니 말대로 쥐도 새도 모르게 돌아가면 아무 일도 없을 것이었다. 아버지 소식 듣고 여기 사진 몇 장 보내면 될 것이었다.

"외삼춘은 어디 기세유?"

석이 물었다. 질골집은 대뜸 대답하지 못했다. 이때 도장방 문이 열렸다. 석의 눈길이 빛처럼 그곳으로 달려갔다. 얼굴이 하얗게 질린 질골집이 벌떡 일어나 도장방 문을 막아섰다. 석아, 가라! 얼굴 보지 말구 날래 가! 질골집은 이런 말을 했는데 정작 입술은 달싹이지도 않았다. 벌써 용립은 문지방을 넘어 방으로 내려와 몰라보게 큰 조카 석에게 손을 내밀었다. 석은 무심결에 삼촌의 손을 잡았지만 어색했다.

용립이 완벽한 간첩으로 훈련되었다면 석은 온전한 반공(反共) 청년으로 교육되고 훈련됐다. '반공을 국시의 제일로 삼는다'는 5·16의 혁명공약이 아니더라도 석은 이미 중·고등학교에서 반공 웅변, 반공 글짓기, 반공 포스터 그리기, 반공 표어 짓기 등에서 많은 상을 탔다. 한동안 아버지가 월북했다는, 빨갱이 자식으로서의 현실에 혼란과 소외감도 느꼈다. 그런 그의 혼란과 소외감을 잠재운 건 너무도 깊이 집중해서 '때려잡자 김일성, 무찌르자 북한 괴뢰' 같은 표어를 쓰고 글을 짓고 그림을 그리는 동안 저절로 삭아버렸다. 그는 더 이상 아버지를 그리워하지 않았고 아버지를 만나고 싶지 않았으며 아버지는 아버지, 나는 나, 라는 개인의식에 절었다. 그런데 지금 모범적인 반공 청년 석이 공산주의자 간첩과 악수를 한 것이었다. 도대체 교육받은 적개심과 증오심은 어디로 숨었을까. 석은 투박하게 느껴지는 외삼촌에게 손을 잡힌 채 한동안 정신이 아찔했고 무언가 내면의 괴멸을 느꼈으며 자신이 얼마나 나약한 존재인가 회의했다. 그리고 무엇보다 이 모든 사실이 무섭고, 슬펐다.

"반굽다아!"

용립이 뜨겁게 말했다.

"조국은 불원간 통일이 된다. 통일 사업을 하러 왔다!"

용립이 다부지게, 낮은 소리로 속삭였다. 석은 갑자기 외삼촌이 무서웠다. 그가 하는 말이 두려웠다. 저 사람이 정말 외삼촌일까? 석은 문득 용립을 의심했다. 그를 본 순간 한눈에 외삼촌임을 알아봤음에도 불구하고, 그리움과 회한과 설움으로 가슴이 소용돌이침에도 불구하고 그는 떨리는 입술을 열었다.

"제가 한 가지 확인하겠습니다!"

석은 대한민국 육군으로서의 자세를 잃고 싶지 않았다. 그래서 도문집이 용립의 뒷덜미를 더듬듯이 꼭 그렇게 했다. 외삼촌이 맞다면 거기 콩알만 한 사마귀가 있어야 했다. 어릴 때 석은 용립의 사마귀를 붙잡고 놀기도 했었다. 석의 손끝에 익숙한 사마귀가 잡혔다. 거짓말로라도 부정할 수 없는 외삼촌 용립이었다. 그런데 왜, 왜, 외삼촌이란 말인가! 석은 간첩과 외삼촌을 동일시하기 싫었다. 외삼촌이라면 간첩이어선 안 됐고, 간첩이라면 외삼촌이어도 외삼촌이 아니어야 했다. 석이 어릴 때, 평양에서 방학을 맞아 고향에 온 용립은 누이 집을 찾았고 어린 석이 가장 반가워했다. 용립은 석에게 평양 이야기를 해줬고 김일성대학의 축구부에 대해서도 흥미롭게 이야기해줬다. 겨울방학에는 용립을 따라 꿩을 잡으러 갔고 눈썰매를 타러 다니기도 했다. 언 논바닥에서 미끄럼 탈 틀을 만드는 솜씨는 외삼촌이 최고였다. 널판자와 못과 쇠꼬챙이만 있으면 뚝딱 만들었다. 하지만 해방이 되고 외삼촌이 국민학교 선생이던 여자와 혼인식을 올린 뒤 평양으로 갔는데 그 후 한 번도 본 적이 없었다. 인민군에 나갔던 먼 일가붙이가 전쟁 나던 해 여름, 서울 서대문에서 인민군 장교인 용립을 봤다고 했다. 그게 용립에 대한 소식의 전부였다.

"죄송합니다."

석이 울먹이며 말했다. 키로는 석의 어깨에나 올 작은 용립이 석의 등을 두들겨줬다. 괜찮다. 다 안다. 아마 이런 뜻이었을 것이다. 그는 눈물을 줄줄 흘리며 아무 말도 하지 못하는 조카에게 설교하듯 말했다. 조국이 갈라져 북과 남이 다 고통이다. 북한은 자력갱생으로 잘산다. 조국을 통일할 만반의 준비를 다 갖췄다. 남한 농촌은 가난하고 도시는 빈민의 소굴이다. 남한은 여전히 지주와 자본가

만 살찐다……. 평양은 인민의 평균소득이…….

"외삼춘, 하여튼 외삼춘이 여기 오신 거 알문 우리는 통일두 못 보구 다 죽게 됩니다."

석이 말했다. 용렵이 고개를 숙였다.

"외삼춘은 쥐두 새두 몰르게 올러가셔야 합니다. 외삼춘, 잘 보십시요. 외할머니가 아들을 신고할 수 있겠습니까? 어머니가 동생을 신고할 수 있겠습니까? 조카가 외삼춘을 신고할 수 있겠습니까?"

석이 말했다. 아들과 외손자의 뒷전에 앉은 질골집은 치맛자락에 눈물 콧물을 훔쳤다.

"석이 야가 지 하구 싶은 대루 못 하구 산다. 넌 여길 몰러. 몰러두 너머 몰러! 한참 몰러!"

질골집이 아픈 목소리로 말했다. 석이 육군사관학교에 가지 못한 것을 도문집 못잖게 애석해했다.

"석아, 넌 가라. 누가 뭐래두 니가 여기 왔단 말은 이 할미 입으루는 안 낼 거니 니두 맘 놔라. 난 다 살었다. 넌 어여 가라. 여기 왔단 말은 귀신과 할미만 안다. 알어듣겐?"

질골집은 책을 읽듯이 또박또박 말했다.

"삼신이 사람을 지을 때야 이 고생 하라구 짓을라구. 시상두 시상두, 뭔 시상이 이닷하너. 뭔 시상이 이닷해……."

질골집이 콧물을 훔치며 넋두리했다.

석은 이 자리를 떠나고 싶었다. 현실이 비현실 같고 비현실이 현실 같은 이 혼란을 감당할 수 없었다. 이때 용립이 조선민주주의인민공화국의 발전상을 한눈에 볼 수 있는 천연색의 선전 책자를 석에게 보여줬다. 천리마운동으로 살기 좋아진 농촌 풍경과 농부의 기쁜 얼굴, 선진 공업화로 노동의 주인인 노동자는 행복했다. 자부심 가득 넘치는 어린이와 학생과 여성 들. 드높은 공장의 굴뚝에선 연기가 치솟았다. 석은 잠시 잠깐 뿌듯했고 곧 어지러웠다. 아버지가 살고 삼촌들이 사는 곳이 잘산다니 나쁘지는 않았다. 북한 괴뢰의 굶주린 어린이는 보이지도 않았다. 목에 붉은 천을 두른 밝고 자신감에 넘치는 소년들은 어린 날 양양국민학교의 소년단이었던 자신과 다르지 않았다. 석은 한동안 분단 조국의 현실을 잊었다. 그는 문득 진실과 거짓말의 경계를 놓쳤다. 용립은 석의 혼돈은 아랑곳없이 쉬지 않고 인민의 조국에 대한 선전과 그곳의 체제가 얼마나 우수한지 자랑했다. 질골집이 깨소금에 뭉친 주먹밥과 깍두기를 들고 들어와서야 이야기를 그쳤다. 세 사람은 주먹밥을 먹으며 불안과 의심과 걱정과 공포를 잠시 아래로 밀어뒀다. 석은 주먹밥이 무슨 맛인지 모른 채 두어 개 먹고 도망치듯 질골집을 나왔다.

석은 자신의 집 반대편으로 걸었다. 그곳은 순옥이네 집과도 멀었다. 그는 자신과 연고가 있는 곳을 피해 그저 걸었다. 자신과 자신의 어머니와 홀로 늙어가는 외할머니에게 무슨 일이 생겼는데 그게 무슨 일인지, 도무지 머릿속만 얼얼했다. 결혼 준비를 차근차

근 해나가는 순옥이에겐 뭐라고 말해야 할까. 저 외삼촌은 무엇인가. 그를 어떻게 해야 할 것인가. 신고하는 게 옳은가. 신고하자면 지금 경찰서로 가야 했다. 그러나 그는 바다로 가고 있었다. 집에서는 저녁밥을 해놓고 어머니가 불안하게 기다릴 것이며 처가에선 순옥이가 애타게 그리워할 것이었다.

시커먼 바다는 잔잔하고 모래 둔덕으로 쓸려와 부서지는 흰 거품은 보이지도 않았다. 한낮 동안 따갑게 내리쬐어 곡식 알갱이를 여물게 하고 과실에 단맛을 넣던 햇살은 사라졌어도 바람은 훈훈했다. 그는 아무렇게나 모래 위에 주저앉았다. 하늘엔 반짝이는 별이 가득하고 은하수는 강물같이 흘렀다.

석은 모래를 한 움큼 잡아 던졌다. 하늘에 닿도록 소리치고 싶었다. 바다 깊은 곳으로 헤엄쳐 나가고 싶었다. 그러나 그를 잡고 놓아주지 않는 것이 있었다. 바다로도 헤엄칠 수 없고 하늘로도 날아오를 수 없게 하는 것이 있었다. 그는 오늘 자신에게 일어난 이 일이 무엇인지 확연히 이해하고 싶었다. 이 일에 무어라고 이름 붙이고 싶었다. 이름 붙여서 사람들에게 이해시키고 싶었다. 그러나 그도 이미 알고 있는 이름, '남파 간첩 외삼촌', 그것뿐이었다. 하지만 그 이름은 무언가 옳지 않았다. 그렇게 이름 붙이기엔 무언가 마뜩잖은 것이 있었다.

이 마뜩잖은 감정. 이 감정이 무엇인지 신에게 묻고 싶었다. 석은 모래 위에 벌렁 드러누워 그가 살아낸 생의 한 철을 더듬기 시작했다.

해방이 되었다. 이웃에 살던 일본 사람들이 눈치 보며 마차에 짐을 싣고 떠났다. 걸어가는 사람도 있었다. 양양의 철광에선 일본인 소장이 자살했다고 어른들이 말했다. 소장이 아니고 그 밑에 있던 사람이라는 말도 들렸다. 사람들은 몇 날 며칠 태극기를 흔들며 대한 독립 만세를 불렀다. 군(郡)의 당 인민위원장이 된 아저씨는 만세를 부르다가 단상에서 기절했다. 그 후 삼팔선이 생겼다. 이웃 중에 몰래 떠난 사람들이 있었다. 친척 중에도 있었다. 석은 소년이었다. 그는 부지런하고 숙제를 잘하고 차림은 언제나 단정했다. 아버지는 인민위원회에서 농정을 맡아 일했고 토지는 모두 거둬져서 알맞게 다시 쪼개졌다. 아버지는 농토를 내놓는 입장이었지만 불평하지 않았다. 특히 외가는 지주였다. 경상도 관찰사를 아버지로 두었던 외할아버지는 양반 행세하는 건달로 평생을 무위도식했는데 그의 아들들과 모두 불화했다. 외삼촌들은 봉건지주 건달을 수치스럽게 여겼다. 기생을 끼고 술을 마시고 가족은 돌보지 않았다. 그는 해방되고 나서 토지개혁을 할 때의 충격으로 풍을 맞았고, 전쟁 나던 해 7월 숨을 거뒀다.

지루하게 3년을 끌던 전쟁이 끝나며 삼팔선이 휴전선으로 바뀌었다. 휴전선은 삼팔선을 훌쩍 넘어 고성 근방에서 그어졌고 몰래 넘나들며 보따리 장사도 할 수 있던 삼팔선보다 휴전선은 험하고 엄했다. 그런 게 생겨서 가족이 기약 없이 찢길 줄 알았다면 도문집은 하나뿐인 석의 손목을 잡고 무슨 수를 써서라도 남편 찾아 북으로 올라갔을 것이었다. 도문집이나 질골집은 사상이 뭔지 몰랐고 알고 싶지 않았다. 조상과 자손과 잘 먹고 살 수 있으면 그게 옳은 사상, 좋은 나라였다.

바닷가 차가운 모래벌판에 누워서 생각하고 또 생각한 끝에 석이 얻은 것도 단 한 가지, '사는 것'이었다.

석이 다시 외가를 찾아간 건 살기 위해서였다. 질골집은 석을 보고 왜 또 왔느냐고, 무슨 일을 내려고 그러냐면서도 반가움을 감추진 못했다. 그새 도문집이 석을 찾아 왔다 갔다는 말을 하면서 방문을 열어줬다.

몇 시간 사이 질골집, 용립, 석이 모두 초췌해져 있었다. 석은 새앙쥐 똥만 몇 낱 남은 빈 독을 사이에 두고 적국(敵國)이 협상하듯 외삼촌에게 말했다. 바닷가에서 오래도록 고민한 것, 모두 사는 것에 대해서였다. 우리는 외삼촌이 왔다 간 걸 비밀에 부치겠다. 그러니 외삼촌은 쥐도 새도 모르게 올라가라. 간첩을 하다가 여기서 걸리면 외삼촌은 사형을 면하기 어렵고 외할머니는 물론 어머니와 나도 징역을 살아야 한다. 간첩 행위를 방조한 죄를 지으면 이 땅에선 대를 이어 법의 보호도 받지 못하게 된다. 만약 외삼촌이 간첩으로 잡히면 외삼촌도 죽고 북의 가족도 숙청되지 않겠느냐. 우리 모두 살아남는 길을 택해야 한다. 두루 사는 길이 옳은 길이라고 믿는다.

말하기 좋아하고 말 잘하기로 이름난 용립은 이때 듣기만 했다.

좁은 골방은 개미 기어가는 소리도 들릴 지경이었다. 이런 고요가 한동안 계속됐다. 용립이 등 뒤에서 작은 종이 뭉치를 꺼내 석에게 내밀었다.

"이걸 니가 맡어둬라. 무전기 빠떼리다. 눈에 안 띄게 파 묻거라."

용립이 내민 그것은 주먹만 했다. 석은 그것을 받아 들면서 눈물을 후드득 떨궜다.

"외삼춘! 고맙습니다!"

석이 감격해서 말했다.

"불원간에 통일은 된다! 그때 웃는 낯으로 활개 치고 만나자!"

용립이 말했다.

"예!"

석은 흐느끼며 대답했다. 용립도 울었다. 문턱에서 온 신경을 곤두세우고 있던 질골집도 울었다.

"조국에 돌아가 식구덜 안부를 전하마. 날, 오해하진 마라. 조국 통일에 대한 열정과 정의감을 니가 알게 될 날이 올 거라 믿는다."

용립이 떨리는 목소리로 말했다.

석은 외삼촌과 헤어져 어두운 밭둑길을 하염없이 걸으며 한 가지를 분명하게 깨달았다. 아버지와 연관된 모든 것에 대한 증오와 저주가 사실은 참을 수 없는 그리움이었다는 것을. 그가 저절로 알고 있었으나 모질게 알려고 하지 않았던 것. 알게 될까 봐 악착같이 피했던 것. 그런데 지금 석은 그의 심장을 파고드는 진실 때문에 목이 메었다. 진실의 무게 때문에 더 이상 한 발도 앞으로 내디딜 수가 없었다. 그는 어두운 밭둑에 주저앉았다. 두 손으로 얼굴을 감쌌다. 공포가 행복이 되고 정의가 환멸이 되고 저주가 그리움으로 뒤바뀌는 엄청난 혼란의 소용돌이에 그는 나가떨어졌다.

"아버지!"

석은 한 번도 입 밖에 내어 불러보지 못한 이름을 불렀다. 하늘이 울리고 땅이 흔들리도록 소리쳐서 불렀다. 그러나 그 소리가 바깥으로 터져 나가지 못해서 되레 그의 심장이 터질 지경이었다. 눈물은 고랑을 지어 흘러내리는데 정작 울음소리를 내지 못해서 석의 목구멍이 다 헐었다.

석은 집에 오자마자 뒤란에 흙을 파고 외삼촌이 준 것을 묻었다. 그리고 다음 날 새벽 서울로 가는 버스에 올랐다.

석이 특별 휴가를 얻어 다시 집으로 온 것은 그 일이 있은 지 두 달쯤 지나서였다. 결혼 날짜가 한두 해 사이엔 찾을 수 없는 길일(吉日)인데 제대를 한 달도 남기지 않은 날이었다. 석은 집으로 돌아오는 버스 속에서 내내 외삼촌을 생각했다. 물론 그사이 드문드문 외삼촌이 떠올랐지만 깊이 생각하지 않았다. 처음 한동안 불고지죄로 체포되는 자신을 상상했지만 한 달이 지나고 나선 잊었다. 외삼촌은 돌아갔고 돌아갔기 때문에 아무 일도 일어나지 않았을 테니까.

그런데 이상했다. 버스가 고향 집 가까이에 이르렀을 때 그의 불안은 걷잡을 수 없이 치솟았다. 부대에 있을 때도 이렇게 불안했던 적이 없었다. 외삼촌은 돌아갔다. 외삼촌은 돌아갔다. 석은 자꾸만 속으로 말했다. 외삼촌은 돌아갔다. 그가 이곳에 왔던 거, 그를 만났다는 거, 아무도 모른다. 외삼촌은 돌아갔다.

버스 정류장에서 집으로 가는 길은 거의 10리나 되었다. 그는 찻길을 버리고 전쟁 이후 쓰지 않는 철로를 따라 걸었다. 오래도록 번화했던 연창리. 기차는 이곳에서 떠나 원산과 서울로 통했고 일제는 양양광산의 품질 좋은 자철(磁鐵)을 실어서 대포항의 선박과 이곳의 화물열차로 수탈해 갔다. 해방되고 일주일쯤 지나 소련 군인들이 이 역에 내렸다. 그들은 성정이 거칠고 행실이 부박해서 여러 가지 패악을 저질렀다. 강도와 강간도 서슴지 않던 그들은 대부분 시베리아로부터 온 죄수라고 했다. 빼앗은 손목시계를 양 팔뚝에 주루룩 찼고 여자만 보면 아무 데서나 자빠뜨렸다. 말을 듣지 않으면 그냥 죽이기도 했다. 특히 그들은 패주하는 일본 여자를 공격하고 죽였고 일본 사람들의 재물을 강탈했다. 시커먼 빵을 들고 다니다 베개 삼아 목을 받쳤고 절인 정어리나 고등어를 그냥 먹었다. 날고기를 먹는 그들을 여자들은 특히 질겁해서 개울로 빨래를 다닐 때도 여럿이 뭉쳐서 나갔다. 평소에는 얼굴에 숯검정을 칠하고 머리를 헝클어뜨리고 주름살도 그려 넣었다. 교육받은 소련의 장교들이 오기 전까지 그들은 '로스케'라는 경멸의 이름으로 불렸다.

폭격 맞은 철길은 둔덕 밭이었다. 둔덕 아래 사는 사람들이 밭을 일궈 감자와 콩을 심고 깨를 가꾸고 옥수수를 심었다. 석은 가을걷이를 끝낸 논둑을 지났고 이른 서리를 맞은 배추밭과 누렇게 마른 고추밭 사이를 지났다. 겁에 질린 사람들이 아무렇게나 지은 누추한 집, 그보다 한결 초라하고 옹색한 굴뚝에선 저녁 연기가 피어올랐다. 늦가을 해는 지는가 싶다가 어둠에 밀려 거짓말처럼 사라졌다. 석은 멀리 설악산의 크고 작은 골짜기로부터 흘러 남대천을 이룬 물이 바다로 이르는 큰개(大浦) 쪽을 바라보았다. 지금은 흔적 없고 이름만 남아 있는 그곳이 오래전엔 '대포수군만호영'이었다. 그곳에서 조금 더 내려가면 오산리(鰲山里). 석은 오산 바닷가 해변에 느닷없이 튀어나와 솟아오른 오산봉(鰲山峯)을 생각했다. 외삼촌 용립은 지난 9월 23일 그곳에 부려졌다. 그를 태운 배는 바다 가운데서 연락책의 보트에 옮겨졌고 연락책은 낙산사 의상대가 멀리 바라보이는 오산봉 바위에 그를 떨어뜨렸다. 그는 바위틈과 풀숲에 몸을 숨긴 채 날이 어두워질 때를 기다렸다. 해가 기울 무렵 남자 하나가 꼴을 베기 시작했다. 그는 삶과 죽음이 오락가락하는 시간을 지났다. 꼴을 베던 사람은 그를 보지 못하고 돌아갔다.

석은 외삼촌이 지금쯤 평양에서 가족과 저녁을 먹고 있을 것이라고 생각했다. 다른 생각이 떠오르지 못하게 못을 박듯이 그 장면을 억지로 물고 늘어졌다. 어쩌면 외숙모에게 남한의 이야기를 할지 모른다고 생각했다. 그것도 아니라면 임무 수행을 하지 못한 죄로 아오지탄광에 유배되었을지 모른다고 생각했다. 아니다. 외삼촌은 행복하다. 사촌들과 외숙모와 잘 산다. 그러나 아무리 이렇게 생각해도 마음이 편치 않았다. 무언가 불안하고 초조했다. 왜 그런지 알 수 없었다.

석이 길을 에돌아 순옥의 집부터 들른 건 이 불안감 때문이었을 것이다. 그가 순옥의 집 마당으로 들어서자 오늘이 그가 오는 날이라는 걸 알고 있는 처가의 식구들은 모두 나와 그를 반겼다. 성품이 소탈한 장인은 막 밥상을 받았는데 그가 들어서자 소반을 곁으로 밀어놓았다. 그는 큰절을 하고 무릎 꿇고 앉았다. 장인은 일제 때 조합에서 일했는데 해방이 되자 한 달도 안 돼 일본인 조합장과 함께 월남을 했었다. 그는 밤낮으로 모여 토론하고 학습하는 체제를 천성적으로 견디지 못했다. 그가 가장 못 견딘 것은 인민재판이었다. 그에게 인민재판은 무지와 폭력과 대중심리 조작의 극치였다. 사람은 저 생긴 대로 살아갈 수 있어야 하고 국가 체제는 그것을 가능한 대로 보장해줄 수 있어야 한다는 게 자유주의자로 비판받던 장인의 신념이었다.

"번거롭지? 하필 잔칫날이 이렇게 나서."

제대 앞두고 왔다 갔다 하는 사위에게 미안해서 장인이 말했다. 석은 제대 말년이라는 게 참 지루한데 차라리 잘됐다, 고향에 자주 오니 살 것 같다고 말했다. 장모가 서둘러 차려온 겸상에는 처음엔 없던 계란 부침이 얹혔다. 장인이 자신 앞에 놓인 제 몫을 얼른 들어 석의 접시에 부었다.

“힘내는 음식은 힘쓸 일 많은 한창 나이에 먹어야지 난 소용이 읎어.”

장인이 말했다. 석의 가슴이 뭉클거렸다. 계란 부침 한 개 때문만은 아닐 것이었다. 이 좋은 사람들에게 석은 외삼촌의 그늘이 드리워선 안 된다고 생각했다. 순옥이 아이를 낳아도 석이라는 아버지 때문에 육군사관학교도 갈 수 없고 공무원도 될 수 없고 외국도 나갈 수 없는 그런 자식이 되어서는 안 됐다. 할아버지가 빨갱이라는 사실이 모든 증명서에 붉은 줄로 표시되어, ‘분류된 국민’으로 살아가야 하는 가지가지의 장애(障碍)는 자신으로 끝나야 했다. 장인은 석이 육군본부에서 군 생활을 할 수 있는 것도 그의 잘생긴 인물과 성실함 때문이라고 마주 앉을 때마다 하던 덕담을 빠뜨리지 않았다. 세포위원장을 했던 큰외삼촌만 빼면 특별히 빨갱이라고 할 만한 어른은 자네 집안에 없다고, 그래서 그냥 눌러살았어도 나라의 녹을 먹었을 것이라고 말했다. 특히 자네의 부친은 합리적이었다고, 놀던 물은 자신과 달랐어도 미워한 적이 없다는 사돈영감에 대해 회상했다. 석은 그동안 셀 수 없이 들어온 장인의 말에 지금 콧날이 시큰했다. 먹은 밥보다 더 큰 뭉치로 치미는 서러움에 가슴이 뻐근했다. 자꾸만 목울대에 힘을 줘 침을 삼켰다. 눈자위에도 힘을 줬다. 하지만 소용없었다. 눈물이 후드득 밥그릇 위로 떨어졌다. 석은 자신도 모르게 손으로 입을 틀어막고 바깥으로 나갔다. 모두들 눈이 휘둥그레졌다.

"뭔 괜한 소릴 했게다 싸우(사위)가 저래유? 하여간 저 양반은 입으루 망해먹잖나 봐!"

순옥의 어미가 남편에게 흰 눈을 뜨며 모질게 욕했다. 그리고 덩달아 슬픔이 가득해진 순옥에게 어서 나가보라는 눈짓을 했다. 그러나 순옥은 움직이지 못했다. 왜 갑자기 석이 저러는지 순옥은 충분히 알았다. 어쩔 수 없는 일이었다. 누구도, 어떤 말로도 위로가 안 된다는 걸 순옥은 알았다.

장모가 뒤란의 장독대 곁 감나무에 기대선 석에게 다가갔다.

"우리 아범이 뭔 주책맞은 소릴 했게다 이리너? 아무쪼룩이다 자네가 속을 넓게 쓰게나. 사람덜이 원래버텀 큰일 앞에 두군 맘에 없던 소리두 하구 희한해진다네. 왜서 그릴까 몰러."

장모가 위로했다.

"아닙니다, 어머님. 아버님은 잘못하신 게 없어유."

석이 말했다. 이때 순옥이 다가와 그의 팔을 잡아끌었다. 장독대 옆 앵두나무 곁에 가서 순옥이 물었다.

"그 일이 생각나서 그리쥬?"

석은 대답하지 않았다.

"난 아무렇지두 않어유. 여태두룩 아무 일 없는데 뭔 걱정을 하세유. 그리지 말어유. 맘을 단단하게 잡숴유. 오빠 한 사람 믿구 사는 날 보구서래두유."

순옥이 말했다. 석은 고개만 크게 끄덕였다. 그는 순옥이 말이 맞는다고 생각했다. 하지만 오늘 장인에게 다 털어놓아야 한다고 결심했다. 일단 자신의 운명에 분명한 선 하나를 그어야 했다. 순옥이를 사랑하면 할수록 그래야 했다.

장인은 석이 '간첩 외삼촌'에 대해 말하는 동안 담배만 피웠다.

"아버님, 용서해주십시오. 그때 다 말씀드렸어야 했는데 제 욕심 때문에 여기까지 왔습니다. 순옥이를 불행하게 하느니 저 혼자 감당하겠습니다. 아버님 어머님께 큰 죄를 지었습니다."

석은 이렇게 말하고 순옥의 집을 뛰쳐나왔다. 밖은 어둡고 스산한 바람은 나뭇가지를 흔들었다. 석은 어두운 길을 한동안 걸었다. 슬픔은 어느새 사라지고 마음은 텅 비어 차라리 개운했다. 사랑하는 여자 순옥에게 처음으로 큰 선물을 한 것 같은 기분도 들었다. 비록 결혼하지는 못할지라도 순옥의 인생에 도움이 되는 일이라면 무엇이건 하고 싶었다. 멀리 두고 순옥이 행복하게 사는 걸 풍문으로 들을 수 있다면 그것도 행복일 것 같았다.

석은 까무러지는 몸과 마음을 북돋우려 애쓰며 집으로 갔다. 찻길은 텅 비었고 어쩌다 철광석을 실은 트럭이 흙먼지를 일으키며 지나갔다. 길가에서 서른 발짝쯤 떨어진 집. 남향으로 터를 잡으려고 도문집과 석이 애를 썼던 집은 지어놓고 보니 동남향이었다. 길가로는 텃밭, 좁은 마당에 감나무와 라일락이 있었다. 손가락 굵기의 나무가 지금 두 뼘으로 맞잡게 자랐다. 석은 공연히 라일락 나무에 몸을 한 번 쓸어보고 마당으로 들어섰다. 방은 어둡고 부엌은 환했다. 결혼이 취소됐다, 잔치를 하지 않겠다, 어떻게 저 노인네들에게 말할까, 실망을 어떻게 달랠까. 석은 마음이 무겁고 슬펐다.

"어멈아! 석이가 왜서 안죽도 안 오너? 야가 색시집버텀 간 기 아이너?"

질골집의 말소리가 마당으로 흘러나왔다. 이 말만 듣지 않았어도 석은 도로 나가서 어딘가를 한참이나 헤매다 집에 들어갔을 것이다.

"어머인 말을 해두 참 희한하게두 하네유."

도문집이 계모 질골집을 드러내놓고 나무랐다. 멀쩡한 삼형제 남부럽잖게 길러 호강이 앞에 나섰는가 싶더니 개밥에 도토리 신세 된 질골집. 도문집은 그 여자를 늘 가여워했다. 나이 차이로는 언니뻘이건만 어머니로 깍듯이 모셨다. 그런데 용립이 다녀간 후 도문집은 아무리 자신을 달래도 질골집에 원망이 생겼다. 그러면 안 된다고 자신을 책망해도 소용없었다. 이미 다 잦아든 불행이라 믿으면서도 불길한 예감에 홀린 듯했다. 맘이 그렇게 돌아갔다.

"외할머니."

석이 외할머니와 어머니의 다툼을 더 둘 수 없어서 부엌으로 다가서며 외할머니를 불렀다.

"아이구우, 우리 아덜 오셌너?"

간을 본다고 입에 넣었던 고사리나물을 빼서 팽개질 치며 도문집이 소리쳤다.

"아이구우, 내 손지! 석이가 왔잖너!"

질골집이 두 팔을 활짝 펴고 반겼다. 그녀는 용립이 왔을 때 석이 보여준 태도를 잊지 못했다. 나 몰라라 했어도 원망할 것이 없었다.

"호랑이두 지 말하면 온다더니만."

도문집의 목소리가 공연히 젖었다. 오로지 석이 하나 크는 거 보고 사는 게 인생의 보람인 두 여자가 반가움을 시샘하듯 하였다.

"뭐 하슈?"

석은 부러 즐거운 티를 내려 애쓰며 물었다.

"차부서 망간 내랜너?"

차에서 내려 곧장 오느냐, 도문집이 물었다. 그 여자는 서울에서 오는 버스가 몇 시에 이곳에 닿는지 잘 알았다. 서울에서 이곳에 오는 버스는 하루에 한 대였다. 제대로 왔다면 벌써 왔어야 했다. 처가부터 들렀지, 생각하고 있었다. 섭섭해도 혼인만 하면 며느리 잡도리해서 단단히 내 사람 만들 작정하고 뜨는 속을 가라앉혔던 것이다.

"아이구우, 서울에서 여기가 워딘? 차 타는 기 좀 힘이 들겐? 어여 밥버텀 먹이게."

그런 거 모르는 질골집이 공연히 부산하게 말했다.

"먹었어유, 순옥이네서."

석이 말했다.

"잘했네. 거기버텀 들래야지. 어른두 다 반구워하지?"

"반가워만 할라구유. 잘난 싸우 본다구 입이 귀에 걸랬던데. 날래 들어가서 양복 입어봐라. 순옥이가 찾어왔더라."

도문집이 말했다. 석은 어머니와 외할머니의 기대를 등에 지고 피곤한 척 방으로 들어섰다. 두 여자가 자석에 붙듯이 따라 들어왔다. 도문집은 양복점 이름이 크게 쓰인 상자에서 양복을 꺼내 썩 내밀었다.

"봐라, 색까루가 좀 좋너? 즘잖쿠 신사 같잖? 어여 입어봐라. 아무리 양복쟁이가 맹글었어두 품이랑 기장은 입어봐야 한다더라."

"낼 입어보지요, 뭘."

석은 양복을 받아 그대로 다시 못에 걸며 말했다.

"아이구우, 쟈가 매가리가 쏙 빠졌잖? 뭘 잘못 먹어 설사 만낸기 아이너?"

질골집이 새삼 석의 얼굴을 살피며 걱정이 가득한 목소리로 물었다. 잔치한다고 특별히 부대에서 나온 군인이 저토록 맥이 없어 보이는 건 설사 말곤 달리 이유가 있을 턱이 없었다. 그러나 석이 설사를 만났을 거라고 말하면서도 두 여자 모두 속 깊은 불안을 앓았다. 질골집은 부추 팔고 콩 팔아 차곡차곡 대자리 밑에 감췄던 돈을 잔치에 보태라고 내줬는데 큰돈이었다.

"배앓이엔 그저 양귀비가 최고란다. 그거 눈꼽째기만큼 물에 개서 마시믄 말짱할걸. 어멈아, 니 그거 어디서 못 구할라너?"

질골집이 물었다.

"말 같잖은 소리 하지두 말어유! 요새가 어떤 시상인데 양귀비래유. 망령이 나두 분수가 있지. 식구대루 감옥살이 못 해서 환장했어유? 이 년 복장 터져 죽는 꼴 봐야 속이 씨원하시겠어유? 왜서 그래유."

도문집은 자신도 모르게 할 말 안 할 말 가리지 않고 뱉었다. 용립이 다녀간 이후로 누구에게 털어놓지도 못하고 속으로 앓는 불안과 공포가 하늘에 닿았다. 평소에 오가지 않던 이웃이 들여다봐도 그 속이 의심스러웠다. 혹시 뭘 알아보러 왔나, 그렇게 사람을 의심하게 됐다. 사람 의심하는 자기 자신이 싫고 의심받으며 살아야 하는 자신의 처지에도 울화가 치솟았다. 용립이 평양에서 활개치며 사는 모습을 보기 전에는 없어질 병이 아니었다. 그래도 참을 인 자 셋이면 살인도 면한다, 입이 방정이니 침묵이 최고다 싶어 속 한번 드러내지 않고 살았다. 남편이 바랑 지고 북으로 떠난 그해부터 지금까지였다. 도문집이 치맛자락을 끌어다 소리 내지 못하고 흐르는 눈물과 콧물을 훔쳤다. 여태 죽은 시늉으로 허리 굽히고 앉았던 질골집이 그림자처럼 일어서서 바람처럼 방을 나갔다.

평상복으로 갈아입고 벽에 기대 우두커니 앉았던 석이 입술을 깨물었다. 어머니! 왜 그러세요! 마음속에서는 어머니에게 고래고래 소리 지르고 싶었다. 외할머니가 무슨 죄가 있어요. 불쌍하지도 않아요? 외할머니가 죄인이면 어머니도 죄인이고 어머니가 죄인이면 저도 죄인이라고요! 이렇게 말하고 싶었다. 말하지 않아도 말이 입안에서 부풀대로 부풀어 폭발할 것 같았다. 석은 한숨을 내쉬고 방문을 열었다.

"야! 니가 얼루 나갈라너? 치신머리 그래 가지구 어딜 가너?"

도문집이 다급하게 물었다. 도문집은 허겁지겁 석이 닫은 문을 도로 열어젖히고 석아! 불렀지만 이미 아들은 보이지 않았다. 뭔 일이 있지, 뭔 일이 났어. 도문집은 자꾸만 이런 생각을 하곤 소스라치게 놀랐다. 자식 둔 어미의 방정에 자신도 섬뜩했다.

도문집은 부엌문으로 나와 신발을 꿰고 부엌 가운데 우두커니 섰다. 이때 누가 부엌 문턱에 홀연히 나타났다.

"뭘 하슈?"

도문집은 까무러칠 지경이었다. 그가 동네 구장이라는 걸 알고 나서도 진정이 되지 않았다.

"아이구우, 놀래라."

도문집이 부뚜막에 주저앉으며 중얼거렸다.

"뭘 사람 보구 놀래유? 사람 보구 놀랠 일이래두 있쑤?"

구장이 의뭉스러운 말투로 떠봤다. 그는 목소리가 특이했다. 밀가루 반죽을 찐득하게 해서 이리저리 만져도 모양을 낼 수 없는 것 같은, 미끈거리고 차지고 믿음성이 가지 않는 목소리였다. 도문집은 대꾸하지 않았다. 6·25 난리 통만 겪지 않았어도 감히 마당에도 들어서지 못할 위인이 이젠 임자 없는 집 드나들듯 시도 때도 가리지 않는 게 필경 자신에 대한 욕일 테지만 꾹 참았다. 할 말을 해도 빨갱이, 요구할 걸 요구해도 빨갱이, 말 안 해도 빨갱이, 죽어지내도 빨갱이였다. 앞서도 뒤처져도 빨갱이였다. 그 여자의 인생에선 앉을 때 앉아야 할지, 설 때 서야 할지, 그런 기준을 가질 수 없었다. 그저 빨갱이라는 것이었다. 사실 그 여자는 빨갱이가 뭔지, 알지 못했다. 하여간 빨갱이는, 이 세상에서 다른 종류의 사람이었다.

"뭔 할 말이 있기다가 오셨수?"

도문집이 짐짓 아무렇지 않은 목소리로 물었다.

"이웃 간에 꼭 할 말이 있어야만 오가우? 참 아주머이는 말두 늘 사납게만 하데."

구장이 의뭉스러운 말을 했다. 도문집은 입을 닫았다. 갑자기 서슬 푸르게 정신이 퍼뜩 들었다.

"석이가 잔치하러 왔너 하구 지나가던 길에 들랬쑤."

구장이 말했다.

"아이구우, 그래기다가유."

도문집이 이렇게 대답하는 동안 구장은 뒷짐을 지고 고개를 푹 숙였다.

"야가 오긴 왔어두 망간 나갔네유. 우리 석이, 갸한테 뭔 볼일 있어유?"

도문집이 무심한듯 물었다. 구장은 여전히 침묵했다. 도문집은 사실 그의 침묵이 을씨년스러웠다. 무슨 말이라도 해서 구장의 입을 틔우고 싶었다. 그런데 혀가 얼어붙은 것처럼 움직여지지 않았다.

구장이 헛기침 소리를 냈다. 그리고 어두운 마당을 가로질러 길가 쪽으로 나갔다. 도문집은 갑자기 몸이 오싹해지는 걸 느꼈다. 살가죽이 들뜨는 것 같았다.

한참이나 부뚜막에 앉아 맨 정신을 잃고 있던 도문집은 기절했다 깨어나듯 새로운 생각을 했다. 구장을 의심하는 게 죄지, 이웃에 사는 게 어디 한두 해인가. 그 여자는 의심하는 자신을 나무라고 구장의 좋은 점을 떠올리려고 노력했다. 하지만 한 생각 지나면 또다시 구장이 무섭게 느껴졌다. 뭔가 떠보러 온 것 같고 감시하는 것 같았다. 몸이 얼음장처럼 시려들었다. 가슴이 터질 것 같아 한숨을 내쉬고 또 내쉬었다. 곧 순옥의 아버지가 찾아오지 않았다면 그 여자는 얼음 송장이 되었을지 몰랐다. 하지만 순옥의 아버지가 찾아온 것도 예사롭진 않았다. 구장처럼 불길하고 불쾌하진 않아도 불안은 더했다.

"석이한테 말 듣구 생각을 해봤습니다. 사실이지 생각하구 말 것두 없는 일이지유."

방으로 들어선 순옥의 아버지가 심각한 목소리로 말했다. 도문집은 그 말이 무슨 뜻인지 알 것 같으면서도 어안이 벙벙했다.

"혼인이라는 걸 한 번 정했으문 그걸로 끝나는 거지 이제 와서 그런 일루 물린다는 건 사람의 도리가 아닙니다. 우리 여식아는 죽어도 이 집에서 죽고 살아도 이 집에서 살아야 합니다. 그게 사람 사는 도리가 아닙니까?"

순옥의 아버지는 단호했다. 도문집이 무슨 일인가 묻자 저녁에 석이 와서 한 말을 들려줬다. 순간 도문집이 스르르 순옥의 아버지 앞에 무릎을 꿇었다.

"고맙습니다. 평생 이 은혜는 잊지 않겠습니다. 혼사를 물려두 우리야 입두구두 말을 못 할 것을……. 지 아야 남부끄럽지 않게 키운다구 했건만 왜서 이런 일이 생겼는지, 그저 볼 낯이 읎네유."

도문집이 허리를 굽히고 또 굽혔다. 아들 가진 쪽에서 딸 가진 부모에게 이런 태도를 하는 법은 없었다.

"지가 석이 아부지하구 취미는 달렀어두 서루다가 인정해주구 그렇게 살었습니다. 그 사람이 여기 그대루다 남어 있었어두 한자리 크게 해먹었지 그냥 있지는 않었을 겁니다."

순옥이 아버지가 이렇게 도문집을 위로했다. 그녀는 너무 송구해서 고맙다고 수도 없이 말했다. 순옥이 아버지는 없던 일로 하겠다는 말을 남기고 자리에서 일어섰다. 도문집은 그를 길가까지 배웅하고 돌아왔다. 세상만사에 죽을 수만 있는 건 아니라고 생각했다. 죽었다고 생각될 때 살길이 열리고 좋다고 춤출 때 죽을 일이 기다렸다.

잔치 뒷날. 소설(小雪)이 며칠 뒤로 다가온 절기. 어제 쨍하니 맑던 하늘이 흐렸다. 텃밭의 근대와 파 위로 하얀 서리가 덮였다. 높은 산에서 냉기를 품은 바람이 불어와 까치밥으로 감이 두어 개 매달린 우듬지를 휘청휘청 흔들어댔다. 석의 고모와 외할머니 모두 일찍 일어나 잔치 뒷설거지를 했다. 이웃에서 빌려 온 멍석과 상과 그릇과 채반을 챙기고 바쁜 일로 잔치에 오지 못한 집들에 돌릴 음식을 나눴다.

이때였다. 구장이 찾아왔다. 그는 잔칫날도 와서 한동안 앉아 술을 거나하게 마시고 갔었다.

"자네 속초경찰서 정보과장이 좀 보자던데."

구장이 인사하는 석이에게 다짜고짜 말했다. 석의 얼굴이 저절로 창백해졌다. 말을 못 하는 입술이 달달 흔들렸다. 더 들어보고 물어볼 것도 없다고 석은, 각오했다. 그래도 그의 가슴이 싸늘해졌다.

"아침나절에 온다니 어디 가지 말구 집에 있게."

구장이 냉정하게 말했다. 산더미 같은 잔치 뒷설거지로 몸이 부서질 것 같은 도문집이 무슨 느낌에 득달같이 나와 구장을 쳐다보았다. 벌써 넋이 빠진 얼굴이었다.

"누가 온다구 그래유? 정보과장이 왜서유? 뭔 일루다 그리지유?"

두서없이 석이와 구장을 번갈아 바라보며 물었다. 그러나 구장은 구경꾼 같은 웃음을 흘리며 말없이 돌아서서 마당을 걸어 나갔다. 뜰방에 선 석의 얼굴만 창백했다.

"야! 뭔 일이래? 경찰서서 왜서 오너? 뭔 일이 났너?"

도문집은 다급하고 무서웠다. 붉은 치마에 노랑 저고리를 입고 흰 옥양목 앞치마를 두른 순옥이 시어머니 곁에 서서 석을 쳐다봤다. 어젯밤에도 석은 순옥에게, 만약에 외삼촌 문제가 불거지면 어떤 일이 생길지 모른다고, 그렇게 되면 당신은 그냥 집으로 돌아가 좋은 혼처를 찾으라고 말했었다. 통일이 되기 전엔 빨갱이 자식은 빨갱이로 대물림되어 사람답게 살 수 없다는 것이었다. 순옥은 울었다. 오빠가 빨갱이든 뭐든 세상에 남자는 오빠 하나라고, 다른 남자는 모른다고 말하고 소리 없이 울었다. 순옥의 동생도 외삼촌을 간첩으로 신고하지 않은 매형의 그 맘이 사람다운 맘이라고 했다는 말을 전했다. 만약에 누나의 아들이 내가 간첩으로 내려왔을 때 신고하겠느냐, 이게 사람의 본심이라고 했다는 것이었다. 석은 그 말이 듣기 싫지는 않았다. 그러나 본심과 인심은 다르다고 생각했다.

"걱정 말어유. 벨일이야 있을라구유."

석이 여전히 창백한 얼굴인 채 도문집에게 말하고 방으로 들어갔다. 신방을 꾸민 윗방에 올라가 방문턱 벽에 기대앉았다. 내 죄가 뭔가, 석은 불현듯 이런 생각을 했다. 정보과장이 보자는 건 외삼촌과 관련 있는 일이 분명했다. 그렇다면 내 죄가 뭔지, 석은 우선 스스로 알고 싶었다.

천리마운동. 불끈 쥔 주먹이 하늘을 찌를 것 같은 노동자와 농민의 기상. 논밭을 가는 트렉터. 흥남질소비료공장 건설 현장. 비날론 대량생산. 인민의 의식주 해결. 전쟁으로 초토화되어 석기시대로 돌아갔던 북한, 당과 인민이 단결해서 완전 복구. 조총련 사람들이 북한으로 가고 중국의 교포들도 살기 좋은 조국 북한으로 들어가던 모습. 보릿고개를 넘기기 힘겨워하는 남한의 인민을 구하기 위해 불원간 통일해야 한다던 외삼촌 용립. 통일을 위한 공공의 일을 수행하고 다시 월북…….

외삼촌 용립이 이런 이야기를 들려주고 선전용의 화려한 화보를 보여줬을 때 그 사실을 조금도 의심하지 않은 죄가 있었다. 아버지가 사는 곳이 잘사는 곳이라는 것에 기쁨을 느낀 죄도 있었다. 그곳도 내 나라라고 생각한 죄도 있었다. 외삼촌이 간첩이라는 사실을 알았지만 혈육을 먼저 생각한 것도 죄였다. 그래서 간첩으로 신고하지 않고 무사히 돌아가기만을 기원했으니 죄였다. 죄가 많았다.

죄가 한 가지씩 늘어날수록 그는 옴짝달싹도 할 수 없었다. 캐고 캐면 죄의 근원은 아버지이고 또 캐면 이 땅에서 태어나게 한 자기 생명의 씨앗이었다.

석이네 식구들은 어떻게 아침밥을 먹었는지, 입으로 먹었는지 코로 먹었는지 아무도 기억하지 못했다. 모두들 불안해서 차마 형사가 왜 오는지, 거기에 대해선 행여 귀신이라도 붙을까 지레 경계하듯 입도 뻥긋하지 않았다.

열한시가 조금 넘자 그들이 뒤엉키는 발자국 소리를 내며 왔다. 구장이 기별을 하고 돌아간 뒤, 이 시간에 되기 전에 석이네 식구 모두는 이미 저절로 몇 번씩이나 죽었다.

석은 비겁해지지 않으려고 발자국 소리만 듣고 방문을 열고 뜰방으로 내려섰다. 마당엔 네 명의 형사와 한 사람의 낯익은 얼굴이

서 있었다. 석이 그를 똑바로 봤다. 눈길이 닿기도 전에 용립이 고개를 숙였다. 석은 믿기지 않았다. 독 뒤에 숨어 지내면서도, 오산 바위틈에 몸을 숨겨 꼴을 베던 농부에게 목숨을 내맡길 지경일 때도 늠름했을 외삼촌. 해방 후에 악수하는 것은 서양 풍속이라 악으로 여겼는데 정작 손을 덥석 내밀던 외삼촌. 민족의 자주통일에 복무한다던 그의 애국심. 외삼촌을 사람으로서 거부할 수 없게 하던 그 정의감과 순수는 어디 갔을까.

"아이구우, 죽일 눔아! 네눔이 기어코 우릴 다 잡어 죽이구야 마는구나아!"

도문집이 달려 나가 용립의 옷을 잡아채며 악을 썼다. 그중 젊어 보이는 형사 하나가 도문집을 잡아 뗐다. 순간 석은 자신이 사람이라는 게 너무도 부끄러웠다. 사람으로 하여금 비루함의 극치로 내모는 이 모든 상황이 역겨웠다. 자신의 비천함이 무서워서 지금 죽어도 아쉬울 게 없을 것 같았다. 질골집은 아들을 보고도 반기지 못하고 부엌문 곁에 오금이 붙은 채 쥐며느리처럼 납작하게 눌려서 앉아 있었다. 자신의 자궁에서 길러 내놓은 사내로 빨갱이 아닌 자식이 없어 그 여자는 주검처럼 살았다. 남과 북의 경계가 없을 북쪽 하늘을 남몰래 쳐다보고 그리워하는 것을 낙으로 여기며 살았다. 그 여자를 살아가게 하던 징표 하나가 참혹하게 지금 저기 서 있었다. 간첩은 무조건 사형당할 것이니 살았어도 산목숨이 아니었다. 살아도 산목숨이 아닌 자식. 제 배 아파 낳은 자식 중에 하나. 그중

야무지고 재바르고 총기가 넘쳤던 자식. 하나 알면 열로 불려서 써먹던 자식. 그냥 거기 살지 왜 이런 힘든 길에 들어섰느냐고 질골집이 아들의 운명이 가여워서 물었을 때, 용립은 '가라니 왔지요' 했다. 이렇게 잡혔으니 저 위에 남은 처자식과 형제들은 어쩰 것인가.

형사 중의 하나가 용립에게 무슨 말을 했다. 용립이 석을 쳐다봤다. 무어라 이름 붙일 수 없는 그 눈길에 석의 가슴이 쓰라렸다.

"내가 파묻으라고 한 거 어따 묻언?"

서울말씨를 쓰던 용립이 양양 사투리로 물었다. 석은 잠깐 아뜩했다. 벌써 그것부터 기억했어야 옳았다. 잠시 어안이 벙벙한 표정이던 그가 마당으로 내려섰다. 삽을 들고 뒤란으로 가는 그를 모두들 따라왔다. 장독대 옆, 자두나무 밑을 팠다. 삽질 두 번에 배터리를 싼 종이 봉지가 나왔다. 형사 하나가 그것을 집어 들었다. 그들이 그것을 펼쳐보곤 뭐라고 이야기하고 확인했다. 그 후 그들은 용립이 처음으로 석이네 집으로 들어오던 과정을 '현장검증'했다.

"벌써 현장검증을 끝냈어야 하는데 자네 잔치에 지장을 줄까 오늘 왔으니 그런 줄이나 알어."

정보과장이 말했다. 석은 가슴이 뭉클해서 하마터면 그를 붙잡고 울 뻔했다.

"우린 다 산 거, 우린 죽어두 된다! 석이 니만 살믄 우린 죽어두 된다!"

현장검증이 끝나고 그들이 돌아간 뒤 도문집이 이렇게 울부짖었을 뿐 누구도 이 일에 대해 차마 입을 열지 못했다. 이렇게 천국과 지옥을 오가는 일주일 특별 휴가를 마치고 석은 서울로 돌아갔다. 그사이 겉으로 그들 생활에는 아무런 변화도 생기지 않았다.

특별 휴가를 마치고 귀대(歸隊)했을때, 석은 미리 신고를 할까, 혹은 인사참모부의 상관에게 자신의 문제를 의논할까 생각해봤다. 하지만 그렇게 하지 않았다. 그는 무언가 뚜렷이 알 수는 없지만, 무언가를 기다리고 싶었다.

이런 날들이 일주일도 가지 않아서 그는 군 수사대로부터 체포되었다.

가슴에 무슨 표식을 달고 사진을 찍혔다. 나중에 석은 그 표식에 '재남 간첩'이라는 글자가 적혔다는 걸 알았다. 처음으로 그는 공권력에 대해 억울함을 느꼈다. 아무리 양보하고 양보해도 자신은 재남 간첩이 아니었다. 그렇게 몰아가서는 안 됐다. 그건 진실이 아니었다. 그는 진실만 믿기로 했다. 그가 의지할 것은 진실밖에 없었다.

수사를 받는 동안 그는 외삼촌과 관련된 모든 것을 기억해내고 자신의 감정도 되살려서 진술했다. 수사를 하는 동안 그는 새로운 것들을 알았다. 아버지는 황해도 청단의 농업협동조합장으로 일한다는 것. 용립은 3년 동안 남파 간첩 훈련을 받았다는 것. 그가 6·25때 서울에서 정치군관으로 근무했던 경력이 있어 남파 간첩으로 선택되었을 것이라는 것. 그는 질골집과 헤어져 고향의 모든 친척을 찾아다녔다는 것. 그들은 아무도 신고하지 않아 지금 줄줄이 구속 수감되었다는 것. 용립은 경상도의 친구 집을 찾아갔는데 그 집의 열 살 난 아들이 부모도 모르는 사이에 집을 나와 파출소에 간첩 신고를 했다는 것. 석이 배터리를 땅에 파묻어 간첩 행위를 하지 못했다는 것.

석은 1심에서 징역 5년 형을 받았다. 항소했다. 집행유예 2년으로 감형됐다. 상고심을 마치는 데 다섯 달이 걸렸다. 석은 군에서 제적되고 불명예제대를 한 몸으로 다음 해 6월 6일 집으로 돌아왔다. 그의 인생은 국가와 사회로부터 유예됐다. 그의 인생은 다른 사람과 같아서는 안 됐다. 하늘과 땅과 대기와 사람 아닌 생물들만이 그를 사람으로 태어났을 때의 온전한 그로, 대해줬다. 예전이나 지금이나 한결같았다.

집행유예 2년은 석에게 무죄나 다름없었다. 그는 처음으로 대한민국의 자유를 느꼈다. 그를 수사하던 군 검사는 '사상은 자유'이며 당신이 벌을 받게 되는 것은 우리나라의 특수한 사정 때문이라고 말했다. 더군다나 외삼촌을 밀고하지 않고 어릴 때 헤어져 생사를 모르는 아버지에 대한 그리움으로 도문집의 만류를 뿌리치고 외삼촌을 만난 건 죄라고 볼 수 없다고 했다. 무죄이지만 유죄가 되는 현실이 우리 민족의 비극이라고 했다.

원천적으로 죄가 아닌 죄로 죄인이 된 석은 그러나 휴전 이래 처음으로 '자유'로웠다. 그를 여태 옭아맨 빨갱이 강박증도 가뿐하게 사라지는 것 같았다. 그가 양양에 돌아온 뒤로도 물론 군 수사대에서 가끔 찾아오거나 경찰서 정보과에서 그의 동향을 주시한다는 기미를 알았지만 그는 여전히 자유인이었다. 그 자유가 그에게 새로운 삶의 희망을 품게 했다. 국가에서 요구한 2년만 근신하고 지내면 국가가 보증하는 자유인이 되는 것이란 희망은 그에게 너무 크고 소중해서 말로 할 수 없었다. 정보과에서 오라면 가고 군수사대에서 오라면 그곳에도 갔다. 그리고 그는 2년 후를 위해 공부했다. 공무원 시험을 치고 싶었다. 공무원이 된다면 그는 대한민국이 차별하지 않는 국민으로 인정받는 것이고 그런 인정을 받고 살고 싶었다.

석이 이렇게 자유를 위해 2년의 유예를 건너는 동안 이웃이나 친척들은 정반대로 석의 집을 들여다도 보지 않았다. 음식을 나눠 먹던 이웃은 석이네 집을 향해서 눈도 돌리지 않았다. 석의 식구들은 자신의 집과 삶이 고립되고 소외된다는 걸 느꼈다. 시장에 나가면 사람들의 수군거림이 들려왔다. 저 집이 그 간첩이 넘어왔다는……. 사람들은 이렇게 수군거리며 그들을 피했다. 전염병 환자를 서로 확인하고 피하는 것과 같았다. 석의 집은 육지 속의 섬이 되었다. 그 섬은 대숲과 밭둑과 논두렁길을 지나 또 다른 작은 섬, 외가와 연결되어 있을 뿐이었다. 그들이 명절에 느끼는 고립감과 소외감은 땅을 적시고 하늘을 찌르고도 남았다.

석은 괜찮았다. 2년이기 때문이었다. 군 검사도 사람에겐 사상의 자유가 있다고 말했다. 사상에 놀라고 사상에 주눅 들린 사람들은 실제 사상이 뭔지 몰랐다. 자유는 더더욱 몰랐다. 단지 '빨갱이'만 알았다. 하지만 빨갱이는 밥이 아니고 옷도 아니고 실체도 없는 것이라고 석은 생각했다. 그건 유행가처럼 한동안 유행하다가 시들어버리면 그만인 것이라고 생각했다. 그러니 2년만 지나면 대한민국이 차별하지 않는 자유인이 될 것이므로 그는 행복했다. 사랑하는 아내는 딸을 낳았고 그는 딸 이름을 달님이라고 지었다. 가족은 비록 마을에서 고립된 섬에 살지라도 슬프지 않았다. 시간이 정해져 있는 고통은 시효를 지닌 약과 같았다.

그사이 사형될 줄 알았던 용립은 무기징역형을 받고 대구교도소에서 복역했다. 석은 한시도 용립을 잊지 않았다. 가끔 편지도 쓰고 면회도 가는 게 사람 된 도리라는 걸 알았다. 그러나 참았다. 어디서든 죽지 않았다는 것만 알면 됐다. 2년이 지나서 자유인이 되면 그때 찾아가고 편지도 쓸 수 있을 것이었다. 자유인이 된 뒤를 위해 그는 욕구도 계획도 모두 미뤘다.

2년이 지났다. 그는 자유인이 됐다. 그를 바라보고 살던 외할머니, 어머니, 아내와 딸도 자유인이 됐다. 그는 계획대로 공무원 시험을 쳤고 만점으로 합격했다. 합격 통지서를 받고 농협으로 발령받았다. 도문집과 질골집의 기쁨은 말로 다할 수 없었다. 특히 질골집은 외손자가 당신의 아들로 인해 인생이 박살 났다고 여겨 하루도 맘이 편치 않았다. 사람 사이는 한 치 건너 두 치였다.

순옥은 이른 아침 출근하는 남편을 위해 밥을 했고 그가 양복을 입고 넥타이를 매는 모습을 경이롭게 바라보았다. 집을 나서는 그를 찻길까지 배웅하는 건 도문집의 차지였다.

그러나 그 자유와 기쁨은 단 사흘로 끝났다. 농협장은 석이 합격한 뒤에 한 통의 투서를 받았는데 그건 석이 '빨갱이'라는 것이었다. 외삼촌이 간첩으로 넘어와 형무소 생활을 하는 석을 국가공무원으로 채용하는 건 있을 수 없는 망국적인 일이라는 게 투서의 내용이었다. 만약 석을 파면하지 않는다면 임명권자도 용공분자로 볼 수밖에 없다고 했다. 반공을 국시의 제일로 하는 나라에서 이런 반국가적인 행위가 공무원 사회에서 일어난다는 건 공무원 사회가 썩었고 기강이 해이해진 증거라고 했다.

석은 농협장과 마주 앉아서 그가 내민 투서를 읽었다. 투서의 내용 절반도 읽기 전에 그는 눈에 눈물이 어려 투서를 내려놓았다. 빈손이 그의 젖은 눈을 가렸다. 그의 등이 출렁거리기 시작했다. 그는 지금의 자기를 들키지 않으려고 입술을 피 터지게 물었다. 눈물이 그의 손가락 사이로 흘러내리기 시작했다. 읽지 않아도 내용이 무엇인지, 농협장의 어려움이 무엇인지, 그가 무엇을 요구하는지, 그는 알고도 남았다. 그러나 알고 싶지 않았다.

석을 지켜보는 것이 힘든 농협장이 잠시 자리를 떴다가 돌아왔다. 그가 문을 열고 나갔다 들어온 것도 석은 알지 못했다. 농협장은 석의 불행이 부당하다고 느꼈지만 도와줄 수 없었다. 도와줄 수 없는 것이 자신을 비굴하게 느끼도록 했다. 어쩔 수 없었다. 법으로도 구할 수 없고 권력으로도 도와줄 수 없는 게 딱 한 가지 있었다. 그건 '용공분자'였다. 농협장은 석이 용공분자가 아니라는 걸 보여주거나 용공분자는 조작되는 것이라는 걸 증명할 수 있어야 했다.

편견 없이 살아온 농협장이지만 그는 어쩔 수 없었다. 미안하고 부끄러웠지만 용공분자가 될 수는 없었다. 석의 아버지가 월북한 건 사실이고 그의 외삼촌이 세포위원장을 지낸 것도 사실이며 그의 외삼촌 하나가 간첩으로 넘어와 무기징역형을 살고 있는 것도 다 사실이었다. 석의 성적이 뛰어나고 인간성이 좋다고 하여도 그런 증거를 무화시킬 수는 없었다. 더군다나 용공분자란 생에 찍히는 낙인이었다. 그건 통일이 되기 전에는 나을 수 없는 질병이었다. 하지만 누구든 통일을 말하는 건 용공분자가 되기 때문에 통일은 영원히 불가능할 거라고 농협장은 생각했다. 그가 댓바람에 석의 사람됨과 박식함과 성실함에 반한 것이 도리어 실수가 됐다.

"죄송합니다. 열심히 해보려고……."

석은 며칠만이라도 자신을 인정해준 농협장에게 인사했다.

"이해해주게."

석이 자리에서 일어섰을 때 농협장이 밀고하듯 고요하게 말했다. 석은 돌아서서 그에게 다시 깊이 머리 숙여 인사했다 세상에 대한 하직 같았다.

"세월을 잘못 만났네."

농협장이 흔들리는 목소리로 비밀스럽게 속삭였다. 석의 막힌 귀에는 아무 소리도 들리지 않았다. 그리고 건물을 나설 때 그의 서러움과 울화가 그의 몸에 있는 모든 구멍을 꼭꼭 틀어막았다. 그의 몸은 더는 세상과 소통할 수 없게 됐다.

석은 사회적 동물로서의 사람이길 포기했다. 그것이 무망하다는 걸 알았다. 모든 사랑을 놓아버리고 분질러버렸다. 자신에 대한 사랑과 신뢰를 버렸다. 자신과 이어진 인연들을 끊거나 삭혀서 제풀에 스러지길 바랐다. 그는 술을 마시고 취한 상태로 살았고 일하지 않았다. 아내를 때리고 집 안을 부수고 어머니와도 냉담했다. 질골집은 저절로 왕래를 끊었다. 군 수사대에서 오라는 기별이 와도, 경찰서 정보과에서 들르라는 연락이 와도 그는 가지 않았다. 그는 자신을 스스로 국가로부터, 사회로부터, 지역으로부터, 가족으로부터 파문했다. 어디선가 검은색 안경을 사서, 집 바깥을 나갈 땐 부적처럼 그것을 썼다. 어떤 날은 술을 잔뜩 마시고 방 안에서도 색안경을 썼다. 그가 부적처럼 쓰는 건 색안경만이 아니었다. 그는 챙이 큰 야구 모자를 눌러썼다. 얼핏 보면 그건 1961년 5월 16일의 박정희 장군 차림이었다.

이맘때 도문집은 제 고통 때문에 며느리 순옥을 괴롭혔다. 누군가에게 화를 낼 수 없어서 아들과 자신의 불행을 며느리에게 뒤집어씌웠다. 순옥은 울면서 살았다. 해가 너울너울 지면 가까운 친정으로 달려가 뒤란에서 아버지 몰래 친정어머니를 만났다.

"죽어서두 친정엔 못 온다. 니가 상구두 그거 몰르너?"

친정어머니는 뼈만 남고 나이보다 10년은 더 늙어 보이는 딸에게 이 말밖에 해주지 못했다. 남편 몰래 쌀말을 퍼 주고 옷가지며 돈도 주어 보냈다. 딸의 불행이 언제 끝날지 천지신명이 알까. 순옥의 어미는 딸과 더불어 울지 않는 것이 목표였다.

1966년 봄 어느 날이었다. 구장의 아내가 석이네로 찾아왔다. 석이네 집엔 아무도 오지 않는데 구장과 그의 아내만 탐색하듯 들르곤 했다.

"질골할머이가 여기 와 기시너?"

마당에 가마니를 깔고 앉아 순옥이와 함께 파종할 감자 눈을 따던 도문집에게 그 여자가 물었다. 도문집은 눈도 들지 않았다. 세상 누구에게든, 죽이든 살리든 맘대로 하란 기분이 된 지 오래였다.

"외할머님은 여기 안 오셌어유."

순옥이 대답했다.

"희한하네. 접때두 문이 걸랬던데. 노인네가 어디 먼 델 가셌너?"

구장의 아내는 뜨악하게 대하는 도문집이 마땅치 않아 들으라고 혼잣말을 했다.

"접때두 문이 걸랬더라구유? 그기 뭔 소리세유?"

순옥이 일어서서 구장 아내를 쳐다보며 걱정스럽게 물었다.

"우리 쥔양반이 군에서 준 구호미를 들어다 할먼네 뜰방에 놨는데 오늘도 그대로 있더라니……. 노인네가 혼처서 어디 먼 델 가셨너?"

"그 귀신이 갈 데나 있으믄?"

도문집이 경멸을 한껏 부풀려 말했다. 순간 방문이 활짝 열렸다. 아직도 어제 마신 술이 덜 깬 석이 튀어나왔다. 얼굴엔 색안경을 쓰고 있었다. 밤낮 색안경을 써서 미쳤다는 소문마저 도는 석이와 행여 눈이라도 마주칠세라 구장의 아내가 얼굴을 홱 돌렸다.

석은 신발을 질질 끌며 색안경을 끼고 질골집으로 갔다. 도문집과 순옥도 그 뒤를 따랐다.

봄 햇살이 천지를 말갛게 비추는데 유독 질골집 마당은 으스스했다. 그건 석이 내외나 도문집이 한꺼번에 느낀 것이었다. 구장 아내 말대로 쌀 포대가 뜰방 문짝 아래 놓여 있었다. 질골집이 신는 검정 고무신이 나란히 놓였고 방문은 닫혔다. 댕댕, 벌 한 마리가 처마 밑을 두루 핥듯이 휘저으며 댕댕거렸다.

석이 문을 잡아당겼다. 문은 안에서 걸려 있었다. 그 기미를 알아챈 도문집이 흐물흐물 마당에 주저앉았다. 석이 방문을 잡아챘다. 돌쩌귀가 빠지며 문이 열렸다. 방 안에서 퀴퀴한 내가 한꺼번에 빠져나왔다. 방문을 연 석이 뒷걸음을 쳤다. 도문집이 아이구머니아! 비명을 지르고 순옥은 코를 잡았다. 방은 비어 있었다. 석이 빈방 안으로 들어가서 도장방 문고리를 잡았다. 석의 몸에 오한이 끼쳤다. 보지 않았어도 이 방에 외할머니가 있을 것만 같았다.

도장방, 석은 용립이 이곳에 머문 사흘 동안 두 번 들여다봤었다. 방은 그때와 똑같았다. 독이며 자루들. 그런데 독 뒤에 허연 보자기 같은 것이 보였다. 석이 한쪽 발을 들고 기웃이 들여다봤다. 질골집이 꼭 용립이 누웠던 그 자리에 광목으로 목을 매고 누워 있었다. 아들 용립이 누웠던 모습과 똑같았다. 눈도 뜨고 입이 벌어진 채.

용립은 모범수로 살다가 전향(轉向)을 했다. 전향한 그가 광복절 특별사면 대상에 끼어 석방됐다. 석은 그의 보호자가 되어서 용립의 남은 생을 인도받았다. 22년 만에 높은 담장 바깥의 세상으로 나온 그는 물론 주거가 제한됐고 그의 일상은 당국에 보고되는 특별한 존재였다. 그는 이미 공산주의자도 사회주의자도 아니었다. 그가 어린 날부터 사랑했던 사회주의사상을 버리고, 인류를 위해 극복해야 한다고 믿었던 자유주의 사상으로 전향했다.

석은 외삼촌의 남은 인생을 떠안았지만 정작 그와 마주 앉지 못했다. 말도 나누지 않았다. 함께 밥을 먹지도 않았다. 언제 경찰서 정보과로 가봐야 한다거나 하는, 피할 수 없는 말만 했다.

용립은 감옥에서 나왔지만 여전히 고립됐다. 그가 집 밖으로 나가 산책이라도 하면 동네 아이들이 '간첩 할아버지'라고 소리 지르며 돌멩이를 던졌다. 어떤 날은 돌멩이가 복숭아뼈를 맞춰 한동안 불편하게 걸어 다녀야 했다. 밖에서만이 아니었다. 순옥이 낳은 아이들도 어른들을 피해 용립을 학대했다.

"할아버지 나가요! 할아버지 때문에 우리 아버지 불쌍하게 됐잖아요!"

소리치고 눈을 흘겼다. 물론 그가 간첩이었을 때, 그가 밤손님으로 찾아가 북한의 아버지와 남편과 동생과 아들딸의 소식을 전해줘서 반갑게 듣고 눈물까지 흘리며 고맙다고 했던, '불고지죄'의 공범자들도 그를 두 번 다시 보려 하지 않았다.

사람에게 22년은 한마디로 말하기 쉽지 않은 시간이었다. 용립은 전혀 다른 사람이 되어 있었다. 서른여덟 살에 들어가 환갑 나이에 돌아오긴 했어도 그는 용립이 아니었다. 그는 스스로 생각해서 행동하는 것이 없었다. 그는 먹고 입고 말하고 걷는 것조차 순옥에게 물었다.

"외삼춘유! 왜서 그런 거까지 물어유. 혼처서 알어서 하세유. 외삼춘이 아이래유? 왜서 그런 거두 혼쳐서 결정 못 하구 물어싸유?"

순옥은 귀찮고 화가 나면 이렇게 모질게 쐈다. 그래도 그는 화를 낼 줄 몰랐다. 묻는 말 이외엔 하지 않았고 주는 밥 이외엔 더 먹지 않았다. 한 번 자리에 앉으면 일어날 때까지 움쩍도 하지 않았다. 순옥에겐 그가 기계 같아 보였다. 인조인간이 있다면 아마 저렇겠지, 하고 생각했다. 그는 밭을 매라고 하면 날이 어두워도 끝까지 맸다. 맡은 일은 성실하게 했고 근면했다. 처음 그가 집에 왔을 때 석이 그에게 건강을 위해 하루에 두 시간 이상 걸으라고 했는데 그는 그것을 죽는 날까지 계속했다.

순옥은 시외삼촌 용립이 사람 같지 않아 지긋지긋했다.

"외숙모 보고 싶지 않어유?"

하루는 그를 불로 지지는 기분으로 이렇게 물었다. 용립은 아침부터 앉았던 그 자리에 앉은 채 깊은 한숨을 내쉬었다.

"내가 그 사람을 얼마나 사랑했는데. 죽어서도 사랑할 텐데……."

그가 눅눅해진 목소리로 말했다. 순옥은 처음으로 늙은 시외삼촌의 눈물을 봤다.

"그럼 이렇게 될 줄 모르고 나왔어유?"

불쌍하고 미워서, 그러면 안 되는 줄 알면서도 순옥은 이렇게 밸을 질렀다.

"내레 가라니…… 왔지……."

용립이 고요하게 말했다.

"외숙모랑 식구들은 어떻게 돼유?"

순옥이 야속하다고 느끼면서도 물었다. 용립은 한참이나 고개를 숙이고 대답하지 않았다.

"아오지탄광에 가서 탄이나 줍겠지."

용립이 중얼거리듯 말하고 깊이 한숨 쉬었다. 어쨌든 이렇게나마 용립과 이야기를 하는 사람은 순옥뿐이었다.

순옥은 오랜 세월이 흐른 뒤에도 이날 시외삼촌과의 대화를 잊지 못했다. 그가 누군지, 그가 담장 안에서 사상범으로 산 22년은 자신들, 보통 사람의 삶과 어떻게 달랐는지, 궁금할 때도 있었던 것, 그 의문까지도 이상하게 잊히지 않았다.

용립은 10년을 더 살고 세상을 떠났다. 그는 남북정상회담 같은 것은 상상도 못 했을 것이다.

석은 요즘 이런 생각을 한다. 어쩌면 외삼촌이 가졌던 순수와 정의감이…… 시대와 맞지 않았을 것이라고.

세상의 모든 순영 아빠

아, 왜지요? 바람 소리 때문인가요? 점심도 거르고 격려와 친절 모두 뿌리치고 이곳으로 날듯이 달려오던 당신. 언덕을 뛰어오르던 가쁜 숨소리가 이제 더는 들리지 않네요. 힘이 드시나요? 숨이 가빠서 잠시 발길을 멈췄나요? 삭지 않는 분(忿)이 당신의 숨통을 옥죄었나요? 혹시 회한이 당신의 발목을 휘감고 놓아주지 않나요? 그래도, 제발, 뒤는 돌아보지 마세요. 그럼 안 돼요. 그냥 천천히 숨을 고르며 올라오세요. 난 여기 늘 그렇듯이, 그저 있으니까요. 바로 이날을 위해, 오래도록 기다렸으니까요.

당신 지난밤 잠도 설치더군요. 공판 날이 가까이 다가오면, 특히 재판 전날은 거의 잠을 못 자는 거, 내가 왜 몰라요. 더군다나 오늘은 판결이 있는 날, 아침밥은 드는 둥 마는 둥, 순영이 한 술 먹여 유아원에 보내려고 애써 아침밥을 짓는 거, 조리대 앞에서 당신 손길이 자꾸만 헛물리던 거, 다 알아요. 외아들을 남편 삼아 사시던 시어머니. 우리 일이 이렇게 되고 삶의 갈피를 놓친 당신을 차마 더는 볼 수 없어 딸네로 떠나 아직 돌아오지 않으셨네요. 처음엔 물불도 못 가리는 순영이를 어머니가 데려갔던 거, 당신이 그 애를 나 보듯이 보려고 데려왔던 거, 이른 아침 어린것을 여기저기 맡기고 당신 논으로 밭으로, 공장으로 산으로 강으로 나가야 했던 거, 어느 한시인들 그 애달픈 하루살이를 모를 수 있겠어요.

순영이는 대기가 차가워지는 상강(霜降) 무렵에 감기 들면 입춘이 되도록 콧물을 지리다 말리다 하는 아이. 여름이면 모기 물려 맨 팔다리에 부스럼이 아물 날 없지요. 제 앞가림하자면 아직 아득하네요. 언제부턴가 어미를 찾지 않아 다행이라 여기고도 그게 더욱 당신 가슴을 후벼 파던 거, 때로 잠든 순영이를 그윽이 바라보다가 불현듯 내 생각이 나서 입술 깨무는 거, 푹 고개 꺾고 눈물 주르륵 흘리는 거, 어느 날엔 세수하다가 목 놓아 우는 거, 다 알아요. 이 일 마감했으니 이제 어머니를 모셔 오세요. 아무렴 당신에겐 어머니, 순영에겐 할머니만 한 손길이며 품이 어디 또 있을까요.

법원으로 향할 때, 당신의 결연한 표정, 더러 불안하게 흔들리긴 했어요. 법이니 양심이니 진실이니 정의니 하는 것들에게 당신 참 셀 수도 없이 휘둘렸네요. 당신을 돕던 단체들, 그리고 대학생들이 오늘은 꽤 많이 왔더군요. 대부분 여자들이었던 그들. 낯이 익은 사람들은 당신을 먼저 알아보고 손을 잡았습니다. 인사를 하는 대학생도 있었고, 판사의 선고에 미리 '승리'를 점치는 사람도 있었습니다. 그들에게 고맙다고 일일이 인사하면서도 당신의 굳은 얼굴은 좀체 풀리지 않았지요. 당신의 맘 반쪽은 이미 오래전 이 산기슭에 묻은 채 나머지 반으로 숨 쉬고 사노라니 남모르게 얼마나 고됐겠어요. 우리 몸을 반씩 섞어서 낳아놓은 자식, 순영이만 아니라면 당신 또한 벌써 이 세상에 있지 않았겠지요.

당신은 피고의 최후진술에서 조금 위로를 받았던가요? 오래도록 당신을 터무니없는 조롱으로 괴롭혔던 그 남자. 당신을 모나고, 세상 물정 모르는 답답한 외골수로만 여기던 그 사람. 참 당당했지요. 하기야, 세상에 하나뿐이던 증인이 사라진 사건에 뭐가 꺼릴 게 있었겠어요. 1심 공판이 끝날 때까지 그는 언제나 당신을 무지렁이 보듯 했잖아요. 그저 뒤로 위로금 준다는 거 받아 챙기고 덮으라는 것이었으니. 어린 딸 데리고 살아가려면 자신을 죄인 만드는 것보다 돈이 더 낫다고 말하며 '똑똑하게 살라'고 충고까지 했잖아요. 그것도 성이 안 차 감히 당신을 무고죄로 걸고넘어졌지요.

잘못했다. 죗값을 달게 받겠다. 그러나 선처를 바란다.

피고의 최후진술은 이랬습니다.

질기디질긴 사람.

천지간엔 별난 사람도 많지요. 타인의 고통에 둔한 사람. 생각이 자기 안에 묶인 사람. 하지만 아무리 그렇기로서니 당신에 대한 위로는 이게 전부였지요. 순간 당신의 몸에 진저리가 지나간 게 보였어요. 헛헛해서 미친 듯이 실실 웃으면 어쩌나 걱정했습니다. 판사의 선고를 기다리던 휴정 시간에 당신의 무료 변론을 맡아준 변호사와 사회단체, 학생들이 웃으며 '이겼다'고 말해줬어요. 당신을 에워싸고요. 당신은 말이 없었습니다. 기자 몇이 당신에게 몇 가지 질문을 했지만 당신은 얼얼한 표정인 채 그저 고맙다고 말하며 눈시울을 붉혔습니다. 당신은 아직 자신을 찾지 못한 사람 같았어요.

생각나네요.

1심에서 최후진술을 하던 그 남자.

너무 억울하다! 부부 문제를 나한테 덮어씌웠다! 차라리 증인이 있어서 내가 무죄라는 걸 밝히게 되면 좋겠다!

울먹이기까지 하며 소리쳤었지요.

당신 눈에 불똥이 튀던 거, 세상에 대한 지독한 환멸로 치를 떨던 거, 아까울 것, 간직할 것 다 우스워서 당신, 농약병을 움켜쥐고 무작정 내게 올라왔던 거, 울지도 못하고 숨을 몰아쉬던 거, 참 엊그제 같네요. 겨우 뒤뚱거리던 순영이가 벌써 주위 살피는 눈치가 늘면서 사람 꼴을 하다니요. 섣달에 태어나서 세는 나이로 다섯 살. 그게 뭘 안다고 그럴까요. 세월의 속살도 만만치 않아요. 목숨이라는 것이 하루를 구만 리로, 구만 리를 하루로도 살 수 있으니까요.

눈매가 당신 빼닮은 순영이. 그 자식, 어미의 혼백 나간 맘이 씌

었었는지 보채면서 잠을 자지 않았었지요. 한낮에 두어 번 잠자던 버릇이 없어진 거 같았어요. 생각해보니 그 애가 영영 눈 부릅뜨고 어미 옷자락 붙잡은 채 울며 보챘다면 어찌 내가 여기 올라왔을까요. 지금 어미로서 어미를 붙잡던 힘이 느슨했었다고, 어린 자식 탓하려는 건 아닙니다. 그저 운명의 기운이 선뜻하게 끼쳐서입니다.

돌아보면 그날 그때, 당신 돌려세우기 쉽지 않았어요. 당신이 나처럼 한다면 난 천세 만세의 윤회에서도 당신을 다시 볼 수 없다고, 정녕 그러면 우리 불구대천의 원수로 뒤엉키고 만다고, 그건 피해야 한다고 아무리 애원해봤자 당신은 들을 수 없었겠지요. 마구 뒤흔들어도 세상과 사람에 넌더리 난 당신, 죽은 내 애원의 기미조차 느끼지 못했을 테니까요. 하기야 1심이 끝나고 무죄판결을 받은 그 남자가 당신 곁으로 저적저적 걸어와 픽 웃었지요. 기가 막혀 넋이 나간 당신에게 다가와, 복잡하고 너저분한 웃음을 날리며 "이제 그만 끝내지" 했잖아요. 파렴치한 말투로 당신을 능멸하지 않았어도 당신의 그 의지가 어찌 그렇게 허물어질 수 있었겠어요. 세상이 싫어져서 더는 참을 수 없어서, 한시도 저 해를 저 산천초목을 당신 자신을 느끼고 숨 쉬는 게 우습고 징그러워서, 당신 농약병 들고 어미 품 파고드는 배고픈 갓난아이처럼 내게 달려왔던 거, 한숨과 울음이 뭉쳐서 당신 목구멍을 꽉 메운 거, 이를 악물고 내 무덤가 그 무성한 오랑캐꽃 덤불을 두들겼지요. 아무렴, 어때요. 그렇게라도 토해진다면, 숨구멍이 트인다면야.

그런 당신 두고 나, 어둠도 밝음도 없는 곳에서, 그러나 훤히, 훤하게 다 보았습니다.

순영이는 태어나면서부터 어미와의 이별이 결정된 운명임을 느꼈을까요? 어찌나 그리도 젖을 파던지. 빨아도 빨아도 성이 차지 않아서 젖투정으로 눈이 질금거렸잖아요. 시어머닌 당신도 모르게 툭 뱉었답니다. 아이가 너무 보채면 집안에 좋지 않은 일이 생긴다고요. 게다가 어디 한시라도 어미 품을 떠납니까? 잠을 잘 때도 등에서 곯아떨어져야 방바닥에 내려놓을 수 있었는데 그것도 선잠에선 어림없었습니다. 그러니 등에 매달지 않으면 가슴에 품을 수밖에요. 그날도 안방 문 열어두고 볕 바른 마당을 바라보며 젖을 물리고 있었지요. 따사로운 봄볕. 때때로 볕 사이로 차가운 바람기가 비끼는데 마당가 여기저기 민들레 노란 꽃은 벌써 흐드러졌고 냉이는 키를 훌쩍 키워 제 흰 꽃을 살래살래 흔들며 자랑이 이만저만 아니었어요. 참새는 흙마당으로 먼지처럼 내려앉았다가 몇 번 부리로 짓까불다가 후루룩 날아오르고 이내 감나무 가지가 흔들렸습니다. 햇볕은 하루 다르게 익어, 노란빛이 짙었고 나는 그 모든 게 새록새록 새로웠지요. 내가 보는 것, 내가 그리워하는 것, 내가 새로워하는 것이 기실 내 운명이 먼저 알아서, 아쉬움으로 그리하는 것인 줄 그때야 짐작이나 했을라구요.

노란 햇볕에 기이한 그늘이 거짓말처럼 드리운 걸 느꼈을 때는 이미 우리 동네에서 김 순경이라 부르던 그 남자가 방문 앞에 서 있었습니다. 섬뜩했지요. 당신이 여러 번 그 남자와의 언쟁으로 불쾌해하고 걱정하던 게 떠올랐어요. 아무리 애를 써도 아무리 양보해도 의견을 맞출 수 없고 어긋나는 관계가 있나 보다고 당신이 괴로워하던 그 사내. 도대체 소리도 없이 어느새 거기 왔던 걸까요. 왜 발소리를 죽였을까요.

나는 잠에 깊이 들어가는 순영이의 숨소리를 들으며 그 애 손가락 사이에 낀 솜털 붙은 잿빛 때가 장난스러워서 귀여워서 살금살금 파내주었던가? 그랬을 겁니다. 순영이가 만지던 왼쪽 젖가슴이 허옇게 드러난 줄은 몰랐어요. 그 애가 스르르 내려놓은 그 손을 잡고 있었으면서요. 그는 내가 뭐라고 말하기도 전에 문지방에 걸터앉았습니다. 술내가 확 풍겼습니다. 언짢았어요. 섬뜩했지요. 내가 옷섶을 여미고 단추를 잠그는 동안 그는 당신의 안부를 물었습니다. 아니, 내가 먼저 말했습니다.

"순영이 아빤 읍에 갔어요."

"새마을 지도자시니……."

그가 거침없이 비아냥거렸습니다. 나는 그의 눈길이 쐐기풀처럼 도깨비바늘처럼 끈끈이주걱처럼 달라붙는 걸 느꼈습니다. 이 기분을 설명할 수 없습니다. 그가 방으로 들어와 순영이를 내려 눕히는 나를 등 뒤에서 덮친 거, 내 입을 틀어막은 거, 머리채를 움켜잡고 뒤로 자빠뜨린 거, 치마를 걷어 올린 거, 속옷을 벗기던 그 차고 거칠고 우악스럽던 손가락들을 할퀸 거, 팔을 깨문 거……. 지진은 땅에만 나지 않고 해일은 바다에서만 이는 게 아니라는 걸 알았습니다. 번개와 천둥은 하늘에서만 치는 게 아니라는 것도.

내 몸이 절구 방망이질 되도록, 내가 사지를 눌린 채 죽어갈 때 잠 깬 순영이가 자지러지게 울기 시작했습니다. 그 남자는 제 뿌리를 흔들고 나가떨어지듯 분리되어 옷도 다 추스르지 않은 채 뭐라고 씨부렁거리며 사라졌습니다. 시간으로 치면 채 10분이 지나지 않았을 터. 그러나 그 시간에 일어난 일은 글로도 말로도 다 할 수 없습니다. 그건 가능하지 않습니다. 진실은 너무 크고 너무 깊고 너무 선명해서 사람은 어느 누구도 어느 수단으로도 표현할 수 없다는 걸, 이제, 여기 누워서야 압니다.

처음엔 모두 고백하고 싶었습니다. 당신이 알아서 해결해줄 것 같았습니다. 그런데 당신의 얼굴을 보는 순간 말문이 막혔습니다. 당신은 강직한 사람. 당신은 옳은 일만 하려고 애쓰고 그 점을 자랑으로 여기며 살아가는 사람이니까요. 당신은 강직하게 나를 사랑했고 순영이를 사랑했고 가정을 꾸리고 지키려 했습니다. 당신의 희망은 강직했고 옳았습니다. 당신이 가장 좋아하는 말은 언제나 '옳음'이었습니다.

그날, 그 순간, 술기운이 불콰한 얼굴의 당신이 별일 없었지? 하며 순영이를 훌쩍 들어 올리던 그 순간, 내게 어떤 일이 있어났었지요. 차마 울지도 못하고 당신을 기다리던 나, 그 일을 이해하지 못하고 그저 한 덩어리의 '사실'을 입에 꽉 물고 있었습니다. 그런데 당신을 마주한 그 순간 그걸 목구멍 안으로 꿀깍 삼켰었지요. 저절로 그렇게 되었답니다. 혹시 당신의 그 '옳음'이 내 입안에 들어와 밀어 넣었던 건 아닐까요? 당신의…… 강직한…… 옳은 사랑이…….

당신, 순영이 아빠.

어쩌면 우리의 사랑, 그리고 순영이를 낳아 땅에 정착하기 가장 안전한 세 발을 가진 우리 가족, 우리 가정에 금이 간 건 그 순간부터일지 몰라요. 이런 말 하는데 가슴이 저릿저릿합니다. 이리 뼈가 시릴 줄 몰랐습니다. 이별이라는 건 어쩌면 상상도 하지 못한 곳에서, 너무도 믿는 구석으로부터, 혹은 뜨거운 사랑의 한 귀퉁이에서부터, 비롯되는 건 아닐는지요.

부엌에서 저녁 밥상을 차리고 있을 때 당신이 수건으로 얼굴을 닦으며 말했어요.

"김 순경 그놈은 어디서 술을 퍼마시고 샘골 아주머니 집에서……."

나는 더 듣지 못했습니다. 그는 무슨 일로 파면된 경찰이었는데 우리 마을에선 여전히 김 순경이라고 불렀지요. 그가 홀로 사는 쉰다섯 살 샘골 아주머니 집에서 해롱거리더란 이야기였습니다. 그가 샘골 아주머니 말고도 홀로 사는 아주머니나 할머니 집에서 바지춤 추켜올리며 나오더란 건 너무 자주 듣는 소문이었고 당신은 그 소문 때문에 그를 더욱 혐오했지요.

"어디 아파?"

당신이 나의 안부를 물은 건 밥상머리에서였지요. 순간 욱하고 서러움이 솟는데 나는 배를 움켜잡는 시늉을 하며 얼굴을 감췄습니다. 물론 그땐 내가 무슨 짓을 하려는 건지 몰랐습니다. 그저 모든 게 나도 모르게 그렇게 되었으니까요.

"체해서 먹은 걸 다 토했어요."

"그럼 굶어봐. 더운 물만 마시고."

당신이 말했지요. 읍내의 약국이나 의원보다 민간요법이라는 걸 더 좋아한 당신.

체해서 고생한 사람이 돼 입맛을 잃었고 눈에 띄게 핼쑥해진 나는 체온이 떨어져 얼어드는 몸이 떨렸습니다. 밤마다 당신은 양손을 비벼서 뜨거워지면 내 몸을 문질러주었지요. 그렇게 하곤 가만히 잠들게 했습니다. 당신 스스로 변강쇠라며 하루도 그저 잠자지 못하던 당신. 그땐 어찌 그리 참았던가요.

시간이 약이라고, 사흘, 이레, 열흘, 한 달을 지나면서 평정을 찾게 됐습니다. 우리는 예전처럼 지냈어요. 달라진 건 나 혼자였습니다. 겉은 멀쩡하되 속의 보이지 않는 생명의 기운이 바람 든 무처럼 숭숭한 느낌이랄까요? 내 마음속에 왠지 쓰러질 것 같고 허물어질 것 같은 느낌이 그을음처럼 붙어서 지워지지 않는 거였어요.

당신은 둘째를 낳아야 한다, 이번엔 아들로 만들자, 아들딸 둘만 낳아 보란 듯이 길러보자, 보채기 시작했지요. 당신이 보챌 때면 내 몸의 저 아래 골짜기가 딱딱해지는 것 같았어요. 눈이 깜빡여지는 걸 내가 어쩌지 못하듯이 거기도 그랬습니다.

몸을 움직이다가 문득, 이상하다고 귀 기울이는 듯 멈추던 당신. 내가 이를 악무는 걸 당신은 보지 못했습니다. 말해야지, 다 털어놓자, 이를 악물고 이런 생각 하는 나를 당신이 어떻게 상상이나 할 수 있었겠어요.

혼자 있을 때 불현듯 이런 생각을 했어요. 차라리 그놈이 당신과 모르는 사이라면, 어디선가 나타났다가 어디론가 사라진 도둑이었다면 나았을까요. 아랫집으로 마실 와서 큰 소리로 떠드는 그놈의 목소리를 들을 수만 없어도, 당신이 그와의 숙명 같은 불화를 거의 하루 걸이로만 말하지만 않아도, 나날이 그렇게 불안하고 무섭진 않았을는지.

겉으론 아무 일도 없는데 자꾸 불안해졌어요. 밤에 가위눌릴 때도 있었고 내가 헛소리했다며 당신이 흔들어 깨울 때도 있었지요. 어떤 땐 숨이 쉬어지지 않아 차라리 죽고 싶은 때도 있었어요. 무슨 일이 생길 때 이미 그 기미가 나타나는 걸, 그게 불안인 걸, 불안이 징조인 걸.

당신이 순영이를 위해 작은 모기장을 사 온 날 밤.

달빛이 없는 그믐에 날마저 흐려, 별빛 없는 캄캄한 밤이었지요. 잠자리가 뜸했는데 잠을 청하던 당신이 와락 나를 부둥켜안았어요. 순간 뭔가 예사롭지 않은 후끈한 열기가 느껴졌습니다.

"난 무슨 일이 있어도!"

당신의 떨리는 목소리는 여기서 멈췄습니다. 아, 순간 내 몸이 허물어지기 시작했습니다.

"당신을 믿어!"

당신은 여전히 비장하고 단단하지만 내면으로부터의 떨림을 숨기지 못한 목소리로 말했습니다. 내가 녹아내리고 바스러졌던 건 당신에게 보이지 않았겠지요.

살아도 사는 것이 아니라는 말, 어디선가 들었는데 그게 무슨 말인지 또렷하게 느껴졌습니다.

나를 불구덩이나 산사태에서라도 보호할 것 같던 당신의 팔 힘이 스르르 풀어졌습니다. 당신이 하려던 어떤 결심이 스러진 것이었지요. 당신은 자포자기한 사람처럼 바로 눕더니, 큰 한숨 쉬고, 자자, 중얼거렸습니다. 실바람 소리보다 더 가늘게, 서리 맞은 초겨울 푸성귀처럼 중얼거렸지요. 고단하다.

당신은 '고단하다'고 어찌나 맥없이 중얼거리던지, 먼지가 날리는 듯했습니다.

그리고 몇 번 깊은 숨을 쉬면서 잠을 청하는 것 같았습니다. 몸을 돌려 모로 누웠습니다. 모로 세운 당신의 등이 어찌나 높은 담장으로 느껴지던지. 그 담장 아래 누운 나. 높낮이가 달라 생긴 한 뼘 틈이 깊은 골짜기, 넓은 개울, 이승과 저승처럼 까마득하게 멀어 보였지요. 당신은 여러 번 뒤챘고 나는 시체처럼 굳어 잠을 못 이룬 채 내가 먼저 모든 걸 다 말하자, 그래야 한다, 생각하고 결심하고 맘을 굳히고 그랬습니다.

이후, 사나흘의 날들은 기억할 수 없습니다.

지옥보다 못한 시간들. 죽을 날을 받아놓고도 맘대로 죽지 못하는 날들이었으니까요.

그런 어느 날, 술을 마시고도 취하지 못한 채 돌아온 당신이 고요하게 물었습니다.

"그런 일이 있었어?"

나는 문득 주먹처럼 날아드는 당신의 차가운 슬픔을 피했습니다. 그리고 고개를 끄덕였지요.

이번엔 당신의 침묵. 침묵 속으로 시간이 흘렀습니다. 셀 수 없는 시간이 지나갔습니다.

"왜 숨겼어! 왜 숨겼느냐고! 왜 나한테 털어놓지 못했느냐고! 누굴 위해서!"

당신의 고함이 기둥뿌리를 흔들었지요. 순영이가 울기 시작했습니다. 공포에 질린 아이의 울음소리를 당신도 기억할 겁니다.

아, 내가 그랬던가요? 털어놓든 아니든 당신은 이랬을 것이다. 지금처럼.

혹시 내가 혼자 속으로 말했던가요?

"그래서 그놈이, 당신이 좋아했다고 헛소리를 하게 한 거야!"

당신의 분노와 실망은 광기에 이르렀습니다. 어느 순간 불현듯 살의가 스쳐 지나갔습니다.

"당신이 어떤 틈을 줘서……."

당신은 말을 맺지 못했습니다. 당신 자신도 느낀 것이겠지요. 이 말이 지닌 잔인성을. 이 말이 불러올 참혹함을.

우리 집, 여든여섯 평 대지에 열두 평으로 지어진 집. 당신은 장날이면 경운기를 끌고 가서 자재를 스스로 사다가 집 안에 목욕탕이 붙은 변소를 짓고 부엌을 아파트처럼 입식으로 고쳤지요. 나는 연노랑 바탕에 연보라 수선화 꽃무늬가 찍힌 천을 사다가 손으로 커튼을 만들어 뒤란으로 난 창에 달았습니다. 당신은 기뻐했어요. 손으로 하는 일을 즐긴 나. 음식 만들고 바느질하면 맘이 편안했어요. 당신은 바깥일로 집안을 돌보고 안의 살림은 내게 맡긴다고 말하던 신혼 첫 밤. 남들 사는 거 부러워하지 말고 우리끼리 행복하면 된다고, 그래서 하루에 한 번 시외버스 다니는 촌으로 들어왔지요. 한때는 서른 집이 살았다는 이곳. 지금은 겨우 열두 집이 남았는데 대개 할머니 한 분이 살지요. 할아버지 할머니 두 양주가 사는 댁은 다섯 집. 순영이를 업고 나가면 노인들은 동네 보물 만난 듯이 귀여워해주셨지요. 요새 세상에 당신같이 건실한 젊은이는 없다고, 신랑 잘 만났다고, 세상살이가 부부 맘 맞춰 사는 게 그중 실하다고 진심으로 반겨줬어요.

그런데 그 일 터진 이후, 당신이 내게, 내가 그 남자에게 틈을 줘서 그렇다고 말한 이후, 우리 집엔 어두운 그늘이 드리우기 시작했습니다. 집의 따뜻함은 남향도 소용없고 정갈함은 쓸고 닦는 것도 소용없다는 걸 알았습니다.

당신은 복수를 결심하더군요. 쓰레기 같은 인간을 처벌하지 않으면 우리가 쓰레기가 된다고 말했습니다. 분노에 치를 떨다가 더러 당신이 나를 지켜주지 못한 걸 한탄하기도 했습니다. 도대체 남편이 아내를 지킨다는 게 뭘까요. 사람이 사람을 지켜주는 게 어떤 걸까요.

당신은 일을 놓았습니다. 나 혼자 익어가는 고추를 따서 볕에 말리고 순하던 우리 순영이가 자꾸 짜증이 늘어나 그 애를 등에 업고 땡볕에 감자를 파고 김장 배추와 무씨를 뿌렸습니다. 옥수수를 따 접으로 받아 가는 도매상에게 넘겼습니다. 손에 들어오는 게 돈인지 종이인지 분간이 안 갈 때가 있었습니다. 그러나 사는 동안은 살아야 하니까요.

그날 당신이 나를 데리고 지서로 갔지요. 피해자가 직접 고소장을 내야 한다고요. 나를 조사하던 경찰.

"피해를 봤다면서 왜 여태 있다가 이제 새삼스럽게 사건을 만듭니까? 덮고 지내려면 끝까지 그러던가. 한강에 배 지나간 자린 걸."

이 말 듣고, 당신한테 다 전하지 못했지요. 그 말 듣는 순간 내가 느낀 것. 시작이 어디고 끝은 어디인지, 옳고 그른 건 뭔지, 밝고 어두운 건 뭔지 모든 것이 뒤죽박죽이라는 것.

나는 뒤죽박죽이란 올가미에 갇혔습니다. 수사관이 한 그 말을 당신에게 전하지도 못했습니다. 우리는 차마 서로에게 하지 못하는 말이 생겼습니다. 말하지 않아도 진심은 통한다지만 사통팔달 통하는 믿음과 사랑만 할까요.

당신은 마을 어른들을 찾아다니며 진정서에 도장을 받았어요. 선뜻 당신 편이 되어주는 어른도 계셨지만 당신에게 참으라고 하는 분도 있었다지요. 당신은 점점 초라해지고 초조해지고 강팍해졌습니다.

고립감이 찾아들기 시작했어요. 고립감이라는 건, 참 이상해요. 생명이 마르는 것 같다고 할까요?

내 열 손가락이 다 마르기 전에 편지를 썼습니다. 그래도 손이 말을 잘 듣지 않아 글자가 제대로 그려지지 않았어요. 당신에게 용서를 빌고 순영이를 부탁드렸지요. 그리고 동산에 오른 건 정오 무렵.

내가 살던 세상. 눈에 보이는 모든 것. 멀어지고 아득했습니다. 그런데도 눈물은 비 오듯 흘렀지요. 약을 마시는 건 쉽고도 간단하고 짧았어요.

"존경하는 재판장님. 사람 하나 죄인 만드는 게 이렇게 간단할 줄 몰랐습니다……."

그 남자는 이렇게 시작하는 최후진술에서 마침내 너무 억울하다. 부부 문제를 나한테 덮어씌웠다! 차라리 증인이 있어서 내가 무죄라는 걸 밝히게 되면 좋겠다!고 울먹였지요. 증거라는 거. 죽은 내 곁에 놓인 농약병 하나와 유서가 전부였으니. 그 여자가 강간을 당했는지 그것도 믿을 게 못 되지만 설령 그랬다 쳐도 자신과는 상관없는 일이라고, 하늘에 맹세한다고, 자기는 그렇게 살라고 가르침을 받지 않았다고 집안을 들먹이며 울먹였지요. 그의 집안은 읍내에서 대대로 관리를 했고 그의 사촌 형 중에는 검사가 있다지요.

분노가 울증이 되고 울증이 한이 되어 그렇게 시들어가는 당신을 차마 못 봐 시누이 산바라지하다가 돌아온 어머니가 당신에게 다 잊으라고 애원했지요. 저를 낳아놓은 어미가 어찌 되었는지 눈치도 못 챈 채 그저 어미를 찾으며 보채는 순영을, 할머니 있으니……. 당신은 그렇게 믿고 그날 약병 들고 내 무덤가로 올라왔던 건가요.

그랬던가요? 그렇게 깊게 이것저것 살폈던가요? 분하고 억울해서 그만 눈이 뒤집혀 생각할 겨를도 없었던가요?

나 하나 목숨 끊는 일은 쉬운 일. 맘을 먹으면 못 할 것도 없지요.

날이 저물고 새도 더 이상 지저귀지 않을 때, 손만 뻗으면 딸 수 있을 것 같은 샛별이 돋고 당신은 허망을 헤치고 일어섰지요. 죽는 건 한 가지. 살아서 할 일은 만 가지. 만 가지 길 중에 아직 가보지 않은 길이 너무 많으니 그 길로도 가봐야 했지요.

그래서 당신, 무릎을 다시 구부려 온몸을 제비꽃 무성한 무덤에 덮고, 허망하고 애달피 제비꽃 덤불을 더듬던 거. 그 모습 보지 못한 산천초목이 어디 있고 하늘땅인들 어찌 몰랐겠어요.

산등성이를 내려가는 길, 관목 더미에 걸려 헛발질로 휘청거리고 불현듯 제정신 든 사람처럼 휙 고개 돌려 나를 바라보던 거, 다 압니다.

한잠 자고 난 당신, 어제와 다른 사람이 됐지요. 이른 아침 밥 한 그릇을 다 비우고 집을 나섰습니다. 죽음을 바지 주머니에 넣고 언제나 한 손으로 만지작거리며 힘을 얻더군요. 탄원서를 써서 마을 집집을 찾아다니며 도장을 받았습니다. 당신이 패소했다는 소문은 빨라 당신을 은근히 피하던 어른들. 당신의 알 수 없는 당당함, 이상한 생기에 눌려 도장을 찍어주고 당신의 억울함을 어루만져주었습니다. 살아생전 저의 모습을 추억하는 분도 계셨지요. 탄원서를 들고 그것을 여러 장 복사해서 보낼 곳엔 다 보내고 생전 가본 적이 없는 신문사, 방송국도 찾아다녔습니다. 당신의 일이 우리 도(道)의 지역신문에 손바닥만 하지만 칸막이를 두른 기사로 실렸습니다. 주간지와 월간지에서 당신을 찾아왔습니다. 아내가 전직 경찰관에게 강간당하고도 무고죄로 몰리게 된 당신. 그 아내는 억울해서 자살했는데 유서가 증거 능력이 없다니요. 가짜라는 것이었지요. 당신의 이야기는 이상하게 바람을 타고 퍼지기 시작했습니다. 우리에겐 그런 것이 있는 줄도 몰랐던 단체와 대학생들이 관심을 가졌고 정의를 위해 일한다는 변호사 단체에서 당신을 돕기로 했으니까요. 처음에 당신은 원군을 만나 힘을 얻었지만 차츰 안방을 내준

소외감도 느끼더군요. 그들은 주로 '공권력'의 횡포와 파렴치를 드러내려 했지만, 당신은 김 순경의 범죄 시인과 처벌이 필요했습니다. 공판이 있는 날이면 '전직 경찰관 강간범을 처벌하라'는 현수막을 든 단체 회원과 학생들이 서있었지요. 당신은 개인이 아니라 사회의 어떤 상징이 되었더군요. 읍내에 나가면 누구도 지나가는 당신을 그냥 지나치지 않았습니다. 뉴스를 통해 얼굴이 알려졌으니까요.

어느 날은 돈을 다발로 들고 어머니를 찾아와 합의를 요구한 경우도 있었습니다. 김 순경의 형수라는 여자였지요. 돈도 필요했습니다. 당신이 생업을 놓고 산지사방으로 발바닥이 닳게 돌아다닌 게 얼마였어요. 이리저리 돈을 융통하고 쌀을 꾸어 오고. 밥상이 어떻게 차려지는지……. 먹고사는 일의 소중함을 누구보다 잘 알던 당신이 바로 그것을 놓아버렸으니까요.

고달프고 지쳐서 입안은 헐고 김치 한 조각 넘기지 못할 지경이 됐어도 당신은 물러설 수 없었습니다. 당신은 사회정의의 상징이 되었기 때문입니다.

당신이 어머니께 부탁드렸지요. 순영이를 누이 집에 데려가서 일이 마무리될 때까지 거기 있어달라고요. 당신은 혼자 있고 싶었습니다. 어느 날엔 이긴 것 같다가 어느 날엔 가망이 없어 보이다가, 이런 뒤집기의 연속이 당신을 미치게 만들었습니다. 이 혼란은 인권이니 정의니 하는 것들과는 달랐습니다. 그것이 미치지 못하는 곳에 당신의 인생이 있었으니까요.

우리 집 마당의 화단에 아무 꽃도 피고 지지 않았습니다. 텃밭에 선 아침 이슬에 푸릇푸릇 살찌는 푸성귀가 자라지 않았습니다. 산 아래 밭은 두어 해만 묵어도 산인지 밭인지 분간이 안 되고 이내 산이 되어버리지요.

샘골 아주머니가 당신을 찾아왔습니다. 어디서 난 것인지 잣죽을 쑤어 와 당신 앞에 놓아주었어요. 그 아주머니, 일찍 홀로 되어 남매 길러 모두 도회지로 보내 공부시키고 짝을 지어 제 집 쓰고 살잖아요. 나이보다 늙어서 이마엔 깊은 주름이 셋, 눈가에도 밭고랑 같은 주름이 잡히잖아요. 얼굴은 구릿빛, 입술은 검지요. 당신은 그 아주머니 집에서 김 순경이 자주 나오던 거 역겨워했지요. 하지만 더 나쁜 상상은 하지 않았습니다. 서로 욕이라고 여겨서요.

"…… 난 순영 아버지만큼 배우진 못했어도 사람 사는 건 알 것 같애. 누구나 한세상 살다 가는 거. 콩이다 팥이다가 그리 중한가?"

아주머니가 말했어요. 아주 나긋나긋이. 애틋하게. 당신은 고개 수그리고 듣기만 했지요.

"분한 거 누가 몰라. 억울한 거 누가 몰라. 자네 두 양주 금슬 좋은 건 우리 동네 자랑이었다네. 젊은 사람들이 앞다퉈 촌을 떠나는데 배운 거 있는 젊은이가 고향에 내려와 흙 갈고 사는 게 이쁘기 그지없었는데."

당신은 흑, 느껴 울기 시작했어요. 나 떠나고 누구 앞에서 눈물

보인 건 이때가 처음이었지요. 당신의 울음이 너무 참혹해서 아주머니도 소리 없이 따라 울었습니다. 한참이나 두 분이 말을 잇지 못하고 울기만 했었지요.

"…… 김 순경 그놈이 순영 아버지만큼 똑똑했다면 그런 짓을 저질렀겠나? 오죽 못나 경찰서에서도 목이 잘려 오갈 데 없었다던데. 집안에서도 누가 거둬주지 않는 애물단지라던데. 그런 처지에도 몸은 젊어…… 밤낮을 술에 절어 천지 분간을 못하는 모자란 인간 아닌가. 순영 아버지완 사람이 다르네."

여기서 당신의 울음이 잦아들었지요. 눈물 그렁거리는 젖은 눈으로 아주머니를 쳐다보는데 그 눈 속에 젖은 불이 번들거렸지요.

"집사람을 살려내면요! 집사람만 살려내면요!"

당신이 무섭도록 낮은 소리로 말했습니다. 아주머니가 몸을 뒤로 젖혔습니다.

"그놈은 죽은 집사람의 유서도 가짜라고 했고요. 심지어 제 놈을 유혹했……."

당신은 차마 말을 이을 수 없었지요.

"그러니 모자란 거지."

"그래서요!"

"화를 내다 보면 화가 화를 부르고 욕이 욕을 키우고 그러지 않나. 싸우다 보면 자꾸만 불길이 거세지는 거 모르나?"

"아주머닌 모릅니다. 제 처지가 안 돼봐서 모르십니다. 그래서 한가한 말씀을 하십니다. 저한테 아무런 도움이 안 됩니다. 제 집사람을 살려내야지요."

당신이 비장하게 말했습니다. 순간 샘골 아주머니가 진저리를 쳤지요. 아마 당신이 무서웠을 겁니다. 당신의 마음에 가득 찬 분노와 한의 서슬에 놀랐던 것이지요. 평소 당신을 보아온 아주머니로선 당신에게 이런 모습이 있으리라곤 상상을 못 했을 테니까요. 하지만 당신은 자신 앞에 놓인 샘골 아주머니라는 거울에서 당신을 보지 못했습니다. 아주머니는 서둘러 황망히 진저리 치며 두려움으로부터 도망갔지요.

오늘, 당신. 순영이 아빠.

"…… 피고는 평화롭기만 하던 한 마을을 쑥대밭으로 만들고 아름답던 가정을 파괴했……."

판사가 판결문을 읽어 내려가던 중, 바로 이 대목에서 당신의 빳빳하던 목이 푹 꺾였습니다. 당신의 등이 소리도 없이 흔들리는 걸 보는 사람들이 있었습니다. 뒤에서 어린 여학생들이 훌쩍이는 소리도 들리기 시작했습니다.

"…… 반성의 빛도 없이 파렴치하게 원고를 무고죄로 걸고…… 죄질이 나빠 징역 2년을 선고……."

방청석에서는 누군가 박수를 치기 시작했고 누군 형량이 너무 낮다고 불평하고 야유를 날렸습니다. 하지만 당신은 아무 말도 하지 않았지요. 법정 구속이 된 김 순경이 수갑에 채워진 채 법정을 나가는 순간 그를 따라잡던 당신의 눈길과 부딪쳤지요. 김 순경의 비열하고 두렵고 분별을 잃은 초췌한 눈길이 당신을 피했습니다.

"재판 결과에 만족하십니까?"

이렇게 당신을 따라오면서 물은 건 아마 기자였겠지요.

"상고할 생각은 없으십니까?"

이렇게 질문한 사람도 있었어요. 당신은 아무 대답도 하지 않았습니다. 당신은 너무도 집이 그리웠습니다. 집으로 달려가면 내가 당신을 기다리고 있기나 한 것처럼. 어서 가서 재판 결과를 알려주어야 할 것처럼.

"별일 없지?"

언제나처럼 이렇게 묻고 싶었겠지요. 하지만 이날은 그 말을 묻기 전에 당신이 먼저 이랬겠지요.

"여보, 우리가 이겼어!"

내가 집에 없다는 걸 당신은 상상도 못 했어요. 그 순간은.

당신을 응원하고 힘이 되어주었던 사람들이 노래를 부르기 시작했어요.

한밤의 꿈은 아니리
오랜 고통 다한 후에
내 형제 빛나는 두 눈에

뜨거운 눈물들……

그러나 당신은 두 팔로 파도를 가르며 헤엄치듯 그 모든 것을 뒤로하고 집으로, 아니 이곳으로 달려왔습니다. 이승과 저승을 잇기라도 할 것처럼.

아, 왜지요? 바람 소리 때문인가요? 점심도 거르고 격려와 친절 모두 뿌리치고 이곳으로 날듯이 달려오던 당신. 언덕을 뛰어오르던 가쁜 숨소리가 이제는 들리지 않네요. 힘이 드시나요? 숨이 가빠서 잠시 발길을 멈췄나요? 문득 삭지 못한 분이 당신의 숨통을 옥죄었나요? 혹시 회한이 당신의 발목을 휘감고 놓아주지 않나요? 그래도, 제발, 뒤는 돌아보지 마세요. 그럼 안 돼요. 당신 너무 가여워서 어쩌지요? 당신의 비통이 천지를 뒤덮게 하지 마세요.

그러니 당신 여기서 주저앉으면 안 돼요!

그리고 더는 떠올리지 말아요. 이제 당신이 원하던 일을 이뤘으니 잊어도 되겠지요. 이미 나는 여기 누운 몸. 당신만 안식을 찾는다면 구천을 떠돌던 나, 이제 편안해질 수 있으련만……. 그러니 제발 더는 생각하지 말아요.

"왜 숨겼어! 왜 숨겼느냐고! 왜 나한테 털어놓지 못했느냐고! 누굴 위해서!"

어쩌면 좋아요. 당신이 그날 했던 말을 어찌 그리 생생하게 떠올리나요.

"그래서 그놈이 당신이 좋아했다고 헛소리를 하게 한 거야!"

이 말도 기어이 기억하세요? 당신의 분노와 실망은 광기에 이르렀습니다. 순간 불현듯 스쳐 지나가던 살의도 보았었지요.

"당신이 어떤 틈을 줘서……."

당신은 말을 맺지 못했습니다. 당신 자신도 느낀 것이겠지요. 이 말이 지닌 잔인성과 참혹함을. 그 말이 우리 사이를 갈라놓으리라는 것을. 내 삶이 툭! 끊어지는 것을. 당신은 미처 거기까진 느끼지 못했었지요. 당신의 울분에 겨워서.

당신 죄는 아닙니다. 그렇게 모질게 당신 책망하면 안 돼요. 그건 사랑이 아니랍니다. 그게 사랑이 아니라는 거 이제 알겠어요.

아, 순영 아빠. 지금 당신은 내가 그렇게 주저앉지 말라고 부탁했는데도 땅바닥에 무릎 꿇고 앉아 당신을 사납게 때립니다. 당신의 머리를 땅바닥에 짓찧습니다.

"내가 죽인 거야!"

울부짖는군요. 하늘이 듣게, 땅이 듣게…….

아닙니다. 내가 나를 죽였습니다. 한 가지 숨구멍이라도 보였더라면 거기 얼굴을 대고 숨을 쉬었을 것을. 하지만 더는 버틸 힘이 없었던 거 이해해주세요. 그러니 순영 아빠, 당신 자신을 책망하는 거, 더는 하지 말아요. 당신도 이제 당신을 이해하고 용서할 수 있기를. 제발.

고독의 해자 垓字

엄마, 가슴에 쐐기풀이 돋았다니까요!

정화는 비명 지르듯 소리쳤다. 그리고 이내 자신이 소리를 질렀다는 것, 왜 그렇게 소리 질렀는지, 확연하게 이해했다.

"언니이."

등 돌리고 누웠던 정애가 돌아누우며 잠에 취한 목소리로 정화를 불렀다. 정애의 손이 정화의 가슴에 얹혔다. 정화는 서둘러 동생의 손을 잡았다. 따사로운 감촉이 전해졌다. 네 살 차이로 자란 동생. 고아 같을까 봐 늘 조바심을 쳤었다. 조바심을 칠수록, 조바심의 덩어리가 커질수록 엄마에 대한 미움도 불어났다. 괜찮아, 언니가 보살펴줄게. 정화는 엄마에게 복수하는 기분으로 동생을 보살폈다.

정애는 곧 다시 고른 숨을 쉬었다. 언니가 무섭지만 언니가 없으면 더 무섭다고 징징대던 동생이었다. 정애의 손이 스르르 정화의 가슴에서 흘러 제 몸 쪽으로 건너갔다. 그리고 몸을 틀어 다시 등을 보였다. 고단할 것이었다. 정애라도 피로를 풀면 다행이라고 생각했다. 그러나 등을 돌리는 걸 보는 정화는 아무리 아무렇지 않으려 애써도 맘이 쓰라렸다. 언제나 누구에게나 그랬다. 어린 날의 그 맘은 도무지 나이를 먹지 못했다. 죽은 사람처럼, 성장하지 않는 마음도 있었다.

정화는 골목에서 놀다 집으로 돌아올 때면 늘 신이 났다. 집에 가면 엄마가 있었다. 마당으로 들어서면서 엄마를 불렀다. 엄마, 엄마, 하는 말을 넣어 마음대로 가락을 붙여서 불렀다. 그러나 현관문을 드르륵 밀면 집 안에서 단단한 침묵의 기운이 끼쳐왔다. 출렁거리던 정화의 마음이 움찔, 주눅 들기 시작했다. 아랫입술이 저절로 밀려 나오고 눈에서는 빛이 조금씩 속으로 가라앉았다.

엄마는 방에 있었다. 엄마의 공부방이었다. 책은 아무 데서나 읽지만 소설을 쓸 땐 꼭 엄마의 공부방에서 썼다. 정화는 공부방 앞으로 가랑잎 밀리듯 다가가서 안을 들여다보았다. 엄마의 등이 보였다. 볼펜을 움직이는 오른쪽 어깨가 안으로 조금 기울어진 뒷모습이었다.

정화는 골목길에서 달려올 때 품었던 기쁨을 모두 마음 밑바닥으로 떨어뜨린 채 잠깐 서서 엄마가 제 기척을 느껴주길, 그리고 의자를 돌려 정화니? 잘 놀았어? 이리 와봐, 그래, 하면서 안아주길 간절히 바랐다. 그러나 엄마는 쇠붙이 같았다.

정화는 킁킁 콧소리를 내보고 아아아, 노랫가락 같은 걸 흥얼거려보고, 손으로 문짝을 박박 긁어도 보았다.

"나가!"

엄마가 바람처럼 고개를 돌리고 무서운 눈으로 소리쳤다. 순간 정화의 몸이 얼어붙었다. 나가려 해도 움직일 수가 없었다.

"문 닫아!"

엄마의 눈초리가 너무 무서워 기듯이 문을 나가면 이어서 엄마가 이렇게 명령했다. 문 닫아!

꿈도 그랬다. 닫힌 엄마의 문 앞에 서서 문이 열리기를, 그리고 피곤하지만 개운한 표정의 엄마가 나와서 정화, 너 여태 여기 있었어? 하고 훌쩍 안아주길 기다리고 있었다. 그러나 문은 열리지 않고 정화의 가슴엔 쐐기풀이 빼곡하게 돋아서 쓰라리고 쓰라렸다.

하필 이런 꿈을 꾸다니!

좋은 날도 많았다. 엄마는 쓰던 소설이 끝나면 딴사람으로 바뀌었다. 부엌에서 맛있는 것을 해주고 엄마의 친구들 집에도 데려가서 하루 종일 놀기도 하였다. 화가네 집, 소설가네 집, 그리고 극장에도 가고 시장에도 가고 백화점에도 갔다. 아마 이런 날들이 더 많았을지 모른다. 아니다. 그렇지 않았다. 정화는 엄마를 이해해주고 싶었지만 그렇게 되지 않았다. 엄마는 엄마 방에서 지내거나 소설을 쓰기 위해 취재를 다니는 날이 많았다고, 더하기 빼기를 해보진 않았지만 엄마는 다른 엄마와 달랐다고, 분노와 슬픔을 무릅쓰고 생각했다.

정화는 살며시 일어나 옷깃을 여미고 긴 머리를 모아 하나로 맸다. 아직 방 안은 어둡고 사방은 고요했다. 어둡고 고요해도 어머니의 일상은 선명하고 확연했다. 창과 문을 뺀 나머지 공간은 모두 서가이고 서쪽 벽엔 작은 책상, 그 위엔 노트북이 놓였다. 노트북 위의 벽에도 천장까지 책이 꽂힌 서가이고 직사각형의 칸막이 속엔 엄마의 젊은 날 사진이 있었다. 틀에도 넣지 않은 사진. 엄마의 도예가 친구가 만들어준 도자기 사발에 기대어 방 안을 바라보고 있었다. 어제, 정화는 엄마의 표정이 막막하다고 느꼈다. 그저 환하게 웃는다고 생각했던 사진이 왜 어제는 막막해 보였을까.

정애가 결혼을 하기로 결정하고 인사하러 온 신랑감이 돌아간 뒤, 엄마와 딸 둘은 함께 둘러앉아 술을 마셨다.

"엄마, 우리 다 떠나는데…… 어떡하지?"

정화가 울적한 목소리로 말했다. 정말 미안하고 걱정이 되었다. 딸들이 중학생, 초등학생일 때 아빠와 이혼하면서 엄마는 위자료니 재산 분할이니 다 포기하고 딸 둘만 '자신의 것'이라고 했다. 그런 결정을 할 때 정화는 놀랐다. 엄마가 동생과 자기를 아빠에게 보낼 거라고 생각했었다. 엄마는 혼자 있기를 좋아하니까. 그런데 정반대였다. 아빠는 어린 딸들의 의견을 물었고 딸들은 울면서 아빠와 헤어지기 싫지만 엄마와 살아야 한다고 말했다. 그 후 엄마와 헤어지는 일을 이날 다시 말하게 됐던 것이다.

"엄마!"

정애가 심각하게 엄마를 불렀다. 심각한 걸 싫어하는 아이라고 믿던 정화는 조금 당황했다.

"난 이렇게 생각해. 엄마가 세상에서 제일 좋아하는 건 우리가 아니야."

정애가 고뇌에 찬 결단을 내리듯 말했다. 순간 엄마의 얼굴이 창백해졌다. 정화는 그 창백함을 잊을 수가 없었다. 엄마의 입술이 달싹거렸다. 무어라고 변명을 하려는 게 분명했다. 엄마, 빨리 말해. 아니라고. 정화는 속으로 엄마를 응원했다. 그리고 차마 우리보다 소설을 좋아한다는 말을 덧붙이지 못한 정애의 서러움, 혹은 비밀이 느껴져 속이 찢어질 듯 쓰라렸다.

"그럼…… 내……가 뭘 좋……아하니?"

어머니가 사형선고를 앞둔 죄수처럼 가련해 보인 건 처음이었다. 정화는 엄마가 가엾고 또 고소했다. 당신도 육친의 배반을, 육친의 매정함을 당해봐야 한다, 속으로는 그런 기회를 주고 싶었다.

"엄마, 정말 몰라서 물어? 소설이잖아! 우리보다 소설을 더 좋아했잖아!"

정애가 물샐틈없이 단호하게 말했다. 정화는 놀랐다. 정애가 저런 상처를 여태 감추고 살아왔다는 게 놀라웠다. 하지만 하필 결혼을 결정하고 한 달 후면 떠날 텐데, 가혹할 필요가 있는가, 너무 야박하단 생각이 들기도 했다.

엄마는 말하지 못했다. 얼굴은 녹슨 쇳덩이 빛이었다.

"그렇진 않아."

엄마가 아주 나직이 중얼거려서 아무도 듣지 못했다. 하지만 누구도 흉내 낼 수 없고 설명할 수 없는 고독에 휩싸이는 걸 딸들은 느끼지 못했다. 당신의 존재를 존재하는 모든 것으로부터 도려내게 하는, 혹은 감추어주는, 방어하려는, 사라지게 하는, 그런 해자(垓字)를 친다는 것을 딸들은 몰랐다. 해자를 치고 해자 속에 홀로 아주 작게 존재한다는 걸, 그렇게 하는 것이 엄마에겐 익숙하고 순식간이어서 마치 귀신의 짓 같다는 것을 아무도 몰랐다.

정화는 서가를 돌아보았다. 서가에 한 손을 대고 느리게 더듬었다. 엄마의 책들은 거기 없었다. 엄마는 당신의 책을 서가에 잘 꽂지 않았다. 언제나 바닥에 놓거나 남이 볼 수 없는 구석에 꽂았다. 그런 까닭을 물어본 적이 있었다. 딸도 그랬고 기자도 그랬고 후배도 그런 적이 있었다. 엄마는 대답하지 않고 그냥 웃었다.

정애가 두 팔을 추켜들고 하아앙! 하품을 했다. 베란다 문이 밀리는 소리가 났다. 정애의 남편이 담배를 피우러 나가는 게 뻔했다. 방 안은 부윰했다.

"언니, 언제 일어났어? 참, 잠꼬대한 것 같던데. 나쁜 꿈 꿨지? 무서운 꿈!"

정애가 일어나 앉으며 물었다.

"몰라. 꿈을 꾼 것 같은데 생각이 하나도 안 나. 개꿈이지 뭐."

정화는 거짓말을 했다. 꿈은 너무도 선명했다. 엄마의 쇳덩이 같은 뒷모습, 매정한 따돌림 같은 것을 어찌 잊으랴.

"언니, 꼭 음식을 해야 하나? 그냥 가서 놀다 오지 뭐. 아니면 호텔이나 어디 가서 사가지고 가든가. 참, 아빠도 온다고 그랬지? 글 쓴다는 인간들도 올까?"

정애가 벗어둔 원피스를 머리 위에서부터 끼워 입으며 말했다. 정화는 한마디도 대답하지 않았다. 음식은 해야 하고 아빠는 와도 안 와도 상관없고 문인들은 오늘 생일잔치가 있다는 것조차 모를 것이니까.

오늘은 엄마의 일흔다섯번째 생일이었다. 정화와 정애는 이날을 기념하기 위해 따로 적금을 들고 오래전부터 계획했다. 엄마에게 드릴 선물도 준비하고 편지도 쓰기로 했다. 우리는 엄마를 존경하고 사랑한다, 엄마 우리 곁에서 오래오래 사시라. 엄마의 작품을 사랑하는 독자들이 얼마나 많으냐, 엄마는 성공하신 분이다……. 엄마가 자랑스럽다, 그 자랑에 미치지 못한 우리를 용서해주시라.

이런 내용의 편지는 정화가 썼다. 초고를 만들고 정애에게 보여줬다. 정애는 용서라는 말을 빼라고 했다. 용서받을 것이 있긴 하지만 엄마에게 부담을 줄 것 같고 슬픔마저 느껴진다는 지적이었다. 정화도 동의했다.

엄마는 편지를 보지 못했다. 일주일 전에 엄마는 심장마비로 세상을 떴다. 갑작스러운 죽음. 그 매정한 배반. 정화는 엄마를 욕하고 엄마와 싸우기 위해 따라 죽을까, 언뜻 생각했었다.

죽은 엄마. 삼우제를 마치고 공식적인 장례는 끝났다. 친척들은 돌아갔다. 정화는 정애 내외에게 우리가 계획했던 생일잔치는 할 수 없지만 묘지에 가서 엄마에게 잔칫상을 차려드리자고 말했다. 아무도 반대하지 않았고 이런 계획을 정애가 아빠에게 알렸다. 아빠는 이미 30년 가까이 다른 가정을 꾸려 살고 있었다. 행복한지 아닌지 그건 알 수 없었다. 두 딸은 가능하면 그런 부분까지 신경 쓰지 않으려 했다. 아빠가 묘지로 바로 가겠다는 말을 했다고 정애가 언니와 남편들에게 알렸다.

아빠는 뉴스를 보고 영안실에 왔었다. 영정 앞에서 향을 피우고 장미를 얹고 고개 숙이며 절도 했다. 죽은 자에 대한 인사를 마치고 산 혈육들과 맞절을 했다. 정화가 흐느끼고 정애가 아빠, 하며 절규하듯 아빠를 불렀다. 아빠가 두 딸의 등을 어루만졌다. 이미 지나간 지 오래인 시절의 슬픔과 기쁨이, 그리움과 회한이 봄날의 새싹들처럼 다투어 고개를 들었다.

정화는 동생의 의견에 대꾸하지 않고 주방으로 나갔다. 커피 향기가 가득했다. 남편이 엄마에게 오는 이유 중 하나는 커피를 마시는 것이었다. 엄마가 좋아하는 커피, 대부분 독자들이 보내준 원두였다. 후배 중의 누구는 때때로 손수 볶아서 보내주기도 했다.

"몇 시에 도착할 건지 알려달라고 장인어른이 문자를 보냈네."

남편이 정화에게 물었다. 그는 머그잔엔 커피를 따랐다.

"열한시 전엔 가야지? 제는 오전에 지내니까."

"열시 반에 도착한다고 해요!"

정화가 짜증이 난 목소리로 말했다. 공연스러웠다.

정화의 남편은 장인어른이 무던한 남자라고 생각했다. 정화와 결혼을 하기고 결정한 뒤에 정화는 아빠의 존재를 걱정했다. 결혼식에 초청해야 할지 어떨지. 엄마의 감정을 걱정하는 눈치였다. 그런 눈치가 아니더라도 사위는 남자끼리 통하는 게 있었다. 한 번 아빠는 영원한 아빠이니 그가 온다면 오게 해야 한다고 주장했다. 정화는 신랑의 그 말이 싫지 않았다. 더군다나 정화가 걱정한 것이 무색할 지경으로 엄마는 덤덤했다.

큰딸의 결혼식 날 엄마는 아빠와 나란히 서서 축하객을 맞았다. 그리고 피로연장에서 헤어져 다신 만나지 않았다.

정화와 정애는 엄마와 헤어진 아빠의 마음을 다 알진 못했다. 그가 헤어질 수밖에 없는 이유를 말할 때 딸들은 아직 어렸고 슬픔과 공포에 질려 있었다.

"당신의 집념 때문에 곁에 있는 사람들을 모두 망쳐버릴 거야. 소설을 잘 쓸진 몰라도!"

아빠가 엄마에게 뱉은 경멸과 저주의 말을 들었다 한들 딸들은 이해할 수 없었을 것이다. 그가 생각하는 아내란, 조금 무식하더라도, 다소 못생겼어도, 명예나 경제력이 없어도, 우선 첫째가 따뜻하고 순종적이어야 했다. 그가 아내를 선택했을 땐, 그 여자가 소설가라는 게 맘에 들었다. 문학을 하는 여자는 적어도 속물은 아닐 것이므로. 커피 향과 하늘의 별을 노래할 테니까. 더러 쇼팽을 듣고, 울기 잘하는 여리고 아름다운 심성을 가진 여자일 테니. 그도 소년 시절엔 시인이 되고 싶었으니까. 자신이 이루지 못한 꿈이 아내라는 현실로 나타나다니! 그는 소설가 아내를 한껏 뻐기며 결혼식장으로 당당하게 걸어 들어갔다.

아내는 여전히 소설을 쓰면서 아이를 배고 낳고 길렀다. 밥도 하고 빨래도 하고 청소도 했다. 그러나 그런 건 어쩔 수 없이 하는 것 같았다. 결혼한 여자에게 새로 생긴 친족들과의 여러 관계도 언제나 사무적이고 일정한 거리를 놓치지 않았다. 처음에 소설 쓰는 새 식구에게 가졌던 호기심, 친근감, 자부심을 그의 아내는 차례로 뭉개버렸다. 아내는 자신에게 실망하는 사람이 생기면 오히려 평화로움을 느끼는 것 같았다. 그는 아내가 무서웠다. 아내는 곁에 있어도, 웃어도, 말대답을 해도 그 깊은 속마음은 다른 곳을 헤매고 다른 것을 생각하고 다른 사람들과 관계를 맺는 것 같았다. 아내는 돈을 벌어 아낌없이 썼다. 처음엔 너그럽다거나, 씀씀이가 크다고 생각했었다. 하지만 10년이 지날 때쯤, 그는 아내가 자신의 사람이 아니라는 사실을 확연히 깨달았다. 그건 일종의 각성이어서 의심해

볼 것도 없었다.

처음엔 아내에게 애인이 있을지 모른다는 의심도 들었다. 하지만 그가 아내에게 희망을 잃었을 땐 자신의 의심에 근거가 없다는 걸 알았다. 아내에겐 애인보다 더 질긴, 다른 사람들, 그러니까 소설 속의 인물들이 있었다. 그건 보이지 않아서 그가 질투할 수도 없었다. 그 여자는 한 번도 아내인 적이 없었다. 아이를 낳아서도, 젖을 먹일 때도 아마 아내는 젖을 빠는 아이의 무언가를 관찰했을 것이다.

아내와 헤어졌을 때, 그는 조금 슬펐지만 비로소 깊은 숨을 쉴 수 있었다. 그건 따뜻한 자유였다. 그러나 그는 아이들이 아내와 살게 했다. 아내가 불쌍해서 아이들이라도 곁에 있기를 바랐다. 왜 불쌍한지, 그건 설명할 수 없지만 그는 아내가 불쌍했다. 아내에겐 그가 꿈꾼 문학의 낭만은 털끝만큼도 없었다.

아내와 헤어지고 난 후, 그는 심리적으로 더 엄청난 분노와 증오심에 시달려야 했다. 그는 관습적인 의미에서 그리고 그런 윤리의식으로 자신의 가정이 파탄 나는 걸 원하지 않았다. 원인이 어디에 있건 이혼은 가장으로서의 명예에 엄청난 흠집을 남겼다. 더군다나 그의 멀지 않은 친인척 가운데 이혼을 한 경우는, 자신이 처음이었다.

모든 것이 그 여자 때문이었다. 더군다나 그 여자의 이혼을 이야깃거리로 다룬 잡지의 인터뷰에서 그 여자는 '소설가는 좋은 아내가 못 되니까요'라고 간단하고 초연하게 대답하고 있었다. 그는 이혼 후 곧장 다른 여자와 재혼했는데 그런 정보는 새 아내가 가져왔다. 미장원이나 은행 등에서 얼마든지 볼 수 있는 정보이긴 했다. 인터뷰한 달이 지나가도 잡지는 내내 돌아다녔다.

"당신 정말 고생했지요?"

재혼한 아내가 위로한다고 말했지만 그는 대꾸하고 싶지 않았다. 그건 위로의 차원이 아니었다. 소설가는 가증스러운 직업이었다. 그는 누가 뭐래도 그렇게 대답할 수 있었다. 하지만 그런 증언은 하지 않았다. 더러운 느낌 때문이었다.

그런데 이상한 일이 일어났다. 소설가가 죽었다는 뉴스를 보았을 때, 그는 마음의 단단한 둑, 아니 싱싱한 응어리 하나가 기체가 되어 사라지는 기이한 느낌에 휘둘렸다. 하마터면 쓰러질 뻔했다. 그의 아내는 거기 가지 말라, 당신은 남이다, 다른 사람들이 수군거릴지 모른다, 전남편이라고 신문에 나면 어쩌냐, 창피하다, 망신당할 게 뻔하다고 말했다. 그는 고개를 주억거렸다. 하지만 머지않아 그는 영안실에 있었다.

소설가 아내의 삶의 방식은 그와 너무도 달랐다. 어린 자식들이 밤늦도록 돌아오지 않는 어머니를 기다리다 새우처럼 잠이 든 모습을 보는 건 다반사였다. 소설가의 관심은 온통 사회와 다른 인생들에 있었다. 그리고 함께 있을 때면 늘 책을 들고 있었다. 책을 읽는다고 면피가 되는 건 아니었다. 생활은 독서의 시간에 있지 않았다.

문상객은 줄을 이었다. 그가 앉아 있던 휴게실의 의자도 꽉 찼다. 어떤 중년의 여자들이 문상을 마치고 와서 줄줄 울었다. 소설가의 어떤 소설을 읽고 희망을 얻었었다느니, 너무 아깝다느니, 앞으로 10년은 충분히 더 작품 활동을 할 수 있다느니, 우리 여자들에게 해준 역할이 어떠했냐는 등, 그로선 조금 난감한 이야기들이 들려왔다. 이와 비슷한 이야기들은 수도 없이 들렸다. 라디오 인터뷰에서나 티브이 뉴스에서도 동료와 선후배와 다른 유명인사들이 엇비슷한 칭송을 늘어놓았다. 우리 사회는 전통적으로 죽은 자에게 관대하다고 그는 영안실 분위기를 정리했다.

그는 소설가와 함께 살 때도, 헤어진 이후에도 그 여자의 소설을 읽어본 적이 없었다. 읽고 싶지 않았다. 더 실망할까 봐 그랬을까? 아니면 반대의 감정이 두려워서?

예정대로 여덟시 반에 일이 끝났다. 모든 음식은 정성스레 포장했다. 술도 쌌다. 그릇들과 커피도 빠뜨리지 않았다. 사위들의 정성도 극진해 보였다. 빠뜨린 것이 없나, 모두들 살피고 또 살폈다. 생수와 물수건 등등을 다시 챙겼다.

"언니! 이건 어쩔까?"

정애가 물었다. 거실 바닥, 커다란 수정 화병에 꽂힌 노란 장미 다발이었다. 성북동에 산다는 독자가 가져온 것이었다. 그는 엄마가 돌아가신 걸 알고 런던에서 급히 왔다고 했다. 장례도 못 보고 또 삼우제도 못 가서 너무 안타깝다고 울먹였다. 어제저녁이었다. 그 여자 때문에 정화는 엄마의 '독자'들을 새삼 생각해야 했다. 하기 싫은 숙제를 앞에 둔 기분이었다.

"엄마는 우리 없어도 충분히 행복했겠네."

정애가 때맞춰 큰 소리로 말했다.

"엄마는 우리보다 소설을 더 좋아했으니까."

정애가 언니의 침묵에 부담을 느끼며 덧붙였다. 정화의 침묵은 여전했다.

"숙명이겠지 뭐."

정애가 낮은 소리로 말했다. 정화는 수선화가 찍힌 종이를 여남은 장이나 쌌다. 엄마가 아끼던 냅킨이었다.

"내가 아이들을 낳아서 기르니까 정말 엄마가 밉더라고. 세상에 우리 엄마 같은 엄마가 또 있을까 싶더라고. 이렇게 소중한 자식을 어떻게 고아처럼 방치할 수 있었을까?"

정애가 참지 못하고 끝까지 속말을 뱉었다. 정화는 여전히 듣지 못한 것처럼 벙어리였다.

"옷 갈아입어!"

정화가 한 말은 이것이었다. 그리고 한참 뒤, 물건들을 차에 실을 때 허둥지둥, 한마디 더 했다.

"참, 장미 가져가자!"

운전은 정화의 남편이 했다. 옆자리엔 동서가 앉았다. 자매는 뒷자리에 나란히 앉았다.

"형님, 이런 나들이 첨이지요?"

정애의 남편이 말했다. 이상하게 아무도 대답하지 않았다. 정화는 품에 아기처럼 앉은 장미 다발을 얼굴에 대고 향기를 들이마셨다. 살아 있는 것의 부드러운 감촉이 얼굴을 간질였다. 향기가 들숨을 따라 몸으로 들어가는 걸 느꼈다. 향기는 몸에 들어가 슬픔으로 변하기 시작했다.

"엄마는 꽃을 좋아했어."

정화가 울음을 머금고 중얼거렸다.

"그래! 엄마가 제비꽃 말려서 소주잔에 꽂아놓은 거 아직 있나?"

정애였다.

차는 보통의 속도로 달렸다. 정애의 남편은 라디오의 채널을 돌리다가 시끄럽다는 아내의 핀잔을 듣고 손을 떼었다. 한동안 서로 모르는 사이처럼 딴생각을 하며 풍경을 바라보았다.

"사실 장모님이 힘든 사람이잖아. 어떻게 다가가야 할지, 잘 모르겠더라고. 어떨 땐 아주 너그럽게 느껴져서 빠져들 것 같은데 다가가면 갑자기 문을 확 닫잖아. 특이해……. 소설가라니 이해하는 거지……."

정애의 남편이었다.

"어떤 땐 소름끼치지."

이번엔 정화의 남편이었다.

"엄마 앞에선 꼼짝두 못하다가."

정애가 빈정거리는 말투로 말했다. 하지만 정화는 침묵했다. 정화는 내면 깊은 곳으로부터 치밀어 오르는 모욕감을 느꼈다. 엄마로부터 '당한다'고 느꼈던 그 무수한 차가움에 대해서라면 정화 자신만큼 많이 겪어본 사람이 없을 것이었다. 그러나 정화는 엄마와 죽음으로 헤어진 뒤, 영안실에서 조문객을 받으며 불현듯 그 모든 것이 엄마의 슬픔이라는 걸 이해했다. 그리고 이제 자신의 슬픔이라는 것도.

차 안이 일순 얼어붙었다. 정애는 공연히 조마조마했다. 언니가 한판 붙을 것 같은 예감이 들었다. 그러나 정화는 장미를 안은 채 차창 밖을 바라보고 있었다.

"사실 장모님이 나쁜 어른은 아니지. 인정도 많고 유머도 있고, 사실 그 연세에 그만한 멋쟁이 되기 쉽지 않아."

정화의 남편이었다.

"당신 우리 큰놈 하는 말 못 들었어? 외할머니한테는 소름 끼치게 사람을 밀어내는 게 있다고."

정애의 남편이었다.

"그래서 뭐라셨어요?"

침묵하던 정화가 냉정하게 물었다.

"뭐라긴요, 할머니는 좋으신 분이다, 소설 쓰느라 바빠서 딴 데

신경 쓰실 여유가 없으신 거다 그랬지요."

정애의 남편은 둘러댔다. 그는 아들에게 할머니가 돈 잘 버니 좋지, 라고 했었다. 아들의 학원비, 외국 연수비, 그런 게 모두 장모에게서 나왔으니까.

공원묘지는 너무 가까웠다. 몇 마디 이야기를 나눈 게 전부인 것 같은데 벌써 묘지 사무실 마당에 차를 세웠다. 주차장엔 가지각색의 차들이 세워져 있고 방금 도착한 장의차에선 상복을 입은 사람들이 그림자처럼 내리고 있었다. 정화네 일행은 화장실을 쓰고 이내 묘지가 있는 언덕길로 차를 몰았다. 정화는 이상하게 마음이 가라앉았다. 여기에 엄마가 계시는구나, 이런 생각을 했다. 어떤 날은 엄마의 안부가 궁금해 집에 전화하면 받지 않았다. 휴대폰도 불통이었다. 불안하고 화가 났다. 사나흘 후, 통화가 되면 엄마가 아무렇지 않게 말했다. 항주에 다녀왔다. 항주는 참 좋더라. 교토에 다녀왔어. 벚꽃이 황홀하더라. 누구랑? 글 쓰는 사람들이지 뭐. 항주, 정화도 가보고 싶은 곳이었다.

"저기 장인어른 오신 거 같은데!"

정애의 남편이 소리쳤다. 그는 어깨가 축 처지도록 양손에 제수 바구니를 들고 올라가는 중이었다.

정말 그랬다. 언덕의 중턱쯤에 검은 양복을 입은 늙은 남자의 모습이 보였다. 그는 묘지 앞에 우두커니 서 있었다.

"아빠!"

"아빠!"

자매가 다투어 아빠를 불렀다. 아빠가 있다는 사실이 이토록 위로가 될 줄 몰랐다.

"아버님!"

"언제 오셨어요!"

사위들도 인사했다.

아빠이며 장인어른인 그가 딸들과 사위들을 넌지시 바라보았다. 햇살이 눈에 꽂히는지 눈에 손차양을 쳤다. 사위는 언제 오셨느냐, 많이 기다리셨느냐, 모시러 갈 텐데 왜 혼자 오셨느냐, 여러 가지로 물었다. 그는 대답 대신 빙그레 웃으며 묘지 가운데서 비켜섰다. 정화가 돗자리를 들고 있는 정애의 남편을 멍청하다는 듯이 흘깃거리곤 어서 내려놓으라고 말했다.

"아빠 앉으세요."

돗자리를 가리키며 정화가 말했다. 아빠는 성깔이 빳빳한 정화를 보며 제 어미 닮은 데가 많다고 생각했다. 하지만 정화와 정애는 아빠의 존재가 든든해서 어린아이처럼 좋아했다.

"아빠가 오셔서 정말 좋아요."

정애는 참지 못하고 아빠에게 말했다.

정화가 속으로 웃었다. 정애의 기분과 딴판이어선 아니었다. 문득 떠오르는 것 때문이었다. 정애는 아빠가 우리에게 해준 게 무어냐, 학비를 대줬냐, 옷을 사줬냐, 그쪽에서 아이가 생긴 뒤론 우리를 자식으로 여긴 적이 없다, 우린 아빠가 없다, 엄마를 미워하고 엄마에게 열등감을 가진 남자다, 이렇게 되는 대로 마구 비난하길 서슴지 않았었다.

"여기 자리 잘 잡았다. 볕도 좋고."

돗자리에 앉은 아빠가 그윽한 목소리로 말했다.

"좋지요, 아버님? 저도 처음에 이 자리에 서니까 속이 확 트이더라고요."

큰사위가 아빠 곁에 앉아서 맞장구를 쳤다.

"자네가 잡았군."

아빠가 큰사위를 돌아보며 말했다.

"그 사람이요?"

정화가 한껏 비웃는 소리로 말하곤 덧붙였다. 전유어를 접시에 담던 정애가 언니와 눈을 맞추곤 질끈 감아 보였다. 그래도 정화는 참지 않았다.

"엄마가 벌써 사놓았어요. 한 10년 됐지?"

정화가 정애를 보며 물었다.

"무슨 10년, 큰애 초등학교 들어갈 땐데."

정화의 남편이 좀 뜨악하게 말했다. 정애의 남편은 아내와 처형을 따라 상차림을 도왔다. 술병을 따고 뚜껑을 살짝 막아두었다. 아빠는 묘지 언덕을 한없이 돌아보고 둘러보고 고개를 주억거렸다.

가을볕은 겸손하고, 가파르지 않게 내려앉은 산기슭으로 고만고만한 묘지들이 앉아 있었다. 서울에서 멀지도 않고 서울이 지척으로 느껴지지도 않았다. 화려한 묘지도 위세 등등한 묘지도 가까이엔 없었다.

"꽃도 사 왔구나."

꽃을 들고 묘지 주위에 한 송이씩 적당히 늘어놓는 작은 딸을 바라보며 아빠가 말했다.

"나도 꽃을 사 올까 싶었는데, 꽃 가게를 못 봤다."

아빠가 아쉽고 서운한 맘을 감추지 않고 말했다.

"엄마가 꽃을 좋아하잖아요. 특히 장미요, 옐로 로즈!"

정애가 허리를 펴고 아빠를 바라보며 소리쳤다. 담배 한 개비를 꺼내 손가락 사이에 낀 채 이 눈치 저 눈치만 살피던 정화의 남편이 아빠에게 작은 소리로 말하기 시작했다. 장미는 장모님의 독자가 어제 사 온 것이라고, 그 독자는 장모님의 부음을 듣고 런던에서 달려왔다고.

"분향을 하러 온 사람 중에 독자가 많았다지."

아빠가 낮은 음성으로 물었다.

"독자들이 아주 많이 왔어요."

정화가 대답했다. 정애의 남편이 시계를 들여다보곤 열한시 반이라고 말했다. 모두들 자리에서 일어나 상을 차린 돗자리 앞에 나란히 섰다. 딸들과 사위들은 한사코 아빠에게 첫 순서를 내주려 했다. 그러나 그는 그들만큼 완강하게 사양했다. 그는…… 자신이 독자만도 못하다는 생각이 문득 들었던 것이다. 바로 방금 전이었다.

결국 딸들이 먼저 술을 치고 절을 올렸다. 그다음이 사위들이고 맨 나중이 아빠였다. 모두들 그 순서에 마음을 쓰지 않았다. 절을 하면서 정화는 모처럼 평화를 느꼈다. 엄마가 돌아가신 뒤에 느끼는 첫번째 평화였다. 아빠는 사위가 주는 술을 마시며 또 안주를 먹으며 아직 서로 엉겨 붙지 못한 마른 떼를 바라보았다.

한때 아내였던 여자. 그가 증오했던 여자가 한 평 땅에 누워 있었다. 혼이 떠난 육신을 누인 곳에서 화해를 한다는 건 우습다고 생각했다. 그는 사실 자식들보다 한 시간도 더 일찍 이곳에 와 있었다. 소설가의 묘지는 찾기 쉬웠다.

그는 묘지의 마른 잔디에 아무렇게나 앉아 자기 삶을 반추하고 있었다. 자신도 머지않아 흙으로 돌아가야 할 목숨이었다. 미워하고 따지고 무언가 진실한 것, 진정한 것, 옳은 것을 찾아내려고 눈을 부라린 것이 모두 우스운 일 같았다. 그리고 그는 용서를 빌고 싶었다. 무어라고 그 명목을 찾아 확연히 내보일 수는 없어도 그는 아내에게, 아니 소설가에게 용서를 빌어야 할 것 같았다. 그 여자를 괴롭히고 미워하고 경멸했던 것이 물거품 같았다.

도대체 소설가란 무엇일까.

이 여자는 도대체 왜 그렇게 타인의 인생, 자신이 살아내지 않은 사람들의 애환을 쓰고 또 써야만 했을까. 도대체 왜 그 많은 책을 냈을까. 자식들을 밀어내고 남편을 받아들이지 않고 또 오랜 전통인 혼인 생활도 파기하면서 써야만 살 수 있었던 이유가 뭘까. 그는 생각하고 생각해도 이해할 수가 없었지만 용서를 빌고 싶었다. 미안하다, 내가 잘못했다. 그는 잔디에 무릎을 꿇고 소설가에게 말했다.

이 순간, 문득 소설가 아내가 느껴졌다. 그 여자가 멀리서 손을 흔드는 게 보이는 것 같았다. 푸른 나무들로 빼곡한 언덕, 그 아래 깊은 물이 가득 찬 해자가 있었다. 해자 속에 아주 작은 오두막 한 채, 거기 아내가 앉아 있었다. 작디작은 몸의 여자. 멀리 떨어져 있지 않으나 잡을 수 없는 사람 하나가 거기 있었다.

운전을 할 사람으로 정화가 지목되었다. 사위들과 정애는 술을 마셨다. 양주 한 병을 거의 비웠다. 묘지 주위로 불어오는 바람에는 찬 기운과 따사로운 기운이 뒤섞여 있었다. 마른 풀들은 우수수 흔들리고 마른 잎들도 가지에서 함박웃음을 웃는 듯이 와삭와삭 흔들렸다.

"장모님이 머리가 보통 비상하신 게 아닌데, 아마 학교 다닐 땐 공부를 잘 못하셨나 봐요."

얼굴이 불쾌해진 둘째 사위가 말했다. 정화가 경계하는 눈빛으로 제부를 쏘아보았다. 그는 아랑곳없이 영안실 식당에서 들은 이야기를 했다. 말하는 것으로 보아 장모님의 고향 사람들 같았다. 장모님 나이 또래의 할머니들이 몇 사람 모여 앉아 장모님 흉을 보더라는 것이었다. 어릴 땐 누런 코를 쉴 새 없이 흘려서 별명이 코풀

레기가 아니었느냐, 이가 많아서 등에 검은 이가 슬슬 기어 내려오기도 했다, 치마에는 밥풀을 묻히고 다니지 않았느냐, 그런 아이가 무슨 재주가 숨어 있어서 대통령이 조화를 보내고, 죽었다고 신문이며 텔레비전 뉴스에 나오느냐, 글을 잘 쓰는 줄은 정말 몰랐다 등의 이야기였다.

"우리 엄마가 이제 여기 꼼짝 못 하고 있겠다아!"

정애가 만세를 부르듯 소리쳤다. 정애는 전화를 싫어했던 어린 시절의 이야기를 했다. 전화가 오면 엄마가 머지않아 외출을 하거나 일에 파묻혔다. 그래서 전화벨 소리가 싫었다.

"엄마가 이제 여기 있구나."

정화도 감회에 젖은 목소리로 중얼거렸다.

"그렇지. 어디 못 가지."

아빠가 말했다. 그때 정화가 훅, 등을 흔들며 울었다.

"언니!"

정애가 소리쳐 언니를 꾸짖었다. 그 순간 그들의 앉은 자리 위에서 커다란 정적이 내려앉았다. 정애의 남편이 라이터를 켜 동서의 앞으로 가져갔다. 큰사위가 담배에 불을 붙였다. 아빠가 사위에게 손을 내밀었다. 그도 불이 당겨진 담배를 깊게 빨았다. 연기가 가슴 속으로 깊이 스며들었다. 폐에 문제가 생겼다고 의사가 경고한 것이 얼마 전이었다. 그는 아프기 시작한 폐를 잊기로 했다.

"장모님은 돌아가시는 것도 당신 성품대로 하셨네요. 한두 달이라도 좀 아프셨으면 저희가 효도도 하고 좀 좋았겠어요, 아버님."

"갑작스러운 죽음이 있겠어? 죽음이 다 사는 동안 조금씩 제 속도로 다가왔겠지. 우리가 그걸 몰라본 것 같네. 안 그럴까?"

아빠가 말했다. 정화와 정애가 함께 아빠의 얼굴을 바라보았다. 운전을 해야 한다고 술을 조금 마시는 장인에게 대리 불러드린다고 술을 마시게 한 사위들도 장인의 얼굴을 바라보았다.

우리가 엄마를 사랑하기나 했던가? 이해하려고 노력한 적이 있었던가?

정화와 정애는 함께 이런 생각을 했다. 울다가 어느새 울음 그치기를 반복하던 눈물 많은 정화는, 눈물이 범벅이 된 눈으로 묘지를 바라보았다.

"꽃 봐! 쓰러졌네!"

마치 누굴 탓하려는 듯이 소리치며 일어서서 묘지 가장자리마다 쓰러진 장미를 다시 반듯이 얹었다.

"엄마, 우릴 용서해주세요."

정화가 낮은 소리로 말했다. 돗자리 위에서 이야기하거나 고개를 숙이거나 숙연한 가족 누구도 정화의 말을 듣지는 못했다. 정화는 묘의 뒤쪽에 쪼그리고 앉아 건너편의 가족들을 아득한 시선으로 바라보았다.

"내 밑에 대리 놈 하나는 소설가 되는 게 평생소원인데요. 그놈이 하룬 이런 말을 하더라고요. 우리 장모님이 뭐라더라? 어머니

학대에 외상을 가졌다나요? 미친놈이 별소릴 한다 싶었는데 지금 왜 그 말이 떠오르지요?"

정애의 남편은 말을 마치고 속이 달아오르는지 냉수를 병째 들이켰다.

"엄마가 참 외로웠을 거란 생각이 든다. 누가 정이라도 붙일까 봐 늘 긴장해서 사람을 밀어내고. 이해하기 힘든 직업인데……."

아빠가 독백처럼 말했다. 모두들 아빠의 얼굴을 쳐다보았다.

정화가 아빠의 한쪽 어깨에 몸을 기댔다.

"엄마도 참 힘들었을 거다. 사랑해야 할 피붙이를 두고…… 다른 삶을 생각하고 다른 사람들을 생각하고…… 하루 이틀도 아니고 평생을…… 불쌍한 인생을 살았다. 유명할진 몰라도 자신은 늘 춥고 불안하고 슬펐을 거다."

아빠가 느리게 말했다. 정화도 정애도 소리 없이 눈물을 흘렸고 사위들은 고개 숙인 채 들었다.

"사람이 죽어야 이해를 하게 되니 참 야속하다만 나도 니들 엄마 많이 괴롭힌 사람이다. 모욕하고…… 모욕했다."

아빠가 무겁게 말했다. 후우 한숨을 내쉬었다. 한동안 아무도 말하지 않았다. 저마다 무심하거나 생각에 잠겼다.

한참 지나서 아빠가 술병과 잔을 들고 어렵게 일어섰다. 물렁뼈가 엷어진 무릎에 뻐근한 통증이 와서 그는 저절로 눈살을 찌푸렸다. 큰사위가 부축하려는 기미를 보이자 그가 손을 내저었다. 마치

총대를 거머쥔 병사의 모습으로 움켜잡은 병엔 정작 술이 두어 잔 남짓 남았다. 묘지 앞에서 허리를 굽히고 잔에 술을 따르고 마른 잔디 위로 기울였다. 술을 부으며 무어라고 말했다. 입술이 연신 움직이는 게 자식들에겐 보였다. 그러나 소리는 들리지 않았다. 혹시 미안하다, 아니면 인생은 일장춘몽이라고…….

이별은 나의 것

여자가 들어와 산다, 아주 젊은 여자 같더라, 집을 내놨단다, 해가 바뀌면 이사 간다고 하더라, 집이 팔렸단다, 4월 말에 떠난다…… 같은, 이런 소식들을 2년 동안 들었다. 이혼 후에도 트집을 잡을 수 있는 법적 시한인 3년도 훌쩍 지나버린 뒤였다.

"잘됐네. 그래야지 뭐."

소식을 들을 때마다 나는 지극한 교양과 선량함으로 이렇게 대답했다. 하지만 절대 그렇지 않았다. 다만, 혹여 아직 미련이 있다거나, 후회한다거나, 현재가 더 나쁘다거나, 하는 의심을 받고 싶지 않아서였다.

"그래도 어쩌면 그렇게 여자를 데려와요?"

통로를 같이 쓰며 거의 15년을 함께 살았던 희숙 씨가 이렇게 말해주면 마침내 슬며시 긴장이 풀리고 맘이 누그러졌다. 물기가 밴 눅눅한 목소리로, 나더러 복 받을 거라고 말했다. 딸만 두셋을 낳아 기른 예순 살의 여자들은 대개 어디를 눌러도 금방 가슴이 축축해졌다. 서로 말하지 않아도 사는 동안 피하지 못했거나 피할 수 없었던 슬픔과 서러움이 쌓여 있었다. 그런 것들은 뼈와 살과 피로 제각각 스며서 몸을 곯게 했다.

"복은 안 받아도 좋아."

나도 부러 낭랑한 목소리로 말했다.

"아프지 말고 잘 살아요. 내가 나중에 맛있는 거 사줄게."

희숙 씨가 말했다. 한 손으로 흘러내리는 눈물을 문지르는 게 보지 않아도 보였다.

희숙 씨는 내가 아이들이 유치원부터 대학까지 다닌 그 집에서 늙어 죽을 작정이라고 했던 걸 기억했다. 죽을 때까지 이웃으로 함께 지내자고 이웃사촌의 정을 들였다. 그런데 어느 날 갑자기 아이들과 내가 그 집을 떠난 것이었다.

4월이 거의 다 가고 있었다. 한때 작업실로 쓰던 지하방에 아직도 쌓여 있는 책들이 있었다. 거의 십수 년쯤 전에 오피스텔의 집필실을 없애면서 자료로 필요한 것들을 따로 상자에 넣어 처박아둔 것들이었다. 내겐 필요하고 다른 이에겐 폐지인 책이었다. 스무 상자도 넘는 것을 이사 나올 때 가져오고 또 짬짬이 아이가 실어 왔다. 그런데도 아직 내 생각에 일곱 상자는 더 있을 성싶었다. 아빠

이사 간다니 가기 전에 실어 오라고 아이에게 몇 번 이야기했는데 늘 하마하마 하고 지나쳤다.

이사한다는 4월 말일을 열흘쯤 앞둔 어느 날 아침이었다. 인터넷을 열어 이리저리 돌아다니는데 맘은 엉뚱한 데를 휘돌았다. 거실을 사이에 두고 떨어진 아이의 방으로 온갖 촉수가 뻗쳐 있었다. 그러다가 갑자기 울뚝밸이 솟구쳤다. 효자보다 악처가 낫다더니, 옛말 그른 거 없지. 엄마를 소중하게 생각한다면 어떻게 책을 아직도 실어다 주지 않을까! 괘씸한 것! 새끼는 그저 어미를 거미처럼 파먹기만 하는 거. 나중에 날 알아주기나 할 거라고? 서방 복 없는 년, 자식 복도 없지!

이런 생각을 하면서 발작적으로 아이들의 아빠에게 전화를 걸었다. 전화를 받는 목소리는 귀에 익숙했다. 하지만 그쪽에선 나를 알아차리자마자 이내 긴장하고 당황한 목소리로 바뀌었다. 얼핏 언짢았지만 내비치지 않으려 신경 쓰며 용건을 간단히 말했다.

"책을 좀 실어다 줄 수 있어? 아니면 내가 가든가!"

여자가 목소리를 크게 타고난 것도 살아가는 덴 좋지 않았다. 공연히 자신감만 있어 보이고 경계심마저 일으키기 쉬웠다. 그쪽에서 아이를 보내면 될 걸 왜 그러냐고 좀 불편해했다. 딸은 요즘 늘 바쁘다고 변명하자 그는 하여튼 나중에 어떻게 해보자며 전화를 끊었다. 나는 자식보다는 남편이 만만하고 그게 배우자의 값어치 중에 가장 큰 거라고, 살면서도 누누이 주장해왔었다. 그 남편이 지금은 남편이 아니고 심지어 다른 여자의 남편인데도 나는 잠깐 착란을 일으킨 모양이었다.

한 시간도 못 돼서 전화가 왔다. 책이 무거워서 '우리'는 도저히 움직일 수 없다, 그러니 용달로 보내겠다, 이런 내용의 말을 했다. 내일 오후 두시에 보낼 테니 집에 있으라는 것이었다. 그 여러 말 중에 '우리'가 유독 걸렸다. 병신. 속으로 욕을 했다. 그러나 책만 받으면 모든 게 끝난다, 그런 느낌이 들었다. 법적인 이혼은 이미 가사심판 법정에서 끝났고 행정적 이혼은 구청에 이혼 서류를 접수하는 것으로 끝났는데 새삼 '모든 게 끝난다니!', 내 구질구질한 맘이 부끄러워 혼자서도 낯이 뜨거워졌다.

내내 맘이 흐렸다. 마치 잔뜩 흐린 11월의 저녁, 바람이 휭휭 부는 날씨만 같았다.

책이 오기로 한 날, 오전에 안과에 다녀왔다. 눈이 자주 따끔거려 백내장인가, 녹내장인가 걱정하고, 수술하게 되면 그 비용이며 기타 불편한 것부터 상상하고 지레 걱정했는데 아무렇지 않다고 의사가 말해줘서 가뿐했다. 의사가 준 검사표를 들고 동네 안경점에 와서 네 개나 되는 안경을 모두 맡겼다. 집에 오니 정오였다.

집 안은 살아가는 데 꼭 필요한 것 이외엔 거의 들어 있지 않아 간결하면서도 허전해 보였다. 어쩌면 삶은 간결함과 복잡함이 한 공간에 섞여야 안정감을 가지는 것일지 모른다는 생각을 했다. 그래서 내 집은 복잡함이 극도로 생략되어 자주 허전함을 자아내게 한다는 걸 발견했다. 내가 살아내야 할 인생이 느껴졌다. 날것 같은 인생살이. 어판장의 비린 냄새 같은 것. 그런 냄새를 느끼며 청소를 했다. 책을 손님맞이처럼 준비했다.

오후 한시가 반이나 넘었을 때 전화가 왔다. 용달차가 책을 실어 갈 것이다, 아홉 상자도 넘는다…….

"고마워. 잘 살아."

내가 인사했다. 어디선가 바람 소리가 마구 들리는 듯했다. 아니다. 축축해서 무겁게 느껴지는 내 목소리가 몸속에 남았다. 입을 꾹 다물었다. 화를 낼 수 없거나 화를 낼 대상이 사라진 뒤로 내게 생긴 새로운 버릇, 덥고 두터운 숨을 목 안으로 뚝뚝 떼어서 삼켰다. 그럼 숨쉬기가 좀 나아졌다.

인생은 참 이상하다, 자꾸만 이런 생각이 들었다. 인생이 뭔지 생각할 필요도 없이 마구 살던 시절도 있었고, 인생이고 뭐고 간에 그저 세상이 싫던 때도 있었다. 그런 때가 지금보다 더 좋았을까? 나이를 먹어 늙으니, 좋고 싫은 것, 옳거나 그른 것, 살리고 죽이는 것이 너무 투명하게 보이거나 볼 수 있게 되었다. 어디에도 중독되진 않겠지만 어디에도 마음을 던져놓지 못하는 것도 늙은이의 슬픔 같다.

베란다 창가에 우두커니 서서 바깥을 내다보았다. 하루에도 수없이 그 자리에 서서 바라보는 풍경이었다. 하늘과 아파트 사이로 찔끔찔끔 보이는 자투리 산과 숲. 그러나 눈은 그런 것들을 맘에 담아 들이지 못했다. 이제 모든 게 끝난다는 생각에 사로잡혀서, 아파트와 길과 차와 사람들을 바라보면서 그 눈이 내게 말했다. 인생이 이런 건가.

아파트 출입구로부터 호출 신호가 울렸다. 그새 시간이 이렇게 됐나? 인터폰으로 문을 열어주고 시계를 보니 두시였다. 정신이 혼곤해졌다. 현관문을 열고 나가 엘리베이터 앞에서 붉은 숫자가 올라오는 것을 지켜보았다. 숫자가 17에서 멈추고 잠시 후에 문이 열렸다. 높이 쌓은 골판지 상자 뒤에 몸피가 얇은 아저씨가 서 있다. 그는 바퀴 달린 밀차에 짐을 실어 왔고 그것을 거실 바닥에 쌓아놓고 다시 내려갔다. 수출품을 담을 성싶은 커다란 상자가 아홉 개, 사과 상자 같은 것이 두세 개였는데 그가 세 번에 걸쳐 옮겨다 놓고 돌아갔다.

현관문을 꼼꼼하게 걸면서 문득 그렇게 하고 있는 나를 보았다. 힘센 할아버지와 아버지와 삼촌과 남편이 없는 집. 남의 집 담 밖이나 창으로 넘어오는 고함에도 가슴이 둥둥 뛰는 나와, 모든 권위에 주눅 들기 쉬운 성정을 가진 겁 많은 딸만이 살기 시작하면서 어찌나 집 바깥의 사람들을 경계하게 되는지. 이런 것도 '남자는 힘이 세다', '남자는 가족을 부양하고 외부의 적으로부터 보호한다'는 가부장적 편견이라는 걸 알지만 남자의 힘을 두려워하면서도 의지하게 되는 마음의 습관은 오른손으로 밥을 먹는 몸의 습관만큼이나 익숙해져버린 것이었다.

상자 무더기 앞에 섰다. 심장 부근일까, 명치 쪽일까. 뭉클뭉클한 것이 움직이는 게 느껴졌다. 먼지가 안개처럼 자우룩이 덮여서 차마 선뜻 손을 대기도 내키지 않는 상자였다. 골판지 위에 갈겨쓴 좌측 상단, 우측 하단, 같은 붉은 글자는 먼지와 습기를 덮개처럼 써서 짐짓 파스텔 톤으로 보였다. 40대 한 철, 죽기 살기로 소설을 써댈 때, 오피스텔을 얻어 벽에 닿도록 쌓아두었던 것들. 그중에 자료로 쓰지 싶어 버리지 않고 집까지 끌고 왔던 책들일 것이었다. 이게 다 무슨 소용인가. 숨을 깊이 들이마시면 골판지에서 먼지내가 수증기처럼 코로 빨려드는 듯했다.

이제 무얼 하지? 갑자기 막막해졌다. 이해할 수 없었다. 헤어지는 건 벌써 끝났다. 간단한 살림을 챙겨 이사를 나오고 서류를 정리하고 혼자 잠자고 깨어나는 것에도 익숙해졌다. 남편과 시집이라는 환경이 삶의 조건에서 사라진 후, 헤어짐은 끝난 것이었다. 그런데 아직 헤어질 게 남아 있다는 건가?

마음이 어둡고 눅눅하게 팅팅 불었다. 공연히 이 방 저 방을 돌아다니고 물걸레를 들고 여기저기를 닦았다. 일중독이 화병의 일종일지 모른다는 건 나를 두고 깨달은 것인데 결벽증도 그와 같을 거란 건 혼자 산 뒤에 깨달았다.

청소를 하다가 시계를 보았다. 오후 네시가 넘었다. 불현듯 누가 불러내기라도 하는 듯이 가방에 만 원짜리 두어 장을 넣고 나갔다. 아파트에 장이 서는 날이었다. 꽈리고추, 풋고추, 호박, 감자, 우엉, 연근과 고등어를 사서 들고 들어왔다. 냉동실에서 삼겹살을 꺼내놓았다. 앞치마를 두르고 우엉 껍질을 깠다. 연근도 그렇게 했다. 꽈리고추를 다듬었다. 감자를 벗기고 김치냉장고에서 묵은 김치를 한 포기 꺼내 물에 씻었다. 다용도실에 매달린 마늘이 다 썩었다. 생강도 없었다. 다시 관리실 앞마당의 장터로 나가 마늘, 생강, 대파, 양파를 샀다. 싱크대가 비좁아 바닥에 신문지를 펴고 그 위에 다듬을 것들을 놓고 그것도 모자라 식탁 위에도 널어놓았다. 돼지불고기엔 아무래도 된장찌개로 입가심을 해야 개운했다. 그래서 뚝배기에 멸치를 한 줌 넣고 가스 불을 켰다. 그건 저절로 우려질 것이었다.

우엉을 채썰기 했다. 연근도 저며썰기 했다. 그런 굵기로 볶으면 조림을 할 때보다 시간도 덜 걸리고 아작아작 씹히는 맛이 생겼다. 연근을 볶아낸 프라이팬에 우엉을 졸였다. 프라이팬을 씻어내고 잔멸치 넣어 꽈리고추를 졸였다. 간을 보고 양념을 하고 보관 용기에 담고 잠시 허리를 폈다. 시계를 봤다. 여섯시가 방금 넘었다. 찬장에 달린 라디오를 켰다. 목소리가 감미로운 여자 탤런트가 오래도록 진행하는 음악 시간이었다. 이곳으로 이사 온 이후 저녁밥을 할 때 즐겨 듣곤 했다. 첫 곡이 바흐의 무반주 첼로였다. 왜 첫 곡부터 무겁게 시작할까, 생각했다. 음악이 끝날 때, 요요마가 연주했다고 진행자가 말했다. 요요마 같은 남자. 둥글둥글한 생김. 그런 남자. 하지만 남자를 소유하지 않는 삶이 얼마나 가뜬한지, 나는 알지. 속으로 말했다. 뚝배기에서 맛이 다 우러난 멸치를 건져놓고 일단 불을 껐다.

세계의 음악 여행은 포르투갈. 항구 리스본의 술집거리에 가면 그들의 민속음악인 파두가 사방에서 울려 퍼진단다. 지난 1999년에 이 세상을 떠난 아말리아 로드리게스의 〈검은 돛배〉가 시작됐다. 그가 부른 노래, 〈어두운 숙명〉을 하루 종일 듣던 시절도 있었다. 대파와 양파를 다듬고 마늘을 까고 생강을 벗겨 썰고 다졌다. 아직 해동되지 않은 삼겹살을 억지로 벌려놓고 묵은 김치는 물에서 꺼내놓았다. 이제 묵은지 고등어찜을 시작할 것이다.

냄비에 묵은지를 옆옆이 놓다가 그만 손을 놓았다. 갑자기 술집으로 가는 사람들의 맘이 짚였다. 신기했다. 예순 나이 되도록 술집이며 그곳을 찾는 사람들의 마음이 이해되긴 처음이었다. 지금 누군가를 술집으로 불러낼 수 있다면, 아는 술집이 있다면 혼자서라도 그곳에 가서 술을 마시다가 나처럼 혼자 온 사람과 이야기를 틀 수도 있겠다 싶었다. 술집이 세상에서 가장 착한 곳이란 생각마저 들었다.

하지만 다 부질없었다. 나는 소주 반 잔이 주량의 최대치인 사람이다. 그런데 술 생각이 간절한 것이었다. 냄비의 묵은지 옆에 고등어를 얹어 양념을 쳐서 불에 올리고 돼지 불고기 양념을 시작했다. 진행자가 신세대 파두 가수를 소개했다. 아말리아 로드리게스를 알고 파두의 세계에 사로잡힌 크리스티나 브랑코라고 했다. 그의 노래가 시작됐다. 〈아, 인생이여〉. 옆에 앉아서 귀 뒤로 머리를 넘겨줄 것 같은 따뜻함. 그런 목소리로 노래하는 인생. 그런데 노랫소리와는 반대로 내 맘은 태풍에 휘청거리는 나무 같았다. 딸이 저녁을 먹고 들어온다는 전화를 해서야 쫓기듯 정신을 차렸다.

"그래, 먹고 와."

낭랑하게 말하고 싶었지만 목소리가 처졌던 것 같아 맘에 걸렸다. 엄마 밥 꼭 먹으라고 말하는 딸의 목소리가 급하게 힘이 빠졌던 것이다.

돼지불고기는 세 등분해서 둘은 냉동하고 나머지는 냉장실에 넣었다. 냉장고 문을 닫고 돌아서는데 어둠이 휙 끼쳤다. 저녁은 가고 밤이 와 있었다. 거실 건너 베란다 바깥을 바라보았다. 가로등과 네온 불빛과 아파트 창의 불빛이 아롱거렸다. 울컥 올라오는 게 있었다. 라디오의 전원을 껐다. 음악은 이미 시시하고 성가셨다. 뚝배기의 멸치 국물은 식어가고 제 쓰일 곳을 찾지 못한 양념들은 그릇에 담았다. 주섬주섬 싱크대에 늘어놓은 그릇과 버릴 것들을 치웠다. 그사이에도 속에서는 쉬지 않고 태풍이 우렁우렁 갈피를 못 잡고 울었다.

컴퓨터 앞에 앉았다. 전원 단추를 눌렀다. 지금, 누구라도 좋으니 말 좀 했으면. 따뜻하게 말하면서 내가 살아 있다는 걸 확인할 수 있다면. 지금 술을 마실 수 있다면. 술집에 앉아 있다면. 나는 전생에 무슨 죄를 지어서 술도 마시지 못할까…….

편지함을 열어 메일을 쓰려는데 화면이 보이지 않았다. 한 시간이 지나고 또 한 시간이 지나고 또 한 시간이 지나도록 화면이 보이지 않았다. 감정을 누르고 밟고 죽이고 해서 누군가에게 편지를 썼다. 그저 이해해줄 동업자들을 찾아서. 해일이 지나가고 맑은 날이 온 뒤라도 부끄럽지 않을 곳에.

현관문이 열리는 소리에 정신을 차렸다. 컴퓨터 시계가 아홉시를 가리켰다.

"엄마 뭐 해?"

딸이 물었다.

"으응."

까마득히 가라앉은 기분이 잘 떠오르지 않아서 애를 써도 목소리가 작았다. 딸이 다가오는 기미가 느껴졌다. 고개를 돌리지 못했다.

"아, 글 쓰는구나."

딸이 말했다.

"응!"

간단하게 대답했다. 딸이 제 방으로 돌아가는 기척을 등 뒤로 느꼈다.

닷새나 지나서 책 상자를 열었다. 마르크스, 레닌, 모택동의 사상과 철학을 가지가지 관점으로 해석하고 분석하고 또 재해석하여 여러 분야로 나눈 책들이었다. 첫 번째 상자, 두번째 상자가 다 그랬다. 나머지도 거의 같았다. 군사정권의 검열을 피하기 위해 짜깁기했거나 비판서처럼 위장한 것들이 더 많았다.

문득 우스웠다.

혁명을 꿈꾸던 때, 가부장제의 반생명적 폭력에 눈을 떠 그것에 사로잡혀 미쳐 날뛰던 때, 비발디의 사계로 소설을 썼듯이 공산당 선언으로 소설을 써볼까, 문득 시퍼런 상상력이 꿈틀대던 때, 의식이 삶과 죽음을 미농지 같은 두께로 넘나들던 때, 함께 살던 가족들의 긴장과 불안은 어땠을까. 이런 어중이 혁명주의자를 아내로 어머니로 주부로 둔 가정, 식구들의 짜증과 두려움은 어땠을까.

책을 버릴 것과 간직할 것으로 분류했다. 그러나 결국 거의 다 버리기로 했다. 이미 읽은 것은 살과 피와 뼈와 똥오줌에 땀이며 콧물로 변형되었을 테니 집 안이 미어지게 책으로 도배를 할 필요가 없었다.

세로쓰기에 2단 조판으로 만들어진 무거운 문학 전집과 사상 전집들도 함께 버렸다. 책을 버리고 나니 생각지도 않게 개운했다. 한 시절이 말끔하게 정리된 기분마저 들었다. 이제 다 끝났다. 또 한 번 이렇게 생각했다. 내친김에 청소기로 책에서 묻어 와 집 안 여기저기에 떨어졌을지 모를 20여 년 묵은 먼지까지 깡그리 훑어냈다.

내 인생의 한 시대가 끝났다. 집 안에 감도는 청결한 분위기를 느끼며 이렇게 생각했다. 나는 다른 인생을 살 것이다, 라고 다짐하기까지 했다. 내친김에 마룻바닥과 이것저것들의 먼지를 물걸레질

하는데 무엇인가가 흘러가고 새것이 시작되는 느낌이 물기처럼 피부에 느껴졌다.

청소를 끝내고 작은 방에 쌓인 책들 앞으로 갔다. 거기에도 버릴 책들이 있었다. 주섬주섬 덜어내는데 한쪽에 겉장이 낡고 철(綴)이 헐거워진 사진첩이 보였다. 여남은 개가 넘었다. 이혼하면서 내가 챙겨 나온 것들이었다. 퍼질러 앉아 한 권씩 들춰보았다. 결혼사진에서부터 첫아이를 낳은 것, 둘째를 낳은 것, 그리고 그 아이들이 크는 동안 문득, 멈춰놓고 싶은 순간들을 찍고 일일이 설명을 붙여 둔 것들이었다.

사진에는, 어디에도 불행은 없었다. 불가피한 불행, 그러니까 장례식 같은 것 말고는 불행을 사진으로 남기진 않으니까. 하지만 나는 사진과 사진 사이에 든 시간들, 생활들, 삶의 갈피를 기억할 수 있었다. 한때 사랑했던 여자와 남자가 아내와 남편으로 역할이 정해진 뒤에 관습적으로 제도적으로 균형이 흔들리던 것, 그것으로부터 중심을 잃지 않으려 안간힘을 다했던 것, 제도화된 자아를 잃지 않으려 폭력적으로 변해버린 남성성에 절망하던 것까지. 행복했던 순간을 찍은 사진들에 잡히지 않는 삶에는 그런 것들이 찐득하게 깔려 있었다. 나만 아는 것. 나만 증언할 수 있는 것. 나 혼자만 알고 있어서 법으로도 해결이 안 되는 것들. 그래서 부득불, 이 사진이 소중했다. 비록 나와는 헤어졌어도 이 남자는 아이들의 아버지였다. 자식들 속에는 아버지의 유전자가 들어 있어 그를 부정할 수 없었다. 부정할 수 없는 것은 무엇이든 간에 존중될 가치가 있고 그래야 할 권리도 있었다.

나는 오래도록 사진첩을 들춰보았다. 즐거웠다. 사진을 찍을 때 이미 아이들에게 줄 선물로 생각했던 것. 내가 살아낸 흔적이고 우리가 혈육으로 맺어져 살아낸 세월이었다.

이틀인가 지나서였다. 희숙 씨가 전화했다. 아저씨가 짐을 마구 버린다는 것이었다. 와서 쓸 만한 걸 챙겨야 하지 않느냐, 내가 따로 돌려놓을 것이 없느냐, 흥분한 목소리로 물었다. 흥분 속에 약간의 분노도 섞여 있었다. 아내들만이 느끼는 감정이었다. 희숙 씨가 말하는 액자와 가구와 그릇과 화분 들. 없어도 살고 있으면 결국 짐이 되는 것이었다. 국그릇이 있어도 모양이 다르다거나 재질이 다르다고, 혹은 일습으로 장만한다고 사다 쟁여놓은 것들. 특히 그릇들이 그랬다. 음식 조리기구들도 상표조차 뜯지 않은 것들이 쓰레기로 나올 게 뻔했다. 28년 살림을 끝냈을 때, 저절로 배워진 것 한 가지가 있었다. 사람 사는 데 필요한 건 그리 많지 않다는 것이었다. 딱 필요한 것만 가질수록, 놀랍게도 주변이 풍성해진다는 걸 알게 됐다. 사실 가장 중요한 것처럼 여겼던 남편과도 헤어질 수 있고 남 보기에도 균형을 맞췄던 가족이 흩어졌는데 여벌의 그릇이며 가구며 살림살이가 무슨 대수인가. 결국 우리 모두 죽음으로 헤어진다는 걸 일상으로 간직하면, 모든 탐욕이 짐이었다.

"필요한 거 있으면 자기 다 가져요."

내가 선선히 말했다.

"새 프라이팬 하나하고 화분 몇 개, 그림 한 개 치워놨어요. 나중에 필요한 사람 주더라도."

희숙 씨는 슬픈 목소리로 말했다.

"맘이 이상해요. 어떻게 이럴 수가 있어요?"

희숙 씨가 중얼거리듯이 말했다. 매 맞는 사람보다 구경하는 사람이 더 고통스럽단다. 아래위층에 살던 동무의 가족이 찢겨 마침내 이웃으로도 남지 않게 된 상황이, 결코 담담할 수 없을 것이었다. 담담할 수 없는 건 나도 마찬가지였다. 그건 딸도 그랬다.

다음 날 오후로 잡힌 이사 시간 전, 아빠와 점심을 먹고 돌아온 딸의 표정이 심상치 않았다. 뭔가 화가 잔뜩 난 것도 같고 뭔가 엄청난 걸 나한테 감추거나 속이는 것 같기도 하였다. 내 표정도 그랬을지 몰랐다. 나를 쳐다보고 아무 말도 없이 화장실에 들어가 손을 씻고 제 방으로 들어가버렸다. 조금 섭섭했다. 엄마가 얼마나 궁금해할까, 미리 살펴서 조근조근 이야기해주면 좀 좋을까. 남의 맘을 미리 헤아리는 것도 타고난 천성이겠지만 그건 살아봐야 얻어지는 공부였다. 그저 평탄하게 살아보는 것이 아니라 고통을 겪고 고생을 해야 생겨나는 지혜일 것이다.

"밥 뭐 먹었어? 아빠가 맛있는 거 사줬어?"

나는 딸의 방엔 들어가지도 못하고 그 애 방을 향해 말했다. 아니! 하면서 딸이 나왔다. 자장면을 먹었다는 것이었다. 이상했다. 아버지가 딸에게 맛있는 걸 사주고 사이좋게 놀았대도 속이 상하고, 섭섭하거나 서운하게 만났대도 속이 상했다.

"이제 우리 아빠가 아닌 거 같아."

그 애가 볼 부은 목소리로 말했다. 순간 기쁘기도 하고 불안하기도 했다. 그래서 내 표정이며 목소리에 무진 신경이 쓰였다.

"그 여자랑 결혼한대."

딸이 어이없다는 투로 말했다.

"결혼해야지 뭐. 그래야지. 아빠가 안정되게 잘 살면 좋은 거잖아."

이건 진심이었다. 늘 그렇게 생각했다. 딸이 나를 쳐다봤다. 진정이야? 이런 표정 같았다. 자신을 배반한 연인이 불행해져서 나타났을 때, 겨우 그렇게 살려고 그랬느냐며 화를 내던 어떤 영화의 주인공 맘이 이해됐다.

"엄마, 내가 혼인신고할 거냐고 물었어. 그랬더니 왜 묻느냐는 거야. 그래서 혼인신고하면 우리가 그 여자 딸이 되니까 그런다고 그랬지 뭐!"

순간 속이 시원하고 한편 서늘했다. 자식은 '내 것'이란 확신과, 그 애가 나에게도 그럴 수 있다는 현실 때문이었다. 자식이 어머니 것이 아니라 아버지 것이라는 '소유 범위'는 제도적으로 확정된 것이었다. 자식을 제 배에서 길러 낳아놓고도 자기 자식이 아닌 제도에서 살아오는 동안 정서적으로 겪은 박탈감과 억울함은 이루 말할 수 없었다. 비록 이제 호주제가 폐지되었다 해도 그것은, 사람은 자기 자신으로 산다는 것이지, 자식을 낳은 어머니의 권한을 인정하거나 아버지와 다른 차별적 지위를 얻는 건 아니다. 평생 종노릇하다가 세상이 바뀌었는데 가해자, 피해자 없이 모두 평등하다는 것이다. 평등의 기쁨은 종노릇해본 적 없는 세대의 어머니들 몫이지 우리 세대의 어머니에겐 아니다. 평등의 기쁨으로는 해결되지 않는 상처, 이 불평등한 화해로 남은 화병을 과연 정신과 의사와 종교가 떠맡아줄 수 있을까?

어쨌든 나와 딸은 허전한 마음을 감추지 못했다. 이게 정직한 감정이었다. 비록 다른 여자가 있다 해도 우리가 함께 살던 곳에 그가 있을 땐 뭔가 아직 연결된 것이 있었다. 아이들 아버지가 어디에 살고 있다는 것이 짚이면 그래도 추억할 게 있는 듯 보였다. 그런데 그가 떠난다는 것이었다. 마지막 끈이 끊어진 기분이었다.

그가 이사를 간 뒤 희숙 씨와 그 동네에서 어울렸다. 그곳에 잘 가던 칼국숫집이 있었다. 나는 당당하게 걸어서 그곳까지 갔다. 내 걸음으로 한 시간 남짓 걸렸다. 거의 4년 동안 가지 않던 길. 차마 갈 수 없던 곳. 슈퍼와 방앗간과 식료품 가게와 과일 가게와 빵집과 꽃가게. 나는 검정색이 짙은 안경을 꼈는데, 그래도 서로 알아보게 되는 사람들이 있었다. 웃으며 인사했다. 그가 떠남으로써 비로소 허물이 없어진 옛 동네. 반갑고 정겨웠다. 하지만 희숙 씨를 따라 그가 이사 간 곳, 내가 담장에 심어놓은 찔레와 대추나무가 그대로인 집 앞으로 갈 땐 역시 맘이 편치 않았다. 그곳에서 죽기로 마음먹었던 집이라도 사람이 바뀌고 맘이 떠나면 예전 같을 수 없었다.

"자주 와야겠어."

그래도 헤어질 때 내가 말했다. 희숙 씨는 돈 벌어서 이곳으로 돌아오라고 말했다. 그러마고 대답했지만 사람은 한 번 떠나왔던 곳으로는 돌아가는 것이 좋지 않다던, 어딘가에서 들은 말이 기억났다.

희숙 씨와 나는 쉽게 헤어지지 못했다. 사춘기 동무처럼 서로 바래다주려고 가던 길을 돌아오고 온 길을 돌아가고 그랬다. 세월이 참 빠르다, 사람 사는 건 장담 못 한다, 누가 이렇게 될 줄 알았느냐, 건강하게 잘 살아야 한다. 덕담을 주고받았다.

"이제 정말 이혼이 된 거 같아."

내가 나직이 말했다.

"그럴 거 같아."

희숙 씨가 아련한 목소리로 중얼거렸다. 사실 '이제 이혼이 된 거 같다'느니 하는 말을 하도 많이 해서 사기꾼 같은 느낌이 들 지경이었다. 그러나 사실이었다. 고비고비마다 이혼을 혼자서 해왔다. 부부로 살다 헤어지는 건 서류로도 끝나지 않았고 결심으로도 해결되는 게 아니었다. 아마 살아온 세월만큼 혼자서 되새김질을 해야 끝나는 것일지 모른다. 슬픔으로 분노로 노여움으로 그리움으로 고통으로 아픔으로 기쁨으로. 거르고 건너고 넘고 헤치기를 거듭해서 마침내 인연을 지우는…… 그것은 후회나 아쉬움이나 사랑과는 아무 상관 없는 일이다.

일주일쯤 지났을까? 토요일 저녁이었다. 딸은 늦고 혼자서 밥을 먹고 있을 때였다. 사촌 동서가 전화를 해왔다. 토요일도 일하는 직장에서 퇴근하는 길이라고 했다.

"형님, 뭐 하세요?"

길게 끄는 목소리가 연민에 괴인 듯 들렸다.

"밥 먹어, 혼자서."

"어떡한대, 우리 형님."

"괜찮아, 얼마나 좋은데. 점점 좋아져. 행복해. 아니, 평화스러워. 정말이야!"

내가 말했다.

"그렇게 말씀하시니 다행이네요!"

"왜?"

뭔가 동서의 말투에서 심상찮은 느낌이 전해졌다.

"이 말을 해야 하나? 혹시 형님 둘째한테서 뭔 말 못 들으셨어요?"

동서가 망설임 끝에 말했다. 문득 훤해졌다.

"아, 결혼식 하는구나!"

"네, 그런대요."

"해야지 뭐. 그게 좋지 뭐."

"그러니 안 갈 수도 없고, 가자니, 왜 맘이 이렇지요?"

"……."

"형님 생각이 나서 말씀드리는 거예요."

"잘됐네. 갔다 와. 내 생각 하지 말고. 난 아주 좋아. 동서가 보면 알 거야. 얼굴이 얼마나 좋아졌는데. 보는 사람마다 그래. 이제 처녀 때 나로 돌아온 거 같아. 정말이야. 정말이라니깐! 날 보면 동서도 놀랄 거야."

나는 강조하고 또 강조했다. 아무 이유 없이 서로 마음이 끌리고 도움을 주고받게 되는 사이가 있는데 동서와 내가 그랬다. 그해 그 날, 딸 둘과 내가 동서가 일하는 부동산으로 들이닥쳐서, 이혼을 했다고, 방금 법정에서 돌아오는 길이라고, 이사를 해야 하니 우선 전셋집을 알아봐달라고 부탁했을 때, 아마 동서는 벼락을 맞은 기분이었을지 모른다. 그 후 이 시간이 되도록 이웃사촌처럼 지켜보며 위로와 용기를 주었다.

"형님이 그렇게 말씀하시니 마음이 놓이네요. 형님이야 하시는 일이 있으니 됐구요. 나중에 맛있는 거 사드릴 테니 시간만 내세요."

동서는 바로 내가 지녔던 위치에 들어오게 된, 자신보다 더 어린 '형님'이 낯설지 몰랐다. 그러나 어찌 됐건 그쪽과 사이가 좋아져야 할 것이었다. 동서는 위로한다고, 나를 추켜세우는 말을 몇 마디 덧붙였다. 부질없는 칭찬이었다. 우리는 제각각 다른 곳에서 나고 자라, 같은 집안의 사촌 형제에게 시집와서 동서라는 처지로 인연을 맺었던 사이. 남들에겐 설명이 불가능하지만 우리는 말하지 않아도 통하는 게 있었다. 아마 우리의 상대인 그들 사촌 형제도 그럴 것이다.

통화를 끝내고 나니 먹던 밥이 반이나 남은 게 보였다. 하지만 국은 식었고 밥은 훈기가 다 빠졌다. 그렇지 않더라도 밥맛이 뚝 떨어졌다. 마음이 떠난 건 밥이건 집이건 사람이건 다 을씨년스러웠다. 결국 모두 버렸다. 버리기까지 할 필요는 없었지만 그렇게 하고 그릇을 씻었다.

다음 날, 그러니까 일요일 아침이었다. 새벽에 한 차례 깨어서 화장실을 다녀와 다시 잠들었다. 그사이 꿈을 꿨다. 둘째가 너댓 살이나 되어 보였다. 그 애를 아이 아버지가 데려간다고 했다. 데려가지 못하게 싸우다가 깼다. 꿈인 걸 알고도 먹먹해서 눈만 뜨고 한동안 누워 있었다. 왜 이런 꿈을 꿀까. 뭐가 불안한가. 나를 살펴보았다. 내가 불안신경증이 있다는 건 인정한다. 뒤로 물러날 자리가 변변치 못한 처지로, 손톱 밑에 피멍이 드는 것도 모르고 사노라면 저절로 그런 병이 생길지 몰랐다. 그래서 지병이 된 신경증은 나의 그림자다.

하여튼 꿈으로 배설했으니 좋은 거지.

일단 나 자신에게 최면을 걸었다. 무릇 꿈은 해몽이 중요하니까. 하지만 아무리 해몽을 그럴듯하게 했어도 마음은 헛헛하기 그지없었다. 그런데 순간, 오늘이 아이 아버지 결혼하는 날이라는 게 떠올랐다. 남자 혼자 살 수 없고 그래도 안 되고 또 맘에 드는 여자 만나서 잘 살면 모두 좋은 거고……. 더할 것도 뺄 것도 없는 답안을 써놓고도 뭐가 어수선한 걸까. 그런 꿈을 꾸다니. 하지만 허전하지 않다면 거짓말이었다. 아무리 딸이 나와 함께 살아도 동거인이며 딸은 호적에 '새엄마'의 자식이 되어 있을 것이었다. 딸들의 호적등본을 떼려면 내가 그 애들의 어머니라는 걸 증명하는 서류를 다시 첨부해야 하는 게 제도적으로 나의 처지였다. 현실과 제도는 달랐다. 현실이 맞고 제도가 틀렸어도 현실은 하위개념이다.

첫딸을 낳아 집에 돌아왔을 때, 친정어머니가 산바라지를 했다. 미리 지어놓은 딸의 이름을 부르는데 어머니가 내 성씨가 아닌 남편의 성씨를 붙여 불렀다. 순간 왜? 그런 의문이 들었었다. 내가 내 성을 넣어 딸의 이름을 불러보았다. 어머니가 망측하다고 손사래까지 쳤다. 어머니 성을 따르면 아비 없는 후레자식이 된다는 것이었다.

내가 낳았는데…….

심정적으로 온전히 받아들여지진 않았지만 내색은 하지 않았다. 결혼 후에 받은 주민등록등본에서 내가 한 번도 살아본 적이 없는 지역이 나의 본적지로 쓰인 것을 볼 때의 황망함을 잊었듯이 그것도 잊었다.

주방으로 나가서 무엇으로 아침밥을 먹을까, 살펴보다가 고요한 딸 방의 문을 열었다. 아직 잠든 모습이었다. 그래도 아홉시가 넘었기 때문에 그 애 침대 모서리에 걸터앉았다. 모로 누운 딸의 뺨을 만졌다. 딸이 찡그리며 얼굴을 베개에 묻었다.

"더 잘 거야?"

"으응."

"혹시…… 너 오늘 아빠가…… 어디 오라고 그러지 않았어?"

좀 머뭇거리며 물었다. 꼭 확인할 필요가 있을까 싶긴 했다. 그 애가 고개를 조금 쳐들었다.

"누가 그랬어?"

딸이 외면한 채 물었다.

"작은엄마가. 어제저녁에 전화했었어."

딸이 잠시 침묵했다. 나는 그 애의 일그러지는 기분까지 섬세하게 느꼈다.

"아빠가 전화했더라고. 난 못 간다고 그랬어. 시험공부 해야 한다고."

"아빠가 섭섭하겠다."

"내키지 않으면 오지 않아도 된다고 그러던데 뭘."

"그래, 그럼 오늘 집에서 공부할 거야?"

"아니, 약속 있어. 영화 보고 저녁 먹고 들어올 거야."

"그래."

딸은 내 대답을 듣기도 전에 이불을 뒤집어썼다. 나는 딸 방을 나와서 방문을 닫아줬다. 확인하지 않고 지나갈 것을. 내 천성의 천박

함이 만져져서 언짢았다. 게다가 인생이 참 묘하다는 느낌이 한기처럼 끼쳐서 이래저래 우울했다.

냉동실의 식빵을 내려놓고 섭섭해서 계란을 꺼내고 베이컨을 뒤지는데 딸의 방문이 열리는 소리가 나고 머지않아 변기 물 내려가는 소리가 났다. 신경이 그쪽으로 쏠렸다.

"어엄마아."

곧 딸이 어린양하는 목소리로 나를 부르며 식탁 의자에 앉았다. 문득 기분이 밝아졌다. 딸이 나를 찾는 것. 내가 없으면 안 된다는 느낌의 목소리였다. 엄마의 사랑이 필요하다는 신호이기도 하였다. 이런 나의 기호가 딸의 인격적 독립을 은연중에 가로막고 억누른다는 걸 잘 알았다. 아는 것과 실천하는 건 같을 수 없었다. 그리고 그것이 나 자신의 숙성도 가로막는, 이를테면 모성애라는 것에 감염된 질병일 거라고 생각한다.

"아침에 빵 먹자."

내가 명랑하게 말했다. 이미 기분은 말끔해졌다. 이게 사실이었다. 자식만 있으면 됐다. 빵을 굽고, 베이컨을 지지고, 계란을 부치는 동안 딸이 커피를 내렸다. 결혼식이고 뭐고 우리는 다 잊은 것 같았다. 빵을 먹는 동안 나는 마치 옛날이야기라도 하듯이 꿈 이야기를 했다.

"왜 그런 꿈을 꿨을까?"

딸이 내 정신 건강을 염려하는 표정으로 중얼거렸다.

"개꿈이지 뭐."

"그래, 엄마. 개꿈이야!"

우리는 웃었다. 딸은 외출을 했다. 그 애는 현관을 나서며 오늘 무엇을 할 것인지 묻고 저녁밥을 꼭 먹으라고 다짐을 받았다. 맘이 포근해졌다. 딸은 엄마가 외로울까 걱정이라고 가끔 말했다. 결혼을 하더라도 엄마 가까이 살겠다고 그랬다. 나중에 어떻게 되더라도 그 말을 들으면 기쁘고 심지어 행복감마저 느끼게 됐다.

딸이 나간 뒤에 청소를 시작했다. 치우고 쓸고 닦았다. 화분을 손질하고 잠시 무엇을 할까, 머뭇거리다가 이 방 저 방에서 손빨래거리를 찾아내어 말갛게 빨아 널었다. 주섬주섬 군것질을 했다. TV를 켜고 채널을 이리저리 돌리다가 오래지 않아 껐다. 몇 군데 전화질을 할까, 하다가 그만뒀다. 일요일, 가족들이 모두 있을 집에 전화를 하기가 삼가졌다. 이혼하기 전엔 없었던 마음 씀이었다.

다시 컴퓨터를 켜고 맘 편한 곳에 메일을 쓰고 여기저기 돌아다녀보았다. 시간 가는 줄 모르는 건 인터넷이었다. 옳게 한 건 한 가지도 없는데 문득 고개를 드니 주변이 어둑선했다. 베란다에 나가서 불이 들어오기 시작하는 거리를 바라보았다. 저녁 안개가 뿌옇게 보였다. 사람들이 오가고 있었다. 젊은 부부 사이의 아이. 강아지를 산책시키는 사람……. 그러나 어느새 나는 풍경을 잊고 이름만 대면 아는 고급 음식점을 생각하고 있었다. 지금 가족 모임이라는 이름의 재혼식이 열리는 그곳을 상상하는 것이었다. 너무도 잘

아는 아이들 아버지네 가족들. 그리고 그들과 화기애애할 새로운 사람들.

저녁 안개는 어둠에 지워졌다. 신호등은 푸른빛에서 붉은빛으로 바뀌길 되풀이하고, 아파트 창엔 불 밝힌 집이 더 많았다. 차들의 붉은 후미등과 밝은 전조등이 교차하고 음식점의 네온 빛이 빛났다.

누구나 혼자야.

이렇게 생각하며 주방으로 돌아왔다. 슬프거나 외롭거나 쓸쓸하지도 않았다. 그저 사람은 누구나 결국 혼자라는 것이었다.

주전자에 물을 조금 올려서 끓였다. 찬밥을 말아 빨아둔 묵은 김치를 들기름에 찍어서 멸치와 함께 먹으면 별미였다. 그런데 밥상을 차리다 말고 문득 또 마실 줄도 모르는 술 생각이 났다. 딸이 마시다가 둔 와인을 꺼내 거의 반이나 되게 잔을 채웠다. 빈속에 한 모금 훅 마셨다. 술기운이 이내 전신으로 퍼졌다. 알딸딸하다는 것 말고 달리 표현을 할 수 없었다. 더 마실까? 그저 삼키면 되니까. 생각했지만 그러면 못 견딜 것 같았다. 가슴이 조여들고 심장이 뛰고 어지럽고 온몸이 빨개지고 등등 견디지 못하게 하는 것이 한둘이 아니었다. 하지만 술잔을 내려놓지 않고 여전히 든 채였다. 그 손이 흔들려서야 알았다. 더 마시면 안 돼. 다시 생각했다. 그러는데, 눈에서 눈물이 주르륵 흘러내렸다. 쉬지 않고 흘렀다. 이상했다. 슬프지 않은데, 쓸쓸하지 않은데, 외롭지 않은데, 왜!

나는 티슈를 뽑아 뺨을 문지르고 나를 책망했다. 책망해도 소용

없었다. 눈물이 자꾸만 흘렀다. 술잔을 들고 베란다 간이 탁자로 나가 의자에 앉았다. 술잔을 입에 댔다. 술이 쓰고 텁텁해서 혀가 일단 거부했다. 그 남자가 결혼한다…… 당연하지.

얼마나 앉아 있었을까. 아주 오래도록 그랬던 것 같았다. 문득 생각나는 게 있어서 거실로 돌아와 소파에 앉아서 TV를 켰다. 일요일이면 기다렸다 보는 게 있었다. 〈개그콘서트〉였다. 나를 웃게 해서 좋다. 나는 웃기는 남자가 좋다. 술잔은 여전히 앞에 뒀다. 처음에 반 잔이었는데 아직 거기서 많이 줄지 않았다.

〈개그콘서트〉는 이미 시작된 뒤였다. 서운했다. 진작 볼걸. 술잔을 입에 댔다가 떼길 되풀이했다.

휴대폰이 울렸다. 돋보기를 쓰지 않아 발신자가 보이지 않았다. 〈개그콘서트〉를 봐야 하는데, 옅은 짜증이 일었다.

"질부!"

나를 이렇게 '조카며느리'로 부를 수 있는 남자라면 아이들의 작은할아버지. 아이들 아버지에겐 삼촌 되는 분이었다. 나는 인사를 하고 나서 왜 전화하셨는지 잘 알고 있다, 괜찮다, 그 사람은 결혼해야 한다고 먼저 말했다. 그러나 그쪽에선 가족 모임에서 술을 마셨고 '질부' 생각을 안 할 수 없었으며 '미안하다'고 말하고 좋은 글 많이 쓰라, 이젠 독자가 되어서 책을 내면 사 볼 것이고 주위에 돌리겠다고 말했다. 다시 눈물이 주룩주룩 흘렀다. 머리로는 〈개그콘서트〉를 보고 눈으론 눈물을 흘리고 귀로는 이제 질부가 아니라 선생님이라는 말을 듣고 입으로는 연신 '고맙습니다'라고 했다.

〈개그콘서트〉가 끝나도록 다소 긴 통화를 끝내고 나서 아주 잠깐 목 놓아 울었다.

이별은 나의 것이었다.

건너편 섬

방 안은 어슴푸레했지만 그 여자의 눈엔 대낮 같았다. 잠자는 동안 무슨 까닭으로 허리춤에서 뭉친 치마폭을 훌훌 털어 내리며 베란다로 나갔다. 유리창 아래로 사물들이 펼쳐졌다. 길, 가로등, 건물, 신호등, 네온사인, 자동차들이 멈췄거나 움직이고 있었다. 그 여자의 눈길은 그런 것들을 바삐, 그러나 무심하게 지나쳐 한 곳에 멎었다.

그곳은 소(沼)처럼 깊이가 가뭇없는 공터였다. 공터는 찻길에서 몇 미터나 아래였다. 공사장 임시 담장과 맞닿은 그곳은 길의 높이로 메워져 공사 중인 아파트의 상가 건물 앞뜰이 될 것이었다.

공사를 시작한 지 1년 반이 넘었다.

그 여자는, 처음엔 아무 생각 없이 그저 구경했다. 길 건너편에 아파트가 생긴다는 말은 10여 년 전부터 있었다. 무슨 조합이 생기고 무슨 건설사가 지정되고 무슨 무슨 허가가 떨어지고 보상이 어떻다는 말도 시나브로 들렸다. 그 여자와는 아무 상관이 없는 일이었다. 집이 헐리면 길가에 나앉아서 장사하는 낯익은 사람들은 어찌 될까, 그런 걱정을 했지만 물어보진 못했다. 말하지 않아도 길가에서 좌판이나 리어카를 놓고 장사하는 사람들의 얼굴엔 시름이 점점 깊어갔다.

그 여자의 눈길은 한 땀씩 누비듯 어두운 공터를 훑었다.

아직 오지 않았네.

그 여자는 푸우, 한숨을 내쉬며 생각했다.

도대체 언제부터였을까. 그 여자가 쥐색 승용차를 기다리기 시작한 것이…….

일이 힘든 날, 저녁밥 숟가락을 빼자마자 잠이 든 날, 이른 새벽 눈이 떠지면 문득 마음이 허방을 딛기 시작했다. 혼자 먹는 아침밥을 안치기엔 이르고 일을 하러 나갈 준비를 하기에도 일렀다. 그저 누워 있으면 아무 소용 없는 상상들이 머릿속에서 지렁이처럼 꿈틀거려서 우선은 발딱 일어나는 게 좋았다. 그래도 할 일이 없긴 마찬가지였다. TV도 시작하지 않고, 라디오를 켜는 것도 싫고, 그러면 베란다로 나가 무심히 바깥을 바라보았다. 바깥엔 한밤중이라도 꿈틀거리는 것이 보였다. 달리는 자동차, 깜빡거리는 네온 간판, 붉은색에서 파란색으로 바뀌는 신호등, 그리고 어쩌다 불이 켜진 창들도 보였다. 불 켜진 창을 보면, 가슴이 아릿해졌다. 먼 곳의 공사장으로 떠나는 가장을 떠올리고 시험을 치러야 할 아이들을 떠올렸다. 모두들 희망이 화려하더라도 지금은 고단한 인생이었다.

그날 어두운 공터로 승용차 한 대가 슬그머니 미끄러져 들어와 담벼락에 멈출 때, 그 여자는 가슴이 철렁 내려앉았다. 공연한 긴장이었다. 아무도 이렇게 이른 시간에 공사장으로 출근하지 않았다. 공사장의 담장 북쪽엔 수은등을 켠 경비실이 있지만 문은 굳건히 닫혀 있었다.

담벼락에 멎은 승용차의 바깥 등들이 모두 꺼졌다. 실내등만 아릿하게 남아 있었다. 이제 문이 열리고 사람이 나올까? 그 여자는 아이 같은 호기심으로 기다렸다. 하지만 실내등은 숨이 넘어가듯 꺼질 뿐이었다. 아, 사람이 저 안에 있는데…….

누굴까.

승용차의 불빛이 꺼지고 사람이 밖으로 나오지 않던 그날 새벽은 그것으로 끝이었다. 하지만 며칠이 지나 또다시 그 승용차를 보게 되었다. 그리고 다음 날, 또 다음 날도 그랬다. 아직은 그 여자 자신도 무슨 일이 일어나고 있는지 몰랐다. 그저 무심했고 사는 동안 지나치는 수많은 우연 중의 하나거니 여겼다.

어느 날 불현듯 깨어나 서둘러 베란다로 나가 공터를 더듬기 시작할 때도 깨닫지 못했다. 그저 그렇거니 하였다. 하지만 어느 결엔가 그 여자의 하루는 베란다로부터 시작되었다. 그가 왔을까?

왜 승용차의 주인이 남자라고 생각하고 그가 아파트 현장에서 일한다고 믿었는지는 몰랐다. 어느 하루 거의 세 시간이나 지켜보았지만 승용차의 문이 열리는 것, 그 안에서 작업복을 입고 안전모를 쓴 남자가 나오는 걸 보지 못했다. 그래도 그 여자는 그가 공사현장으로 들어갔다고 믿었다.

그 여자의 마음에 작은 집 한 채가 지어진 건 아마 그맘때였을 것이다. 처음엔 장난감 같았다. 몇 개의 성냥개비를 엇물려 기대놓고 일개미가 들락거릴 틈이 생긴 집이었다. 하지만 갑자기 어린아이가 된 그 여자는 성냥개비 움막을 들여다보며, 여기 아버지가 눕는다, 여긴 어머니가 눕는다, 언니는 여기 눕고 오빠는 저기 눕고 아기는 요기 눕고…… 생각했다. 좀체 그 여자가 누운 곳은 만들 줄 모르면서 즐거워하였다.

길 저쪽에서 이쪽을 향해 다가오는 승용차가 있었다. 그 여자의 가슴에서 쿵, 하는 소리가 울렸다. 아랫입술을 물었다. 승용차는 미끄러져서 이쪽으로 다가왔다. 차선은 네 갈래였다. 그 방향에서 공터로 들어오자면 차선을 무시해야 했다.

과연 그랬다. 승용차는 차선을 무시하고 공터로 들어왔다.

멈춘다.

자동차 앞뒤의 불이 꺼진다.

흐릿한 실내등도 꺼진다.

자동차는 잠든다.

그 여자는 늘 그렇듯, 공터에 와서 주차하는 승용차의 모습을 마음의 집 속에 새겨놓는다.

그 여자는 베란다 유리에 이마를 댄다. 차갑다. 시원하다.

아내가 없을 거야. 사별했을까? 이혼했을까? 아내가 남편에게 불만이 쌓여 홀연히 떠났을까? 소심한 남자. 아이가 둘쯤 있겠지. 아마 늙은 어머니가 있을지 몰라. 청상과부 홀어머니와 외동아들이 전생의 연인이어서 그의 아내가 참지 못하고 떠났을지 몰라. 아이들도 남겨두고. 아내의 말로 표현할 길 없는 깊은 슬픔과 환멸을 그는 이해하지 못할 거야.

그의 늙은 어머니. 제 살을 갉듯이 아들을 사랑해서 새벽잠도 자지 않고 밥을 지을 거야. 아들은 그게 싫어서 공사장에 가면 아침밥을 먹는다, 거기 함바집이 있다, 차가 밀리는 시간을 피해서 일찍 출근하면 공사장 사무실에서 눈을 붙인다, 그게 여러 가지로 제일 좋다, 이렇게 어머니의 염려와 근심을 잠재울지 몰라…….

그 여자가 그를 두고 떠올리는 생각들은 이랬다. 얼굴도 모르는 남자, 혹시 승용차 문이 열리고 그가 안전모를 손에 든 채 뚜벅뚜벅 공사장으로 들어간다 해도 그 여자는 그 남자의 얼굴은 볼 수 없었다. 이곳에선 잘 보이지 않았다. 노안이 온 지 10여 년이 넘은 그 여자의 눈으론 어림도 없었다.

길 건너편에 아파트 공사 현장이 들어선 건 1년이 넘었다. 수십

년 된 집들을 허물기 시작한 것부터 치면 2년이 다 됐다.

그 여자의 아파트는 가운데 섬처럼 남게 됐다. 열 평 안팎의 10층 아파트를 허물고 보상을 하거나 아파트 지분을 주는 건 아마 이문이 남지 않는 장사일지 몰랐다. 그래서 그 여자의 아파트를 남겨두고 집들이 헐렸다. 사람들은 아파트가 들어서면 아무리 낡고 평수 작은 아파트라도 값이 오를 것이라고 기대를 했다. 그 여자는 무덤덤했다. 값이 뛰어도 내려도 그 여자는 이곳을 떠나지 않을 것이었다.

외동아들이 이곳의 고등학교에 입학했을 때 여러 개의 적금을 타서 모은 돈으로 장만한 집이었다. 아파트를 장만할 때 그 여자는 당신이 혼자 이곳에 남겨질 것이란 상상은 하지 못했다. 아들이 언젠가는 젊은 여자를 만나 자식을 낳고 일가를 이루리란 상상도 하지 않았다. 아들이 장가를 간다, 며느리를 본다, 손자들이 생긴다는 것과 아들과 헤어진다는 건 아주 다른 일 같았다. 더군다나 아파트는 낡거나 보잘것없는 집들 사이에 우뚝 섰다. 작은 집을 가진 적은 있었어도 서울에서 보란 듯이 아파트를 가진 건 처음이었다. 아들이 고등학생만 아니었다면 아들 이름으로 등기를 했을 것이었다.

아들은 이곳에서 대학을 다니고 또 결혼도 해서 강남으로 갔다. 작은 전셋집이라도 강남에서 시작해야 한다는 게 아들과 며느리와 사돈집의 의견이었다. 그러나 아들은 전셋집에서 살지 않았다. 처음부터 작은 아파트로 시작했다. 사돈집에서 보탰을 것이고 아들이 저축한 돈도 꽤 되었을 것이었다.

저 하나 잘 살면…….

오래도록 이 말을 기도처럼 생각하고 속으로 말하며 살았다.

언젠가 한밤중에 그 여자는 텔레비전에서 동물을 다룬 기록영화를 보았다. 짐승들, 새들은 모두 새끼를 키워서 떠나보냈다. 자식을 품에서 놓지 않으려 하는 건 사람뿐이라는 말이 들렸다. 순간 그 여자의 눈에서 눈물이 주룩주룩 골을 지어 흘렀다. 한동안 소리도 없이 울다가 그만 이불 속에 얼굴 파묻고 엉엉 마구 울었다.

울음이 저절로 수그러들었을 때, 그 여자의 가슴에서 목소리 하나가 들렸다.

어차피 30년은 일찍 떠난다.

아, 그렇지! 그냥 있어도 30년이나 일찍 세상을 떠나는구나.

위로가 되긴 했다.

30년. 말이라서 쉬운 세월이었다.

서른 살에 아들을 낳고 삼칠일이 되기도 전에 홀어미의 외동아들이었던 남편이 심장마비로 세상을 떴다. 너무 갑작스러워 믿기지 않았다. 친척과 이웃에선 그 여자의 자식이 아비를 잡아먹었다고 수군거렸다. 혈육이 거미줄 잇듯 겨우겨우 이어가는 집안도 있다는 말도 들렸다. 게다가 시어머니도 아들 잃고 시름시름 앓다가 당신 시조부 닮았다고 기대가 하늘을 찌르던 손자, 세 돌 되기 전에 세상을 떴다. 그 여자의 서울살이는 출가외인으로 맺어진 인연들과 이별하면서 시작되었다. 서른네 살, 시작할 수도 버릴 수도 없는 나이 같았다. 그 여자의 나이는 자기 인생에게 있지 않고 자식 앞으로 다달이 들어가는 적금 같았다.

서른네 살. 한창 나이라는 그 시절이 자신에게 있기나 했나, 가끔 꿈을 꾼 것 같았다.

배운 것과 집안 내력 따지지 않아도 제 몸뚱어리 하나 써주는 곳은 쉽게 찾아졌다. 청계천 봉제공장의 '시다'로 일자리를 얻었을 때, 반드시 기술자가 되리라 마음먹었다. 사장이 무슨 핑계 대고 붙들어두었다가 원단 더미에 기대놓고 아랫도리를 벗기지 않았다면, 그리고 다시 찾은 공장의 공장장이, 또 다른 공장의 기술자가 그녀를 억지로 눕혀서 아랫도리를 쓰라리게 짓찧으려 하지만 않았어도 그녀는 기술자가 되었을 것이다.

하지만 일자리가 귀하진 않았다. 식당과 파출부 자리는 알음알음으로 줄을 이었다. 식당도 공장과 크게 다르지 않아 그녀의 몸뚱이 하나 드러눕히는 공간은 도처에 있었다. 남자에 저절로 넌더리가 나고, 한 달 품삯의 반으로 낙태 수술을 받고, 쑤시는 몸으로 다시 일을 했다. 늦은 퇴근보다 더 늦도록 공부하는 아들. 사는 보람이 거기 있었다.

"어머니, 성공해서 어머니 호강시켜드릴게요."

아들이 이런 말을 하면 되레 부끄러워졌다. 알 수 없는 맘이었다. 자신은 들어서 기억하는 아들의 증조부에 대한 이야기를 해주곤

했다. 너의 아버지 집안은 내력이 있다, 일본에서 공부하고 해방되어 북으로 갔다더라, 공산당만 없었어도 아버지 집안이 박살 나진 않았다고 하더라, 네 인물이 아버지 닮지 않았다더라…….

학교에 들어간 아들이 모두 백 점짜리 시험지를 들고 와서 보여주었을 때가 아직도 선연하다. 그때 후로 공부라면 언제나 잘했다. 시험을 보면 일이 등을 놓치지 않았다. 하지만 담임이 만나자고 기별해도 짬을 내지 못했다. 고등학교를 졸업하는 12년 동안 다섯 번도 찾아가지 못했다. 아들은 불평하지 않았다. 불쑥 어머니가 자랑스럽다는 말까지 했다. 이런 말 들으면 그 여자는 목이 쓰라리게 뜨거운 울음이 치밀었지만 이를 악물고 눈물을 꾹꾹 움켜서 배 밑바닥에 쟁여놓았다.

아들이 혼자 우는 걸 본 적이 있었다. 대학 들어가서 1년이 채 안 되었을 때, 실연했다고 하였다. 위로의 말이 떠오르지 않아 그 여자는 미역국을 끓여서 먹였다. 무슨 이유였는지 몰랐다. 미역국을 먹으면 피가 맑아진다고 했다.

아들이 대학 붙었을 때 파출부로 일하던 집에서 덩달아 기뻐하며 봉투까지 주었다. 하지만 그 집의 부탁과는 달리 아들은 다른 곳에서 아이들을 가르치며 용돈을 벌었다.

그 여자는 텔레비전을 틀었다. 뉴스가 시작됐다. 밤사이 세상에서 일어난 일들을 눈앞에서 보듯이 모두 보여주었다. 그 여자는 언젠가부터 세상 소식들을 듣고 보고 순간에 잊었다. 베란다에 서서 지나가는 차와 사람을 바라보듯이 세상 소식도 그렇게 지나가는 것이었다.

동은 트기가 어려웠지 막상 해가 뜨자 확확 밝아졌다.

밝아졌네.

여자는 혼자 말했다. 혼자 말하는 버릇은 언제 생겼는지 몰랐다. 저녁에 돌아와 현관문을 열고 신발을 벗으며 말했다.

"저 돌아왔어요."

"저요! 김금자요! 돌아왔습니다아."

대답할 사람은 없었다. 하지만 그 여자는 수많은 소리를 들었다. 그 여자가 하나하나 장만한 가구들, 말린 꽃송이로 만든 액자, 주방의 그릇들, 옷과 화분들, 모두 인사를 받았다. 겨울날 동지 무렵 해가 짧을 땐 방이 어두웠다. 문턱에서부터 전깃불을 켜며 안으로 들어오면 이내 집 안이 대낮처럼 밝아졌다. 텔레비전을 켰다. 귀에 익은 목소리, 낯이 익은 얼굴들, 아나운서들은 말하고 배우들도 말하고 움직였다.

"잘 왔네요."

"즐거웠어요?"

"무슨 일 없었지요?"

사방에서 그 여자의 인사를 받았다. 그 여자의 입가에 저절로 미소가 어렸다.

아들은 그만 일하라고 말했다. 생활비로 다달이 백만 원씩 넣어 주었다. 날짜도 어기지 않았다. 하루나 이틀, 앞당기는 일은 있어도 늦는 법은 없었다. 학교 졸업하고 들어간 직장을 1년 만에 한 번 바꾸곤 아직 그대로 다녔다. 젊은 나이에 상무가 되었다고 하였다. 아들이 제가 속한 사회에서 남보다 잘나간다고 할 때, 그 여자는 마냥 기쁘지 않았다. 마음이 그냥 그랬다. 회사에 전화하면 아들은 언제나 바빴고 목소리는 긴장해서 딱딱했다.

"무슨 일 있으세요?"

"아니다. 니가 잘 지내나……."

"소식 없으면 잘 지내는 줄 아세요."

급하게 이런 말 하는 중에도 고개를 돌려 다른 말을 하는 아들의 목소리가 들렸고 그 여자는 인사말도 하지 못한 채 전화가 끊긴 뚜뚜 소리를 듣다가 홀로 민망해졌다.

"요즘 세상에, 바쁘면, 좋지."

그 여자는 혼자 말했다. 그러나 그 말이 입 밖으로 나가지 못하고 되레 차갑고 뭉클한 덩어리처럼 목구멍으로 넘어갔다. 목구멍 살갗을 후비듯 훑으며 꾸역꾸역 내려가는 자신의 말을 느끼며 그 여자는 바스러지듯 거실 바닥에 주저앉았다. 이런 일이 1년에 몇 번씩 있었다. 남편과 시부모의 제사를 며느리가 잘 아는 절에 맡긴 뒤로는 제삿날에도 만날 수 없게 되었다. 하지만 며느리가 그 여자에게 말하지 않는 것도 있었다. 손자 손녀가 할머니를 싫어한다는 것,

할머니 집에도 가기 싫어한다는 것, 할머니와 할머니 집에서는 벌레 썩은 냄새가 난다고 말한다는 것을 며느리는 차마 시어머니에게 전하지 못했다. 요즘 아이들은 말 배울 때부터 여러 가지 공부를 해야 해서 아무리 아이라도 어른 못지않게 바쁘다고만 하였다.

그 여자는 다달이 돈이 들어와서 아들의 이름과 액수가 찍히는 통장을 확인하는 일이, 짐짓 부질없어서 1년에 몇 번 통장을 정리하기만 했다. 돈이라면, 아들이 제발 그만두라는 파출부 일로 받아서 살며시 세어보고 쓸 곳을 궁리하는 게 더 재밌고 맛있었다.

그 여자는 움푹 꺼지는 소파에서 일어났다. 일어나는 순간 지금 텔레비전에서 무얼 보았는지 잊었다. 가스 불 위에서 끓기 시작한지 반 시간도 넘은 뚝배기의 국물 멸치. 이제 꺼내야 했다. 하지만 그 여자는 두 걸음 떼어놓다가 등을 돌렸다. 바깥에서 귀에 익은 젊은 남자의 목소리가 우렁우렁 들려왔다. 보나 마나 알았다. 그래도 급히 베란다로 나갔다. 벌써 열 층도 넘게 올라간 아파트 건물 왼편 공간에서 노동자들이 체조를 하고 있었다. 그 여자의 얼굴에 반가운 미소가 번졌다. 작업복을 입은 남자들. 셀 수 없이 많았다. 모자 색깔이 다 다른 것도 알았다. 체조가 끝나면 서로 마주 보고 등을 두들겨주고 또 반대로 그렇게 하였다. 꾸미꾸미 모여서 둥그렇게 머리를 맞붙이곤 잠깐씩 그 여자에게 들리지 않는 다짐을 하곤 와아, 함성을 지르며 머리를 들었다. 그 여자는 그것이 꽃송이라고 생각했다. 저마다 사는 곳에서 지하철, 버스, 자전거, 오토바이, 승용차, 승합차로 와서 마침내 꽃송이를 피우곤 흩어져서 아파트를 올렸다.

거의 1년 전부터 그 여자의 새벽과 아침은 이렇게 시작되었다.

노동자들이 흩어져 자기 공정 속으로 갈 때 그 여자는 공터를 빼곡하게 채운 차들을 내려다보았다. 어두운 쥐색의 승용차도 그곳에 있었다. 마음이 놓였다. 그가 이곳에서 일하는 사람이 아니라면 이곳에 차를 세울 수 없을 것이었다. 내일은 꼭 기다려서 그를 보리라, 그 여자는 늘 하는 다짐을 또다시 하였다.

아래층에서 생선을 태우네, 그 여자는 어느 아래층인가에 살고 있는 사람에게 말해주고 싶었다. 무얼 올려놓았어요? 생선이 타네요. 꼭 이런 일이 생기면 다른 집에서 먼저 알지요? 이상해요. 세상만사가 다 그래요.

하지만 그 여자는 10초쯤 지나 생선 탄내에서 자신이 올려놓은 뚝배기의 멸치를 기억해냈다. 화들짝 일어나는 그 여자의 얼굴이 벌게졌다. 손으로는 가스 불을 끄고 눈은 벌써 새카맣게 숯이 된 멸치를 들여다보았다.

터지진 않았으니.

그 여자는 생각했다. 뚝배기가 고열을 참지 못해 박살이 나면서 사방으로 흩어졌다면……. 상상만 해도 기가 막혔다. 가스대 위로 불 없이 올라앉은 뚝배기에선 여전히 빠지직 찌꺼기가 타고 있었다. 그 여자는 고개를 숙이고 가스 불을 확인했다. 불은 꺼져 있었다.

괜찮아요, 금자 씨.

그 여자는 속으로 말했다. 가슴은 콩닥거려도 이미 끝난 일이었다.

금자 씨, 오늘 하루 액땜했네요.

그 여자는 다시 금자 씨에게 말했다. 그리고 고개를 끄덕였다.

말하는 그 여자, 그 여자 마음속의 금자 씨 모두 괜찮았다.

뚝배기 된장 없이 그 여자는 열무김치 국물에 식은 밥을 데워 말아 먹었다. 한 끼 밥으로 아쉬울 게 없었다. 그리고 벽시계를 보았다. 8시가 조금 못 되었다. 혜화동에선 곧 전화가 올 것이었다. 오라든가, 말라든가.

아들이 취직을 하고도 돈 욕심이 남아 있었다. 자기 한 몸 먹고 살면 따로 돈 들어갈 일이 없건만, 게다가 아들이 다달이 송금하는 것이 있었건만, 그 여자는 하루도 놀지 못했다. 하루도 쉬지 않고 빼곡하게 일자리를 만들어두고 아침이면 긴장해서 일하는 집으로 갔다. 가까운 데는 걷고 먼 데는 늦지 않게 지하철에서 버스로, 버스에서 지하철로 갈아타고 다녔다. 깔끔하게 일 잘한다는 말을 들으면 기뻤다. 일을 마치고 그 집을 나올 땐 신발 한 켤레라도 삐뚤게 놓이지 않도록 끝까지 마음을 썼다.

하지만 이제 그 여자는 두 집만 다녔다. 월요일과 목요일에 나가는 평창동 민주네 말고는 혜화동뿐이었다. 혜화동의 여든한 살 된 할머니는 당신이 어릴 때부터 살던 기와집이 내려다보이는 아파트 7층에 혼자 살았다. 할머니는 사람들과 잘 어울리지 않았다. 아무리 외로워도 그게 안 된다고 하였다. 수준이 달라서, 말이 안 통한다고 하였다. 그런데 금자 씨는 좋아했다. 수요일 하루 일하면 5만 원 받았다. 어떤 날, 변덕이 나면 점심 먹기 전에 돌아가라고 하면서 만 원짜리 한 장 주었다. 5월에도 방 안에서 모피 조끼를 입고 입술에 연지를 바르는 할머니였다.

그 여자는 만 원짜리 한 장 과자 값처럼 받아 들면, 실실 웃음이 나왔다. 그러나 아주 정확한 것도 있었다. 그 여자를 부르는 시간과 날짜였다.

틀림없었다. 벽시계의 분침이 6자에 와 있었다.

"얼릉 오지 않구 뭘 해."

"예, 곧 갈게요."

할머니는 대답하지 않고 수화기를 던지듯 내려놓았다. 보지 않아도 그 여자는 다 알았다. 다 아는 장면을 떠올리며 그 여자는 소리 없이 웃었다. 아파트는 언제나 고요하고 모든 것이 숨을 죽인 집 안의 분위기가, 익숙하고 반가웠다.

할머니는 당신이 먹을 밥을 하루 분량으로 나눠서 준비해두길 바랐다. 영양을 고려하고 변비를 고려하고 소식을 기준으로 삼았다. 일주일에 두 번 가는 그 집에서 그사이 쌓인 먼지를 닦아내고 화분에 물을 주고 빨래를 하고 반찬과 김치를 만들었다. 사흘 먹을 카레, 사흘 먹을 굴솥밥, 사흘 먹을 나물과 미역국이나 갈비탕 같은 것들이었다. 그래도 그 여자는 할머니와 같은 밥, 같은 반찬을 먹지 않았다. 고기는 못 먹어요. 먹어버릇하지 않아서 맛을 모르니까 싫어지데요. 할머니가 좋아하는 말이었다.

할머니는 그 여자가 일하는 동안 졸졸 따라다니며 당신이 어릴 때 집에 하인과 하녀가 있었다는 말을 했다. 아들은 세계에서 제일 좋은 대학의 과학자라고 했다. 며느리는 피아노를 친다고 했다. 손녀도 세계에서 가장 좋은 의과대학을 나와 휴스턴의 암센터에서 일한다고 했다. 할머니가 여자대학을 다닐 땐, 남자 학생들이 줄을 지어 쫓아다녔다고 했다.

그 아파트 현관의 초인종을 누르면 할머니는 우아하게 걸어 나와 문을 열어주었다. 처음엔 반가워서 어쩔 줄을 몰라 이것 먹어라, 저것 마셔라, 하지만 아무것도 내놓지는 않았다. 그리고 이젠 너무 들어서 그 여자의 현실처럼 착각할 지경인 당신의 화려하고 번듯한 집안 내력과 혈육의 이야기를 시작했다. 그 여자는 예, 그렇네요, 대단하세요, 추임새를 넣었다. 하지만 빨래하는 동안 낮잠 한 번 자고 나면 할머니는 우울해서 입을 닫았다.

"그만 가봐! 혼자 있고 싶어."

할머니는 반나절 넘게 일한 그 여자를 이렇게 돌려보냈다.

"수표밖에 없어."

새파란 만 원짜리 한 장을 그 여자에게 내밀었다.

그래도 언젠가부터 그 여자는 할머니가 그리워졌다. 자다가도 문득 걱정이 되곤 했다. 한번은 전화를 했더니, 안 죽었어! 할머니가 싸늘하게 소리쳤다. 그 후론 따로 전화하지 못했다. 세계에서 가장 좋은 대학교, 가장 좋은 병원, 그리고 다 기억할 수 없는 사장, 교수, 박사, 화가, 언론인, 판사.

그런데도 그 여자는 할머니를 생각하면 가슴이 아려왔다. 베란다에 서서 어둠에 물들어가는 서쪽 하늘을 바라보며 할머니의 흔들의자를 떠올리거나 동이 트는 보랏빛 여명을 바라볼 때 할머니를 떠올리면 울컥 가슴이 미어졌다. 정(情)은, 서로의 마음을 흔들어 마음이 굳지 않게 해주는 것인지 모른다고 생각하게 한 것도 할머니였다.

버스가 붉은 신호에 걸리지 않아 혜화동까지 날아서 간 것 같았다.

할머니는 현관문 안에서 누구냐고 목소리를 몇 번이나 확인한 뒤에야 문을 열어주었다.

"집에서 온 거야?"

의심이 잔뜩 밴 목소리로 그 여자의 위아래를 훑어보면서 할머니가 물었다.

"예."

그 여자는 아무렇지 않게 말했다.

"시간을 봐! 거짓말을 하구!"

"집으로 전화하셨잖아요."

그 여자가 웃으며 대답했다. 말하고 돌아서서 딴소리하지 않으면 할머니가 아니었다.

"몰라!"

"그러실 땐 처녀 같으세요."

"맘은 처녀야!"

할머니는 앙탈을 부렸다. 그 여자는 설거지를 시작했다.

"아파튼 입주했나?"

할머니가 식탁 의자를 그 여자의 곁에 당겨놓고 앉아서 빤히 쳐다보며 말을 걸었다. 그 여자는 깜짝 놀랐다. 할머니가 어떻게 아파트 공사하는 걸 다 아시지?

"왜 새벽에 와서 차 속에서 자는 남자 있댔잖아."

할머니는 보챘다. 그 여자는 가슴이 두근거렸다. 정말 말했을까?

"얼굴이 왜 빨개져. 그 남자랑 벌써 잤구먼."

"제가 내후년에 환갑이에요."

"그게 뭔 대수야?"

"애 아버지하구 사별하구 남자랑 자는 게 뭔지 모르구 살았어요."

그 여자가 말했다. 할머니는 아무 말 없이 의자에서 일어나 다른 곳으로 갔다. 설거지를 하는 내내 그 여자는 '그 남자랑 벌써 잤구먼' 때문에 맘이 편치 않았다. 자기도 모르게 뱉은 말, '사별하고 남자랑 자는 게 뭔지 모르구 살았다'는 말에도 체한 듯 마음이 편치 않았다. 청계천 북극성 봉제공장의 최 사장, 그리고 또 아무개, 아무개, 아무개, 아무개들……. 남자와 잔다는 건 치욕이고 불결하고 창피한 일이 되게끔 한 남자들. 어느 때 누워서 잠이 쉬 들지 않으면 환갑을 바라보는 나이에도 그 장면들이 삭지 않고 토한 음식이나 먹은 대로 나온 설사처럼 민망하고 긴장되었다.

더군다나 새벽에 공사장으로 오는 남자 때문에 손이 허둥거렸다. 언제 그런 이야기까지 다 했을까, 그 여자는 정말 자신도 믿지 못하겠다고 새삼 깨달았다. 자기까지 믿지 못하게 되면…… 그 여자는 더 이상 생각하지 않았다.

청소를 마치고 빨래를 널 때였다. 할머니가 아이처럼 쫓아와서 말했다.

"잔치국수가 먹고 싶다!"

"잔치국수요?"

그 여자는 공연히 떨리는 목소리로 물었다.

"그래! 진짜 잔치국수! 고명도 얹어!"

할머니는 그 여자가 똑바로 쳐다보자 고개를 돌렸다. 그 여자는 손을 놓고 할머니의 뒷모습을 바라보았다. 무언가 남이 모르는 세월이, 한 줌 연기처럼 할머니의 등 뒤에서 따라가는 것 같았다.

"진짜 잔치두 모르는 천치!"

할머니가 중얼거렸다. 그 여자의 귀에까진 들리지 않았다.

계란 노른자와 흰자를 갈라 지단을 부치고 표고와 당근을 채쳐서 볶았다. 할머니 말대로 붉고 푸르고 노랗고 하얀 고명을 얹은 잔치국수를 차려냈다.

"자네두 여기 앉아서 나랑 같이 먹어."

할머니가 국수 그릇에 고개를 박듯 하곤 말했다. 하지만 그 여자는 마주 앉지 않았다. 할머니는 말과 원칙과 행동이 서로 다른 사람이었다. 그 여자가 마주 앉아 먹으면 눈을 사납게 치켜뜰 것이 뻔했다.

그 여자는 혜화동에서 집으로 오는 버스에서 내리며 문득 하늘을 쳐다보았다. 해는 보이지 않지만 한낮 같았다. 해가 길어진 것이었다. 길어진다는 건 언젠가는 짧아질 거란 말이었다. 길지 않으면 짧지도 않았다.

버스에서 내려 찻길을 건너고 동네로 가는 2차선 길로 들어섰다. 아파트들이 모두 들어선 뒤에 또 다른 주상복합이 들어설 때까지 남아 있는 재래시장은 이별을 앞둔 이웃처럼 벌써부터 서운했다. 그 여자는 오늘 다른 날과 달리 재래시장으로 들어가지 않았다. 혜화동을 나서기 전부터 그 여자의 마음을 쥐고 놓아주지 않았던 말, 벌써 잤구먼. 그것 때문일지 몰랐다. 후드득 떨어지다 만 빗방울 같은 말이라는 걸 알았다. 그런데도 그 여자의 마음이 그 말을 붙잡고 놓아주질 못했다.

그 여자의 발걸음은 급했다. 노동자들은 오후 네시부터 퇴근을 시작했다. 담벼락의 승용차에 와서 잠깐 주위를 두리번거린 뒤에 옷을 갈아입었다. 먼 아파트 9층에서, 그 여자의 노안에도 땀에 흠뻑 젖은 옷이 보였다. 고단하게 푹 꺼진 눈두덩도 어른거렸다. 이렇게 이른 시간에 집으로 가면 누가 있을까. 아내가 기다릴까? 아이들이 기다릴까? 혼자 술집으로 갈까?

그 여자는 바지런히 걸었다. 오늘 꼭 그 승용차가 돌아가는 모습을 지켜보고 싶었다. 틀림없이 슬프거나 우울할 그 남자가 어떻게 어떤 모습으로 옷을 갈아입고 떠나는지 보고 싶었다.

그 여자가 기억하고 싶어 하지 않지만 딱 한 번 그 남자를 본 적은 있었다. 담벼락에 승용차 몇 대가 더 서고 동이 훤히 터서 금방 이른 아침으로 환해지기 시작할 바로 그때, 승용차에서 그 남자가 나왔다. 모자도 쓰지 않고 작업복 차림도 아닌 것 같았다. 큰 키가 호리호리해서 휘어질 것 같았다. 그는 두셋씩 나란히 걸어가는 노동자들 뒤로 한 팔을 주머니에 찌른 채 휘적휘적 걸어가고 있었다. 아침밥을 하는 값싼 식당이 몇 군데 있는 재래시장 쪽으로.

길에선 담벼락의 공터가 내려다보이지 않았다.

그 여자는 부지런히 아파트로 올라왔다. 나, 왔어요. 그 여자는 겨우 한마디로 집 안의 모든 자기들에게 인사하고 베란다로 나갔다.

차는 보이지 않았다. 오후 다섯시가 넘었다. 아파트 공사장 안에는 레미콘이 줄을 지어서 순서를 기다렸다. 어떤 기사는 레미콘 차량 바퀴에 붙어 서서 오줌을 눴다.

공사장의 정문 두 짝 중에 하나가 닫혔다. 담벼락엔 차가 거의 없어졌다. 그 여자는 눈으로 아파트의 층수를 세어보았다. 중간에서 자꾸만 숫자가 엉겼다. 다시 세다가 그만두었다. 아무리 세어도 층수가 달라지진 않을 것이었다. 입주는 내년 가을. 이제 길어야 1년 반이 남아 있었다. 그 여자가 망연히 내려다보던 노동자들. 설계도나 작업 지시서 같은 것을 들고 다니는 건설 사무직들은 옷이 달랐다. 그들도 일곱시 전에 출근했다. 그 여자가 망연히 아래를 내려다보면 기술자와 보조들이 가름되었고 부지런한 사람, 성실한 사람, 게으른 사람, 요령을 부리는 사람, 거만한 사람, 수줍은 사람도 분간 되었다. 타워크레인은 하루 종일 움직였다. 비가 오면 공사장은 고요하고 경비만 가끔 순찰을 돌았다. 비가 오는 날은 공치는 날이었다. 그 여자는 비만 내리고 텅 빈 공사장을 바라보며 눅눅한 방에서 화투패를 떼는 남자들을 상상했다.

이날 밤 그 여자는 아파트 공사장 정문 한쪽에 세워진 조감도 앞에 서 있었다. 어두워서 잘 보이지 않았다. 그저 높게 올라간 여러 동의 아파트 건물과 나무와 분수가 그려진 정원이 어렴풋할 뿐이었다. 글자들은 더욱 분간이 안 되었다.

"할머니 뭘 찾으세요?"

교복을 입은 남학생이 그 여자의 등 뒤에서 물었다. 그 여자는 화들짝 놀랐다. 어둠에 그 여자의 붉은 얼굴빛이 감춰졌다. 학생은 몇 초쯤 섰다가 앞으로 걸어가기 시작했다.

"학생!"

그 여자가 다급하게 불렀다. 이게 20층까지 올라가나? 이렇게 묻고 싶었다. 학생은 듣지 못한 듯 마침 다가온 마을버스의 앞문으로 올라서고 있었다.

'연속극 할 시간이잖아!'

그 여자는 마음속으로 자신에게 꾸짖듯 말했다.

'알았어요…….'

그 여자의 마음이 그 여자에게 부끄럽고 미안해서 공손하게 대답했다. 마음이 자신의 바깥으로 나가서 다른 것에 매달리기 시작하면 얼마나 외로워지는지, 그게 자식이든 이웃이든, 모르는 남자이든…… 언제나 같았다.

그 여자는 고개를 들어 아파트를 쳐다보았다. 불을 밝힌 아파트의 층들. 그 여자는 자신의 어두운 방이 어디쯤인가, 더듬다가 하마터면 발을 헛디딜 뻔했다. 하지만 넘어지지 않은 게 퍽 다행스러웠다. 고비에서 자신을 놓치지 않았다는 걸 알아차렸을 때, 문득 깊은 기쁨을 맛보는 일은, 그 여자만의 것이었다.

'고독/그리움'을 휘감는 '동감(同感)-사랑'의 글쓰기

고명철(문학평론가)

1

이경자의 이번 소설집을 읽는 내내 정글과 같은 삶 속에서 망실하고 있었던, 아니 으레 그러리라고 간주해온, 심지어 사치스럽다고 소홀히 여긴, 인간 존재의 근원적 상처로부터 비롯한 고립과 외로움, 그리고 이것을 웅숭깊게 감싸 안는 작가의 사랑에 전율하였다. 항간에 '안녕들 하십니까'라는 대자보가 사회적 관심을 끌었듯이 이 풍자적이고 반어적인 대자보의 밑자리에 공통적으로 자리하고 있는 것은 우리의 삶이 전방위적으로 '안녕하지 못하다'는 것에 대한 자기 고백이다. 이 자기 고백에는 우리의 삶이 온통 상처투성이고, 상처들의 뿌리는 너무나 깊고 넓게 뻗은 나머지 어디서부터 치유의 길을 모색해야 할지 좀처럼 그 방도를 알 수 없는, 그리하여 외적 고통과 심한 내상을 앓는 자들은 급기야 사회적 관계로부터 스스로 소외의 삶을 선택하는 '자기소외'의 또 다른 상처를 앓는다.

이경자의 이번 소설집을 관통하는 문제의식은 우리의 삶을 섬뜩하게 파고들고 있는 이 같은 '자기소외'와 연루된 인간 존재의 근원적 상처를 응시하되, 외부자의 분석적 시선으로 이것을 다루는 게 아니라 상처의 결들을 섬세히 매만지고 함께 아파하는 이경자 특유의 '동감(同感)-사랑'의 글쓰기로 이뤄지고 있다. 이러한 이경자의 글쓰기는 인간의 영육(靈肉)에 깊게 파이고 맺힌 상처의 울혈을 어루만지면서 자연스레 풀어내는 것을 수행하는 무격(巫覡)의 역할과 겹쳐진다고 할 수 있다. 바꿔 말해 이경자의 글쓰기는 타자의 상처를 치유하는 것임과 동시에 그 과정 속에서 소설을 쓰는 자신의 상처를 치유함으로써 '자기 구원'의 길을 모색하고 있다.

2

이번 소설집에서 「고독의 해자(垓字)」, 「이별은 나의 것」 등에서 슬쩍 엿볼 수 있는 것은 작가 이경자의 어떤 삶의 풍경이다. 이 두 작품에서 주목되는 인물은 모두 이혼한 여성으로서 딸자식과 함께 살며 소설을 쓰는 작가다. 이들 작품에는 무엇보다 소설가이자 아내로서 그리고 엄마로서 이른바 삼중의 삶을 살고 있는 여성의 상처가 곳곳에 울혈 져 있다. "소설가의 관심은 온통 사회와 다른 인생들에 있"으므로 "소설가는 가증스러운 직업"(「고독의 해자」, 194쪽)이라고, "당신의 집념 때문에 곁에 있는 사람들을 모두 망쳐버릴 거야. 소설을 잘 쓸진 몰라도!"(「고독의 해자」, 191쪽)라는 남편의 경멸과 저주, 게다가 소설 쓰기에 열중한 엄마를 향해 "소중한 자식을 어떻게 고아처럼 방치할 수 있었을까?"(「고독한 해자」, 196쪽)라는 딸의 냉담은 소설가로서의 삶에 충실한 여성이 도저히 감내할 수 없는 뼛속 깊은 상처를 남긴다. 자신의 의사와는 상관없이 가족의 존재를 무시하고 오로지 소설 쓰기에만 매달린다는 증오를 받는 여성은 딸과 남편으로부터 "매정한 따돌림"(「고독의 해자」, 189쪽)에 직면한 채 자기소외의 삶의 형식으로서 자기 삶의 둘레에 해자를 친다. 그렇게 그녀가 "해자를 치고 해자 속에 홀로 아주 작게 존재한다는 걸"(「고독의 해자」, 188쪽) 아무도 모른다. 말하자면, 가족은 소설가로서 세계와 치열한 쟁투를 벌이며 지독한 삶의 맹독에 치명적 상처를 입고, 그것을 감내하면서 견디는 소설가로서의 삶을 살고 있는 그녀에 대한 온전한 이해를 할 수 없는 것이다. 가족이 바라는 것은 가족 구성원으로서, 달리 말해 사랑스러운 아내이자 포근하고 자상한 엄마로서의 역할뿐, 세계의 고통을 짊어진 인물들의 상처를 응시하고 그것을 치유하는 길을 힘겹게 모색하는 소설가로서의 역할은 아니었기 때문이다. 하지만, 이러한 그들의 생각은 작품의 말미에서 그녀의 장례식을 치른 후 자기소외의 고통을 짊어진 그녀의 삶을 향한 용서의 계기를 모색한다는 점에서 의미심장하다.

> "엄마가 참 외로웠을 거란 생각이 든다. 누가 정이라도 붙일까 봐 늘 긴장해서 사람을 밀어내고. 이해하기 힘든 직업인데……."
>
> 아빠가 독백처럼 말했다. 모두들 아빠의 얼굴을 쳐다보았다.
>
> 정화가 아빠의 한쪽 어깨에 몸을 기댔다.
>
> "엄마도 차마 힘들었을 거다. 사랑해야 할 피붙이를 두고…… 다른 삶을 생각하고 다른 사람들을 생각하고…… 하루 이틀도 아니고 평생을…… 불쌍한 인생을 살았다. 유명할진 몰라도 자신은 늘 춥고 불안하고 슬펐을 것이다."(「고독의 해자」, 207쪽)

그렇다. 그들의 대사의 행간과 말줄임표에 숨어 있듯, 우리는 「고독의 해자」를 통해 '여성-소설가'의 삶에 대해 성찰할 필요가 있다. 「고독의 해자」에서 정작 간과해선 안 될 것은 '여성-소설가'에 대한 존재론적 탐색이다. 아내와 엄마의 역할을 수행하면서 소설가로서의 천형(天刑)을 살아야 하는 '여성-소설가'의 존재론적 상처는 작품의 제목이 단적으로 웅변해주듯이, 고독으로 둘러친 '고독의 해자'인 셈이다. 과연, 당사자가 아닌 타자들은 이 절대 고독을 얼마나 온전히 이해할 수 있으며, 함께 아파할 수 있을까.

이 절대 고독으로부터 비롯한 여인의 상처는 이혼한 이후의 일상에서 좀처럼 치유되지 않은 채 폭풍우로 몰아치는 내면세계의 풍랑으로 일렁인다. 이혼을 통해 "가부장제의 반생명적 폭력"(「이별은 나의 것」, 222쪽)으로부터 해방하여, "정서적으로 겪은 박탈감과 억울함"을 극복하고 마침내 남녀 "평등의 기쁨"(「이별은 나의 것」, 227쪽)을 만끽할 수 있음에도 불구하고 작중인물 '나'에게 밀려드는 알 수 없는 모종의 고독과 휑뎅그렁한 그 무엇은 치명적 독소로 '나'를 옴짝달싹 못 하게 만든다. 법적 이별, 즉 이혼이 '나'의 심연 깊이 파인 상처를 온전히 치유해줄 수 없기 때문이다.

> 부부로 살다 헤어지는 건 서류로도 끝나지 않았고 결심으로도 해결되는 게 아니었다. 아마 살아온 세월만큼 혼자서 되새김질을 해야 끝나는 것일지 모른다. 슬픔으로 분노로 노여움으로 그리움으로 고통으로 아픔으로 기쁨으로. 거르고 건너고 넘고 헤치기를 거듭해서 마침내 인연을 지우는…… 그것은 후회나 아쉬움이나 사랑과는 아무 상관없는 일이다.(「이별은 나의 것」, 228쪽)

이젠 이혼한 사람을 한국 사회에서 사회생활의 결격 요건을 갖춘 부적격자라거나 사회에서 배제되어야 할 비정상적인 사람으로 간주하지 않는다. 오히려 한국 사회의 가부장 중심주의 풍토에서 온갖 성적 모멸과 희생을 감내해야 하는 사회적 약자로서 여성이 취할 수 있는 이혼의 정당성을 적극 이해하는 추세다. 그런데 문제는 바로 여기에 있다. 지난날 그 누구보다 한국 소설사에서 래디컬한 여성주의 문제의식의 서사 지평을 객토해온 작가 이경자에게 기존 여성주의—가부장으로서 남성이 소유해온 사회적 권력을 쟁취하려는 '투쟁적 여성주의'—는 자족할 지상의 가치가 아니다. 이경자가 꿈꾸는 또 다른 여성주의는 이러한 '투쟁적 여성주의'를 넘어선, 그래서 담대하고 포용적인 우주적 모성성으로 일체의 갈등과 대립, 배제와 증오를 감싸 안아 그것의 경계를 평화적으로 무화시켜버리는 힘을 지닌 것이다. 이 힘은 인간 존재의 근원에 자리한 고독과 외로움을 애오라지 회피하지 않고 켜켜이 쌓인 삶의 먼지들과 함께 삭이는 자기소외를 감내하는 도정에서 절로 생성된다. 따라서 그 누구도 이 처연한 이별의 슬픔과 상처를 대신 앓아줄 수 없다. 또한 이것은 그 어떠한 정치사회적 이데올로기와 제도적 장치로서도 보상해줄 수 없다. 이를 염두에 둘 때, 작중인물 '나'의 "눈에서 눈물이 주르륵 흘러내렸다. 쉬지 않고 흘렀다. 이상했다. 슬프지 않은데, 쓸쓸하지 않은데, 외롭지 않은데, 왜!"(「이별은 나의 것」, 236~237쪽)를 에워싸고 있는 슬픔의 아우라를 온전히 감지할 수 있다.

3

사실, 이번 소설집 전체를 휘감고 있는 아우라는 이 같은 슬픔에 젖줄을 대고 있다 해도 과언이 아니다. 「박제된 슬픔」과 「언니를 놓치다」에는 분단 이산의 상처가 내밀히 다뤄지고 있다. 그동안 한국 소설사에서 숱하게 다뤄진 분단 서사와 달리 이경자의 분단 서사는 감상적 낭만주의로 포괄할 수 있는 통일 추구의 서사와도 거리를 둘 뿐만 아니라 분단이데올로기의 이념적 질곡과 모순에 대한 사회과학적 상상력의 서사와도 거리를 두고, 그 밖에 최근 붐을 일으키고 있는 디아스포라와 탈식민주의 서사와도 거리를 둔다. 이경자의 분단 서사는 「박제된 슬픔」과 「언니를 놓치다」에서 공통적으로 읽을 수 있듯, 60여 년 넘게 분단의 고통을 앓고 있는 당사자들의 삶에 직핍함으로써 그들을 짓누르며 그들의 삶을 헤집어놓았던 정치사회적 이념의 대립과 갈등으로부터 비롯한 상처와 아픔의 저 심연의 속살을 매만지는 '동감의 글쓰기'가 갖는 진정성에 주목하도록 한다.

이경자가 무엇보다 분단 이산가족에서 눈여겨보는 것은 레드콤플렉스와 반공주의로 지배되고 있는, 다시 말해 분단이데올로기의 폭압 아래 일상이 온통 지배당하는, 결국 "자신을 스스로 국가로부터 사회로부터 지역으로부터 가족으로부터 파문"(「박제된 슬픔」, 145쪽)할 수밖에 없는 자기 파괴로 치달은 삶의 상처다. 그리고 낮선 곳에서 어린 자신을 홀로 남겨둔 채 사라진 언니에게 맺힌 분노와 그리움, 허탈감이 뒤섞인 채 뒤죽박죽 정리 안 된 분단의 상처들이 언제 치유될지 기약할 수 없는 고통으로 살아남은 자에게 고스란히 남아 있는 분단의 현재적 고통이다(「언니를 놓치다」). 여기서, 우리는 이산가족의 내면에 흐르고 있는 "모든 것에 대한 증오와 저주가 사실은 참을 수 없는 그리움"(「박제된 슬픔」, 118쪽)에 뿌리를 둔 심경인데, 이것은 "애증의 심연"(「언니를 놓치다」, 82쪽)에서 솟구치는 그 어떠한 것보다 순결무구한 '그리움'의 심경이라는 점을 가볍게 보아 넘길 수 없다. 남쪽에서 잘 살고 있는 석이네가 갑자기 북쪽에서 간첩으로 남파된 외삼촌의 틈입으로 인해 모든 삶이 풍비박산이 나면서 "육지 속의 섬"(「박제된 슬픔」, 141쪽)으로 순식간에 전락했고, 꿈에 그리던 이산가족을 상봉하는 자리에서도 북쪽의 체제를 선전하는 데 여념이 없는 언니의 모습을 보며 분단의 현재적 고통은 결코 관념이 아닌 엄연한 현실이라는 것을 뼈저리도록 새기면서까지, 이러한 언니의 처지를 진심으로 이해하지 못한 채, 게다가 언니의 내면에 자리한 분단의 상처를 따뜻하게 어루만져주지 못한 채 일방적으로 자신의 넋두리를 늘어놓은 데 대한 동생의 자조(自嘲)의 심경이야말로 21세기 분단의 시대를 살고 있는 우리가 깊이 성찰해야 할 분단의 아픔이다. 이와 관련하여, 한국 문학의 분단 서사는 이경자의 소설을 통해 한층 성숙해지고 풍요로워졌다고 말할 수 있다. 여전히 현재 진행 중인 남과 북의 분단 현실 속에서 지금부터라도 분단의 상처를 치유하고 이산가족의 슬픔을 외면하지 않는 것은 긴요하다. 이 일에서는 상투적이고 관성화된 관심과 당위적 차원의 통일지상주의를 경계하면서 이산가족들 사이에 난마처럼 맺히고 뒤엉킨 분단의 감성을 해원(解冤)하는 노력이 절실히 요구된다. 이 일을 작가 이경자는 그 특유의 분단 서사로 실천하고 있다.

슬픔의 아우라를 감지하고 '동감의 글쓰기'를 통해 절해고도의 섬으로 자의 반 타의 반 스스로를 유폐시킨 자들의 상처를 어루만지는 것은 '사랑의 글쓰기' 그 자체다. 이경자의 소설은, 강조하건대, 사회적 약소자로서 여성의 정치사회적 입장에만 초점을 맞춰 읽음으로써 여성주의 문제의식을 얼마나 잘 형상화하고 있는가 하는 척도로 이해해서는 곤란하다. '투쟁적 여성주의'를 훌쩍 넘어선 '동감의 글쓰기'와 '사랑의 글쓰기'를 통해 이경자는 철저한 자기소외의 고통을 앓고 있는 존재들을 치유하는 데 혼신의 힘을 쏟고 있다. 이번 소설집에서 눈에 두드러진 이러한 글쓰기는 그동안 작가가 득의(得意)한 서사적 성취에 자족하지 않고 끊임없는 정진으로 자신의 소설 세계를 쇄신하면서 보다 웅숭깊어진 서사의 진경을 향한 어떤 구도적 차원의 모습을 보인다.

「세상의 모든 순영 아빠」에서는 한 맺힌 순영 엄마의 죽음과 연루된 사연이 순영 엄마의 음울한 목소리로 배음(背音)을 이룬다. 순영 엄마는 동네 부녀자들을 마구잡이로 겁탈하는 전직 경찰 김 순경에게 겁탈을 당했는데, 이 씻을 수 없는 치욕과 모멸이 뒤엉킨 순영 엄마의 상처는 남편의 오해가 포개지면서 결국 스스로 목숨을 거두는 비극으로 점철된다. 아내가 정조를 잃은 것에 대한 남편의 근거 없는 의심은 아내의 한 맺힌 죽음을 초래하였는데, 아내의 죽음 후 남편은 고군분투하여 법정에서 아내의 억울함을 풀고 가해자를 처벌할 수 있게 되자 아내의 무덤을 찾아가 용서를 빈다. 죽은 아내는 혼령이 된 채 남편의 잘못을 탓하지 않고 자기 자신의 극심한 자기모멸과 자기 환멸이 죽음을 초래한 것이라며, 남편의 책망을 다독거리고, 남편 자신을 이해하고 용서하기를 빈다. 비록 죽은 혼령의 독백의 형식을 빌리고 있지만, 작가는 남편의 진실된 자기 책망과 이를 진심으로 이해하고 수용하는 아내를 통해 "진실은 너무 크고 너무 깊고 너무 선명해서 사람은 어느 누구도 여느 수단으로도 표현할 수 없다는"(「세상의 모든 순영 아빠」, 162쪽) 모종의 깨우침을 얻는다. 사실, 이러한 깨우침은 작가의 40여 년 동안 쉼 없는 소설 쓰기의 도정에서 절차탁마된, 삶의 진실된 사금파리들이 발산하는 빛이란 점에서 매우 소중하다. 말하자면, 소설의 문법과 소설의 언어를 넘어선 삶의 진실에 육박한 서사적 진실을 작가는 온몸으로 쓰고 있는 것이다.

이러한 이경자의 서사적 진실을 향한 글쓰기는 "제왕같이 살았"(「미움 뒤에 숨다」, 51쪽)던 아버지의 존재 자체에 대한 혐오와 부정의 태도를 취하는 가족들로 하여금 아버지를 짓눌러온 사회적 모든 관계로부터 스스로를 유폐시킨 채 급기야 머나먼 타국에서 자살을 선택할 수밖에 없는 비극적 운명에 대한 성찰에 기반을 둔 "아버지의 감추어진 존재감"(「미움 뒤에 숨다」, 58쪽)에 깃든 진실을 이해하도록 한다. 그리하여 한국에 있는 아버지의 방치된 산소를 우두망찰하면서 작중인물 '나'는 "엄마는 미움도 사랑이며 어떤 삶이든 한 덩어리의 사랑이라고…… 당신의 슬픔과 고독과 소외, 그리고 미움 뒤에 숨어서 부끄러움을 무릅쓰고 수줍게 알려주었던 게 아닐까."(「미움 뒤에 숨다」, 62쪽)라는, 미움과 부정을 승화시킨 사랑의 진실을 드러낸다. 한때 엄마는 "아버지의 자살을 무책임의 극단이라고" "자식을 조금이라도 생각한다면 그런 결말을 지어선 안 된다고, 그러니 끝까지 이기주의자"라고 주저 없이 증오하였으며, 자식인 '나'는 "아버지가 없어지기를", "차라리 아버지가 죽기를 바란"(「미움 뒤에 숨다」, 53쪽), 이른바 '아버지 살해 의식(殺父意識)'을 지녔던 것을 상기해볼 때, 이 같은 아버지의 전 존재에 대한 이해와 사랑은, 아수라 같은 삶의 지옥과 언제 가라앉을지 예측할 수 없는 삶의 풍랑을 견뎌낸 작가 이경자가 독자와 함께 '동감'하고 싶은 삶의 진실이 아닐까. 여기에는 냉철한 합리적 이성에 기대는 게 아니라 포근한 감성의 마력으로 쟁투의 삶을 넘어선 긍정과 평화의 가치로 충만된 삶의 비의성을 독자와 같이 '동감'하고 싶은 게 아닐까.

사실, 말이 쉽지, 이러한 삶의 비의성을 '동감'하는 일은 좀처럼 쉽지 않다. 「콩쥐 마리아」에서는 인생의 말년을 미국에서 보내고 있는 두 할머니가 험난한 이민 생활을 겪으면서 조국에 대한 애증이 두텁게 쌓인 채 서로의 이민 생활에 대해 미주알고주알 넋두리를 한다. 머지않아 '한인 미주 이민 백 주년'으로 이민 사회가 떠들썩할 텐데 두 할머니에게 이러한 경축 행사는 어디까지나 미국 사회에서 재현되는 남성 중심의 사회적 권력 과시 행사 그 이상도 이하도 아니다. 백인 사회에서 힘들게 일상을 살아온 유색인종 여성의 고단한 일상사는 세계 초강국인 '미국 시민권'을 획득하는, 미국의 보은(報恩)을 입었다는 것으로 치장되기 일쑤다. 마치 행복이 보장된 것인 양 말이다. 그리하여 "한국 이민 백 년사의 초석은 우리가 '양색시'라고 경멸해 부르기를 서슴지 않는 여성들의 '자기희생'을 토양으로 했다는"(「콩쥐 마리아」, 32~33쪽) 슬픈 이민사의 상처는 세척되고, 그 '양색시'가 누구인지를 찾으려는 천박한 이민 사회의 풍경이 도드라진다. 말하자면, '한인 미주 이민 백 주년'의 표상에는 두 할머니를 비롯한 이민자들의 치열한 삶의 진실이 감춰져 있다. 이렇게 한국을 떠난 곳에서도 세계와 단절된, 아니 세계악(世界惡)으로부터 스스로를 유폐시킨 디아스포라의 고독의 상처가 존재한다.

4

작가 이경자의 이번 소설집을 읽는 내내 인간 존재의 근원적 외로움이 수반하는 고통과 아픔에 신열(身熱)을 앓았다는 것을 고백해야겠다. 주체와 타자를 나누고, 누구의 아픔이 더 아프고 덜 아픈지를 따지는 것처럼 우매한 일은 없을 터이다. 고통의 위상학은 존재하지 않는다. 인간 존재의 근원적 외로움을 우리가 질책하거나 애써 부정할 필요는 없다. 중요한 것은 이 고독과 외로움의 상처를 어떻게 애오라지 잘 아파하느냐, 잘 삭이느냐다. 즉 자신의 삶의 진실로 이것을 어떻게 해석하고 수용하느냐다. 그 과정에서 "정(情)은, 서로의 마음을 흔들어 마음이 굳지 않게 해주는 것"(「건너편 섬」, 257쪽), 달리 말해 '사랑의 묘약'이라는 점을 앙가슴에 깊이 새겨두자.

작가의 말

잘 가라, 흉허물의 연대기여

요란했던 연작소설, 『절반의 실패』를 내던 언저리에 두어 권의 소설집을 냈다. 그러고 25년인가, 그렇게 세월이 흘렀다. 그동안 한결같이 소설과 살아온 셈인데, 대개 장편을 썼다. 장편과 또 다른 장편의 사이, 그러니까 잠시 숨을 고르는 중에 단편도 쓰고 중편도 썼다. 책을 묶고도 남을 작품이 생겼지만 그중에서 매정하게 버리기로 작정한 소설들을 밀친 다음 억지로 이렇게 추려, 한 권을 만들었다. 작품이 좋아서, 혹은 독자들에게 자랑하고 싶어서는 아니다. 잘못하면 뿔뿔이 흩어져버릴 것들을 한자리에 모아두면 개운하고 또 내가 쓴 소설에게 할 일을 해준 기분이 들 것만 같았다. 실제로 지금 그런 기분이다. 오랜 시간을 함께 살아야 하는 장편소설의 주인공들과는 달리 잠깐 만나고 헤어진 등장인물들에게 깊이 머리

숙여 인사를 드린다. 인사를 하니, 묵었던 슬픔이 는개처럼 눅눅하게 느껴진다. 무릇 모든 해후와 작별은 이럴 것이다. 작가와 소설의 인물들, 그 희한한 인연들을 한꺼번에 끌어안고 볼 부비며 사랑한다 말하고 싶다, 사랑한다.

2014년 7월